ファントム
亡霊の罠　上

ジョー・ネスボ
戸田裕之 訳

集英社文庫

目次

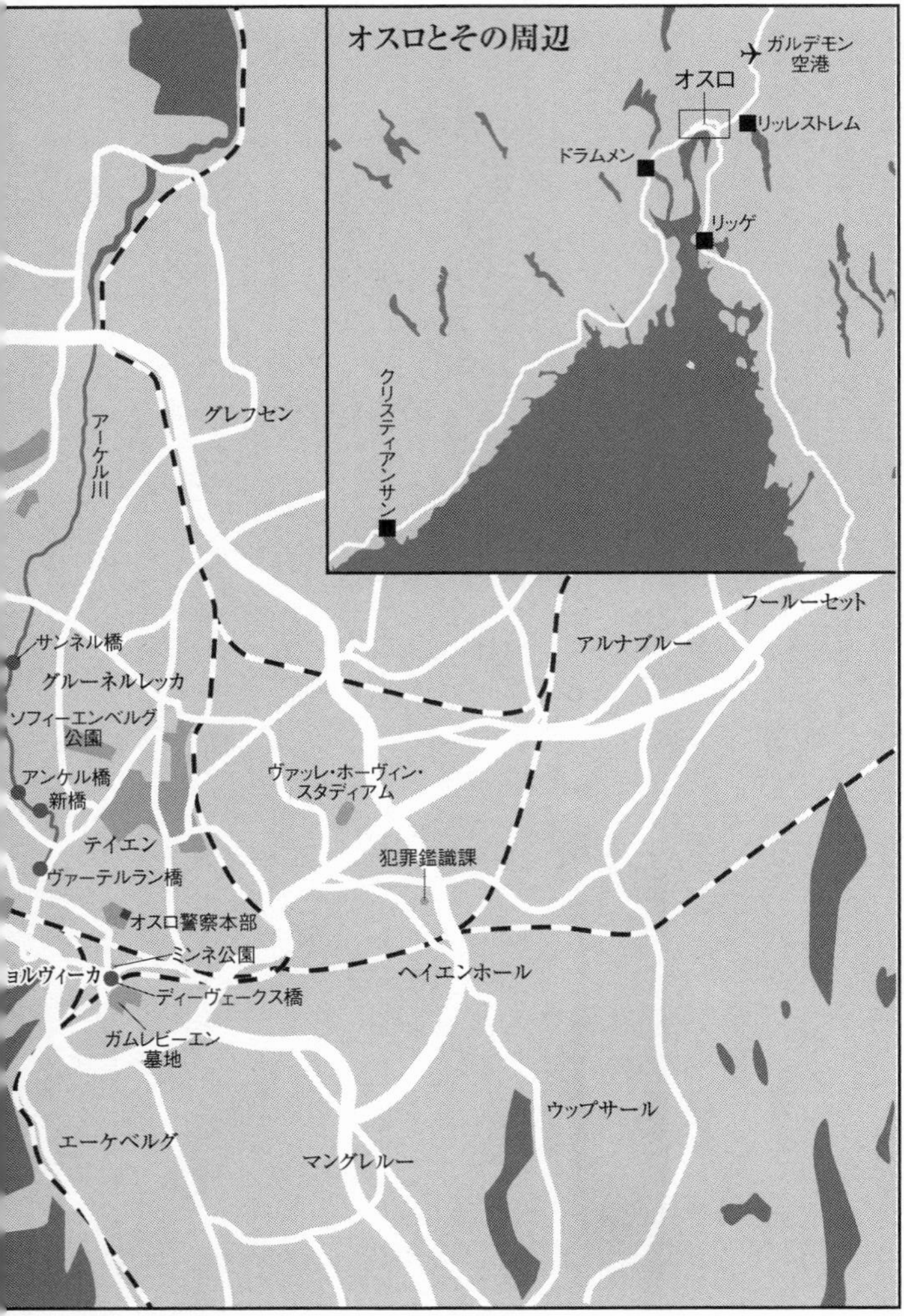
オスロとその周辺
ガルデモン空港
オスロ
リッレストレム
ドラムメン
リッゲ
クリスティアンサン
グレフセン
アーケル川
フールーセット
アルナブルー
サンネル橋
グルーネルレッカ
ソフィーエンベルグ公園
ヴァッレ・ホーヴィン・スタディアム
アンケル橋
新橋
テイエン
犯罪鑑識課
ヴァーテルラン橋
オスロ警察本部
ミンネ公園
ヨルヴィーカ
ヘイエンホール
ディーヴェークス橋
ガムレビーエン墓地
ウップサール
エーケベルグ
マングレルー

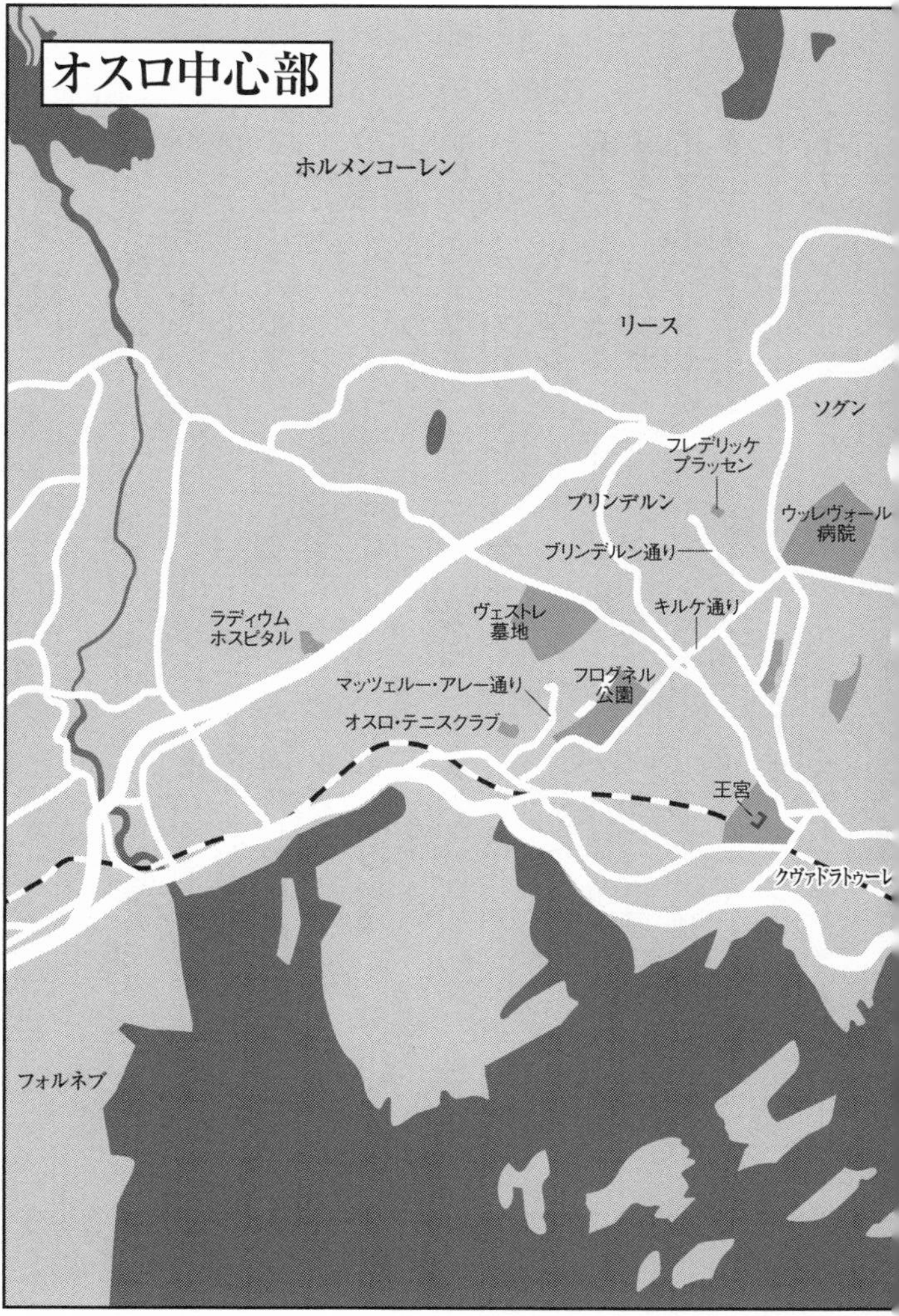
オスロ中心部
ホルメンコーレン
リース
ソグン
フレデリック
プラッセン
ブリンデルン
ウッレヴォール
病院
ブリンデルン通り
キルケ通り
ラディウム
ホスピタル
ヴェストレ
墓地
フログネル
公園
マッツェルー・アレー通り
オスロ・テニスクラブ
王宮
クヴァドラトゥーレ
フォルネブ

主な登場人物

ハリー・ホーレ……………………………………オスロ警察の元警部
ベアーテ・レン……………………………………オスロ警察犯罪鑑識課長
グンナル・ハーゲン………………………………オスロ警察刑事部長
ミカエル・ベルマン………………………………オスロ警察組織犯罪対策部長
トルルス・ベルンツェン…………………………オスロ警察組織犯罪対策部員
ウッラ………………………………………………ベルマンの妻
ラケル・ファウケ…………………………………ハリーのかつての恋人
オレグ・ファウケ…………………………………ラケルの息子
ハンス・クリスティアン・シモンセン…………弁護士
グスト・ハンセン…………………………………ドラッグの売人
ロルフ・ハンセン…………………………………グストの養父
ステイン・ハンセン………………………………グストの義理の兄
イレーネ・ハンセン………………………………グストの義理の妹
オーディン…………………………………………暴走族ギャングのボス
トゥトゥ……………………………………………オーディンの手下
トール・シュルツ…………………………………スカンジナヴィア航空パイロット

セルゲイ・イワノフ……航空機内清掃スタッフ

頭領《アタマン》……セルゲイの叔父

アンドレイ……アタマンの手下の大男

ピョートル……アタマンの手下の小男

イプセン……バイオリンの供給元

カトー……ホテル・レオンに住む聖職者

ビスケン……南部出身の売人

マルティーネ・エークホフ……救世軍兵士

イサベッレ・スケイエン……社会福祉事業担当議員の秘書

クラウス・トルキルセン……テレノルの技術者

スティーグ・ニーバック……〈ラディウム・ホスピタル〉の研究員

マルティン・プラン……〈ラディウム・ホスピタル〉の研究員

アスビョルン・トレスコウ（トレスコー）……ハリーの幼馴染み

クリス・レディ……〝アディダス〟という綽名の売人

ヘルマン・クロイト……香港在住の金貸し

ファントム　亡霊の罠　上

第一部

1

オスロのダウンタウンの夜の音——窓の外を行き交う車のいつもの唸《うな》り、高く低く響きつづける遠くのサイレン、近くで鳴りはじめた教会の鐘——のなかで、一匹の鼠《ねずみ》がキッチンの床の汚れたリノリウムに鼻を押しつけながら餌を探していた。煙草の灰の鼻を突く臭《にお》い。小さく切ったコットン・ガーゼについた血の甘い匂い。ビール——リングネス・ラガー——の瓶の蓋の裏の苦そうな臭い。硫黄、硝石、二酸化炭素の分子が、九ミリ×十八ミリの鉛の弾丸——その口径の本来の拳銃に因《ちな》んでマカロフとも呼ばれている——用に設計された金属の空薬莢《からやっきょう》から空気中に拡散していた。いまだくすぶって煙を立ち昇らせている煙草は、黄色いフィルター付きの黒の紙巻きで、ロシア帝国の紋章の鷲《わし》が描かれていた。煙草は食べられる。それに、アルコール、革、脂、アスファルトの入り混じった悪臭。そして、靴の片方。鼠はその臭いを嗅いだ。靴は横向きに、壁を背にして転がり、障害物となって巣への入口を塞いでいた。そこでは生まれたばかりの、まだ目も開かず、毛も生えていない八匹の赤ん坊が、空腹を訴えてさっきより大きな声で鳴いていた。小山のような肉の塊《かたまり》は、塩と汗と血の臭いがした。人間の身体だった。生きている人間。母鼠の敏感な耳が、空腹を訴えるわが子たちの鳴き声の合間に、かすかな心拍音を捉えた。

いま、教会の鐘は、人間の心臓の鼓動と歩調を合わせて鳴っていた。一拍、二拍、三拍、四拍……

母鼠は歯を剝《む》いた。

七月。くそ。七月に死ぬなんてどういうことだ。いま聞いているのは本当に教会の鐘の音か？　それとも、あのろくでもない銃弾の発射音の幻聴か？　まあいい、どっちだろうと、いずれ聞こえなくなる。それに、ここだろうとあそこだろうと、いまだろうとあとだろうと変わりはない。だが、おれは本当に七月に死ぬのが妥当なのか？　鳥の啼《な》き声を、ビール瓶がぶつかり合って鳴る音を、アーケル川の近くで上がる笑い声を、窓のすぐ外にまで満ちている夏のクソ陽気な歓声を聞きながら死ぬのがふさわしいのか？　ジャンキーの溜まり場の汚れた床に倒れ、身体に余計な穴を一つあけられ、そこから命が流れ出していくなか、おれをここへ導いたすべてを鮮明に思い出しながら死ぬのが？　それがおれなのか？　おれのすべてなのか？　おれの人生なのか？　おれにはいくつも計画があったよな？　それらもいまとなってはごみ同然、落ちのないジョークのようなものでしかない。あのいかれた鐘が聞こえなくなる前におれが話せることはいくらもないだろう。くそ！　死ぬのがこんなに痛いなんて、だれも教えてくれなかったじゃないか。そこにいるのか、父さん。行かないでくれ、まだそこにいてくれ。こんなジョークはどうだい？　おれの名前はグスト。十九まで生きた。

あんたは悪い女とやった悪い男で、九カ月後に生まれたおれは、赤ちゃん言葉もろくに話せないうちに里子に出された。おれは問題を山ほど引き起こした。里親はおれをいよいよ甘やかした――欲しいものは何？　アイスクリーム？　そんなもの、欲しいわけないだろ。二人は何もわかっちゃいなかった。あんたやおれのような人間は最終的に撃ち殺されるか駆除されるかだってことも、伝染病や腐敗を広め、隙があれば鼠のように倍々ゲームで増殖していくってことも、まるでわかっちゃいなかった。そして、自分たちを責めるばかりだった。だけど、いろんなものを欲しがってもいた。何も欲しがらない人間なんかいないけどな。養母が何を欲しがっているかわかったのは十三のときだよ。あの女の目に映っているものだったんだ。

「あなたはとてもハンサムね、グスト」彼女がバスルームに入ってきて言った。おれはドアを開けっぱなしにして、シャワーも出さずにいた。その音で彼女に二の足を踏ませたくなかった。彼女はきっかり一秒長居をしすぎて、ようやく出ていった。おれは笑ったよ、その理由がそのときわかった。それがおれの才能だったんだ、父さん。おれには人が何を欲しているかわかる能力があったんだ。あんたに似ているのかな？　彼女が出ていったあと、おれは全身が映る鏡で自分を見た。ハンサムだと言ってくれたのは、彼女が最初じゃない。おれはほかの子供より身体の成長が早かった。背も高かったし、引き締まっていて、肩幅も広かった。髪は真っ黒でつやつやしていた。頬骨は高くて、顎はがっちりしていた。口は大きくて欲深そうだったが、唇は女の子のように豊かだった。日焼けした肌はすべすべしていた。目はほとんど黒と言っていいぐらいの茶色だった。〝茶色の鼠〟とクラスの男子の一人が綽名《あだな》してくれたよ。確かディドリクってやつで、コンサート・ピアニストになるのが夢だった。おれが十五になったばかりのとき、そいつがクラスのみんなに聞こえるような大きな声で言いやがった。「あの茶色の鼠は字も満足に読めないんだぜ」

おれは笑っただけですませた。もちろん、あいつがそんなことを言った理由はわかっていた。あいつが何を欲しがっているかもだ。カミッラだよ。密かに彼女に恋をしていたんだ。そして、彼女はそんなに密かにじゃなくおれに恋をしていた。学校のダンスの時間に、彼女に触って、セーターの下がどんなふうかを確かめてみた。大したことはなかった。それで、そのことをクラスの男子何人かに教えてやった。それを聞きつけたんだろう、ディドリクはおれを仲間外れにしようとした。おれとしちゃ、仲間から外れようが外れまいがどっちでもよかったんだが、いじめはいじめだからな。それで、モーターサイクル・クラブ――といっても、暴走族の集まりだけど――のトゥトゥのところに行った。彼らの代わりに学校でマリファナの売り買いをしてやっていたんだ。それで、少し敬意を払わせたいやつがいるんだけどとトゥトゥに訴えた。そうしたら、何とかしてやると言ってくれた。そのあと、ディドリクは指を二本、男子トイレのドアの上の蝶番《ちょうつがい》に挟むことになった。どうしてそんなことになったのか、ディドリクはだれにも言えなかっただろうが、ともかく、おれを〝茶色の鼠〟と呼ぶことは二度となかった。そして――案の定――コンサート・ピアニストにもなれなかった。くそ、こんなに痛いとはな！　いや、気休めなんかいらないよ、父さん――いるのはヘロインだ。最後に一発決めれば、誓って何も言わずにこの世とおさらばするよ。また教会の鐘が鳴ってるのか、父さん？

2

　夜半近く、オスロの主要空港ガルデモンに、スカンジナヴィア航空四五九便がバンコクから到着し、四十六番ゲート近くに割り当てられた駐機区画へゆっくりとタキシングしていった。トール・シュルツ機長はそこでエアバス340を停止させると、すぐにエンジンへの燃料供給を止めた。ジェット・エンジンの金属的で甲高い響きが徐々に低くなり、やがて穏やかな唸りへ変わって、ついに静かになった。シュルツは自動的に時間を記録すると――着陸してから三分四十秒、予定より十二分早かった――、副操縦士とともに機の機能を全面停止して、駐機のための確認作業に取りかかった。この機は今夜一晩、ここに貨物と一緒にとどまることになっていた。シュルツは日誌の入っているブリーフケースを探った。二〇一一年九月。バンコクはまだ雨季で、例年と変わることなく蒸し暑かったから、早く母国の涼しくなりはじめた秋の夜へ帰りたかった。九月のオスロに優《まさ》るところは世界のどこにもない。シュルツは残燃料の記録用紙を埋めていった。問題は燃料代で、どうしてその金額になるか説明する方法を見つけなくてはならなかった。アムステルダムやマドリードといったところから経済的に合理的であるより速く飛んだとしても、燃料代は数千クローネの差で、問題になるほど高額ではなかった。それでも、上司は彼を呼びつけて叱責した。

「いったい何のためだ？」上司は怒鳴った。「乗り継ぎ便に間に合わせなくてはならない客なんかいなかっただろう！」

「世界一時間に正確な航空会社だからです」シュルツは会社の宣伝スローガンを小さな声で引用した。

「世界一経済効率の悪い航空会社だ！　そんな言い訳しか思いつかないのか！」

シュルツは肩をすくめた。なぜなら、理由を言うわけにいかなかったからだ――やらなくてはならないことがあるので、燃料ノズルを自分で開けているからだ、と。ベルゲン、トロンハイム、あるいはスタヴァンゲルへの便では、ほかのだれでもなく、彼自身が機長席に坐《すわ》ることが決定的に大事だった。

シュルツは会社のなかでも年長だったから、上司といえども声を荒らげることぐらいしかできなかった。大きなミスもしなかったから、馘《くび》にもできなかった。そして、五が二つ並ぶ年齢、すなわち何があろうと退職させられる五十五歳の定年まで、ほんの数年を残すのみになっていた。シュルツはため息をついた。いまの状態をもっとましなものにし、世界一経済効率の悪いパイロットとして終わりを迎えるのを避けるのに、わずか数年しか残されていない。

シュルツは日誌にサインし、コックピットを出ると、真珠のように白いパイロットの歯をきらめかせて乗客に笑顔を見せた。命を預けても大丈夫だと、彼らが確信する笑顔。パイロット——職業上のその肩書のおかげで、かつてはひとかどの人物と見なされ、実際にそれを体験してもいた。〝パイロット〟という魔法の言葉が発せられるや、人々が、老いも若きも男も女も例外なく彼を見て、カリスマ性と泰然さと少年の魅力だけでなく、機長の力強さ、冷静な正確さ、優れた知性、そして、普通の人間なら当然持っているはずの、空を飛ぶことへの恐怖と物理法則に抗《あらが》う男の勇気を見出した。だが、それは遠い昔のことになってしまった。いまはバスの運転手も同然に見られ、ラスパルマスまでの一番安い航空券はどれかとか、ルフトハンザのほうが脚を伸ばすスペースが広いのはなぜかとか訊《き》かれる体たらくだった。

そういう連中は地獄へ堕《お》ちればいいんだ、一人残らずそうなってしまえ。

シュルツは客室乗務員と並んで出口に立つと、直立不動の姿勢で笑顔を作り、シェパード空軍基地の飛行訓練学校で習ったとおり、テキサス訛《なま》り丸出しの英語で女性客に言った。「ご搭乗、ありがとうございました」謝意を表わす笑みが返ってきた。その笑顔を使えば到着ロビーでもう一度会うことが期待でき、実際にそうなる時代があった。南アフリカのケープタウンからノルウェー北端の町アルタまで、あらゆるところに女性はいた。しかも、たくさんの女性が。それは立ちはだかる難問であったが、解決策があった。たくさんの女性、しかも、つねに新しい女性。そして、いまはどうか？　生え際は機長の制帽の下で後退しつつあったが、誂《あつら》えの制服が、背の高さとがっちりした体格を強調してくれていた。飛行訓練学校で戦闘機ではなく、空の馬車馬ハーキュリーズ輸送機のパイロットを選択せざるを得なかったのはこの体格のせいだと、彼は故郷に帰ったときに言った。Ｆ５やＦ16といった戦闘機のコックピットに坐るには、座高が数センチ高すぎたんだ、と。本当は、能力が及ばなかっただけなのだが。当時から何とか維持しつづけ、崩壊しないですんでいるのは、その身体だけだった。あとはすべて、結婚も、家族も、友情も、ばらばらに崩壊していた。いったい何があったのか？　そうなったとき、彼はどこにいたのか？　たぶんケープタウンかアルタのホテルで、勃起不能になる恐れのあるバーの飲み物の代わりに鼻からコカインを吸い込み、いまもこれからも埋め合わせられないすべてを埋め合わせるために、〝ご搭乗、ありがとうございました〟の客ではない女、つまり金で買った女に一物を突っ込んでいたんだろう。

自分のほうへと通路を歩いてくる男性客が目に留まった。男は俯《うつむ》いていたが、それでも、頭はほかの乗客の上にあった。痩せていて、シュルツと同じくがっちりした肩の持ち主だった。だが、もっと若かった。短く刈り込んだ髪がブラシのように立っていた。ノルウェー人のようだが、帰国した観光客ではなく、どちらかと言えば国外在住者、長く東南アジアにいて日焼けしたせいで肌の色が褐色に定着した白人の典型のように見えた。特注で仕立てたに違いない茶色のリネンのスーツが、社会的地位の高いまっとうな人間だという印象を醸し出していた。実業家かもしれなかった。あまりそういうことに関心がないのか、エコノミー・クラスに乗っていた。が、シュルツが彼から目を離せないのは、スーツのせいでも背の高さのせいでもなく、顔の傷痕のせいだった。それは左の口元から弧を描きながらほとんど耳に達していて、グロテスクでもあり、素晴らしくドラマティックでもあった。

「シー・ユー」

シュルツは驚いたが、それをどうにか顔にも態度にも表わさずに、男が飛行機を降りていくのを見送った。その声は耳障りにしわがれ、それに加えて目が真っ赤で、さっきまで寝ていたように思われた。

乗客が全員降りてしまい、フライト・クルーが一塊になって降機するのと入れ違いに、機内清掃スタッフを乗せたミニバスが滑走路に現われた。シュルツは真っ先にバスから出てきた小柄でずんぐりしたロシア人を探し出し、会社のロゴ――〈ソロックス〉――入りの人目につきやすい黄色いベストを着た彼がタラップを駆け上がるのを見守った。

〝シー・ユー〟

フライト・クルー・センターへと通路を急ぎながらも、シュルツの頭のなかではその言葉が繰り返されていた。

「てっぺんに小さな手荷物がのっかってなかった？」女性客室乗務員の一人がシュルツの引っ張っているサムソナイトのスーツケースを指さして訊いた。シュルツは彼女の名前を思い出せなかった。ミーア？　それとも、マイアだったか？　いずれにしても、前の世紀に一度、立ち寄り先でやったことはある。それとも、あれは彼女じゃなかったか？

「いや、なかったよ」シュルツは答えた。

〝シー・ユー〟。あれは〝じゃあまた〟の意味か、それとも、〝見てるぞ〟の意味だろうか？

彼らはフライト・クルー・センターへの入口近くの仕切りの前を通り過ぎた。建前上はそこで税関職員が不意打ちを食わせることになっていたが、百回のうちの九十九回はだれもいた例《ためし》がなく、彼自身、航空会社に勤務して三十年になるのに、呼び止められたことも、調べられたことも、一度もなかった。

〝シー・ユー〟

やはり、〝見てるぞ〟という意味、〝おまえのことはお見通しだ〟という意味だ。

シュルツは急いでフライト・クルー・センターへの入口をくぐった。

ミニバスがエアバスの横のアスファルトで止まると、セルゲイ・イワノフはいつもどおりだれよりも先に降車し、無人の機内へとタラップを駆け上がった。そして、掃除機を手にコックピットに入り、ドアをロックした。薄いゴム手袋をし、それを刺青《タトゥー》が始まるところまで引き上げてから掃除機の前蓋を外して、機長のロッカーを開けた。そこから小型のサムソナイトの手荷物バッグを取り出し、ファスナーを開くと、金属の底板を取り外して、煉瓦《れんが》のような形をした一キロの包みを四つ確認した。つづいて、四つの包みを掃除機に押し込み、チューブとあらかじめ空にしておいた大きな紙パックのあいだにしっかりと収めて、前蓋を元に戻した。そのあと、コックピットのドアのロックを解除し、掃除機を作動させた。そこまでわずか十数秒。

客室の片付けと掃除を終えると、清掃スタッフは機を降り、ライトブルーのごみ袋をダイハツのミニバスの後部に積み込んでラウンジへ引き返した。夜間は空港が閉鎖されることになっていて、その前に着陸予定があるのは数機しかなかった。セルゲイが肩越しに見ると、シフト・マネージャーのイェンニーがコンピューターを睨《にら》んでいた。画面には発着予定時間が表示されていて、遅れは一便もなかった。

「ベルゲンからの便はおれが引き受けるよ」セルゲイは言った。耳障りな訛りのあるノルウェー語だったが、少なくともその言語を話すことはできた。ノルウェーに十年住んでいても、いまだ英語に頼るしかないロシア人も結構いたが、セルゲイの場合は、二年近く前にノルウェーにやってきたとき、ノルウェー語を学ばなくてはならないと叔父にはっきり言われ、おまえには語学の才能があるかもしれないからと慰められたのだった。

「ベルゲンからの便はもう手配がすんでる」イェンニーが言った。「あなたはトロンハイムからの便をやってちょうだい」

「ベルゲンはおれがやる」セルゲイは譲らなかった。「トロンハイムはニックにやらせればいいだろう」

イェンニーがセルゲイを見て言った。「それなら、好きにすればいいわ。まあ、過労死しないようにね、セルゲイ」

セルゲイは壁際の椅子に腰を下ろし、慎重に背中を預けた。両肩の周りの、ノルウェー人の彫師《タトゥーイスト》が腕を振るってくれたところが、わずかに触っただけでもいまも痛かった。図柄はニージニー・タギル刑務所にいる彫師のイムレに送らせたもので、まだ仕上げの段階が残っていた。セルゲイは叔父の側近のアンドレイとピョートルが入れていたタトゥーのことを考えた。アルタイ地方出身の二人のコサックの肌には、彼らのドラマティックな生と誇るべき行ないが、淡い青で刻まれていた。だが、誇るべき行ないなら、セルゲイにもあった。殺人だ。大した殺しではなかったが、それはすでに天使の形になって腕に彫り込まれていた。そして、もう一つ、殺しを行なうことになるかもしれなかった。今度は大した殺しを。〝必要な行ない〟が必要になればと叔父は言い、準備と覚悟をして、ナイフの訓練を怠るなと助言してくれていた。ある男がやってくる、と彼は言った。断言はできないが、おそらくやってくるはずだ、と。

おそらく。

セルゲイ・イワノフは手を見た。ゴム手袋を着けたままだった。もちろんたまたまだが、仕事で必ず使う道具のおかげで、いつかあの悪事が露見したとしても、包みに指紋が残る心配はない。手が震えるようなことはこれっぽっちもなかった。彼の手はそれほど長いあいだあの包みを扱いつづけていて、慣れと油断は禁物だぞと、ときどき自分を戒めなくてはならないほどだった。〝必要な行ない《シトー・ヌージナ》〟が実際に必要になったときも、手が冷静でいてくれればいいのだが。タトゥーを入れるためには稼がなくてはならなかったが、図柄の注文はすでにすんでいた。セルゲイはそのときの様子を思い描いた。タギルの自分の家の居間で、犯罪を生業《なりわい》とする〝ウルカ〟の兄弟全員を前にシャツの前を開き、新しいタトゥーを披露する。それは批評を必要としないし、言葉も必要としない。だから、おれ自身も何も言わない。彼らの目を見るだけでわかる。こいつはもう小さなセルゲイではないと彼らが認めていることが。セルゲイは何週間も前から、その男が現われてくれることを、そして、〝必要な行ない〟が実際に必要になってくれることを、夜になると祈った。

ベルゲンからの便の機内清掃を開始するよう、ウォーキートーキーがひび割れた声で伝えてきた。

セルゲイは立ち上がり、欠伸《あくび》をした。

二度目のコックピットでの仕事は、一度目より簡単ですらあった。

掃除機の前蓋を開け、そのなかに入っているものを、副操縦士のロッカーのなかの手荷物バッグに移せばいいのだから。

清掃作業を終えて機を降りる途中で、乗機するフライト・クルーと擦れ違った。セルゲイは副操縦士と目を合わすまいと視線を落としたが、そのとき、彼が持っているキャスター付きのスーツケースがシュルツのそれと同じであることに気がついた。サムソナイト・アスパイアGRT。色も同じ赤だった。その上にファスナーで留めることのできる、赤い小さな手荷物バッグはついていなかった。副操縦士は知り合いではなかったし、どうしてこんなことをしているのかも、家族のことも知らなかった。セルゲイとシュルツと若い副操縦士をつないでいるのはタイで買った未登録の携帯電話の番号だけで、予定を変更するときはショートメッセージで知らせればよかった。アンドレイは絶対に最小限必要なことしか教えてくれなかった。だから、包みがどうなるのか、まったく知る術《すべ》がなかった。が、推測はできた。なぜなら、オスロ発ベルゲン行きの国内線の場合、副操縦士は税関審査も保安検査も受けなくてよく、手荷物バッグをそのまま、自分とフライト・クルーが泊まっているベルゲンのホテルに持ち込むことができるからだ。真夜中にホテルのドアが密やかにノックされ、副操縦士は四キロのヘロインを手渡し、別の四キロのヘロインを受け取る。バイオリンという新しいドラッグが出てきたせいでヘロインの価格が下がっているとはいえ、四分の一《クオーター》グラムの現行相場は、安くとも二百五十クローネだ。すでに希釈されているドラッグがもう一度希釈されれば、一グラムで千クローネになる。そのぐらいの計算はセルゲイにもできたし、自分の取り分が少ないこともわかっていた。だが、〝必要な行ない〟を実行したら、もっと大きな分け前に与《あずか》れるはずだということもわかっていた。数年後にはその分け前でタギルに家を買うことができ、気づいてみると美人のシベリア娘をものにできていて、もしかすると年老いた両親を引き取っているかもしれない。

セルゲイの肩胛骨《けんこうこつ》のあいだでタトゥーがむずむずした。

次にタトゥーを入れてもらうのを、皮膚が楽しみにしているかのようだった。

3

リネンのスーツの男はオスロ中央駅でエアポート・エクスプレスを降りた。その時間でも空気が穏やかに包み込んでくれたから、今日、久し振りに戻った故郷の街は陽光が溢《あふ》れて暖かかったのだろうと思われた。彼はほとんど滑稽にさえ見える小さなカンバス地のスーツケースを手に、しなやかな速い足取りで駅の南口を出た。外では、オスロの心臓――この街にそんなものはないと主張する向きもないではなかったが――が緩やかに拍動し、夜のリズムを刻んでいた。数は少なかったが、車が一台、また一台と環状の立体交差点を回って飛び出してきて、ストックホルムやトロンハイム方面へ向かう者は東へ、それ以外の市内へ向かう者は北へ、ドラムメンやクリスティアンサンへ向かう者は南へと走っていった。立体交差は大きさも形もブロントサウルスに似ていたが、いまや瀕死《ひんし》の状態のこの恐竜は間もなく姿を消し、オスロに新たに誕生する素晴らしい住宅街とビジネス街――そこには素敵なオペラハウスも新たに建てられていた――に変貌する運命にあった。男は足を止め、立体交差とフィヨルドのあいだにある白い氷山、新しいオペラハウスを見た。それはすでに世界の建築学の賞をいくつも受賞していて、まっすぐに海へと傾斜するイタリアの大理石の屋根を歩くために、遠くあちこちから人がやってきていた。建物の大きな窓の内側の明かりは、そこに降り注ぐ月の光と同じぐらい力強かった。

いやはや、ずいぶん立派になったもんだな、と彼は感嘆した。

いま彼が見ているのは新都市開発の有望な未来ではなく、過去だった。というのは、以前のこのあたりはオスロの麻薬中毒者の溜まり場《シューティング・ギャラリー》だったからである。ここなら、彼ら、この街の迷える子供たちも、完全にではないにしても廃屋の陰に隠れ、自分でヘロインを打ってハイになることができた。何もわかっていない善意の社会民主主義者の親と彼らを隔てる、粗末な仕切りとも言うべき場所だった。ずいぶん立派になったもんだ、と彼は改めて思った。あいつらはより美しい環境で地獄への旅を始められるわけだ。

ここに立つのは三年ぶりで、すべてが新しく、そして、すべてが同じだった。

彼らは駅とハイウェイのあいだの帯状の草地――路肩と言ってもいいかもしれない――にいた。いまもあのころと同じぐらいの麻薬が体内に入っていて、仰向けに寝そべり、強すぎるように思われる陽差しに目をつむって、まだ使える血管を見つけようと身体を丸めている。あるいは、膝とナップサックを抱え、どうしたものか決めかねた様子で、頭を垂れている。同じ顔ばかりだ。彼がここを歩いていたときと同じ生ける屍《しかばね》ではない――彼らはとうの昔に本当に死んでしまって、生き返ることは二度とない。だが、顔は同じだった。

トルブー通りへと至る道には、もっと大勢の彼らがいた。彼が戻ってきた理由は彼らと関連があった。だから、印象をまとめようとし、彼らの数が減っているか、増えているかを判断しようとした。彼らがまたプラータで取引していることを心に留めた。オスロ中央駅前広場の西の、アスファルトが敷かれた小さな一画。そこはかつて白く塗られていて、オスロの台湾であり、自由にドラッグの売買ができるところだった。初めて手を染めようとする若い買い手を救うことができるのではないかと考え、目を光らせていられるようにと、当局が作ったのだ。だが、取引の規模が大きくなるにつれて、プラータはオスロの本当の顔を見せるようになった。ヨーロッパでヘロインが取引される最悪の場所の一つとしての顔、純粋な観光客をも惹《ひ》きつける場所の一つとしての顔を。ヘロイン取引の増大と麻薬の過剰摂取による死亡者の増大は、ずいぶん前から首都を辱める主たる原因となっていたが、プラータはそれをもっとはっきり、目に見える形にしていた。新聞やテレビは麻薬で恍惚《こうこつ》となった若者、生ける屍が真っ昼間に繁華街を彷徨《さまよ》うさまを国民に見せつけ、政治家は責められた。右派が与党のとき、左派はこう言って騒いだ——〝離脱治療施設が足りない〟、〝刑務所は麻薬の使用者を増やすだけだ〟、〝新たな階級社会は移民の暮らす地域にギャングと麻薬の取引を作り出している〟。左派が与党のとき、右派はこう言って騒いだ——〝警察官が足りない〟、〝亡命を簡単に認めすぎる〟、〝服役者の七人に六人は外国人だ〟。

というわけで、執拗《しつよう》に責め立てられたあげく、オスロ市議会はお定まりの決断をするに至った。自分たちを守り、臭い物に蓋をする決断、すなわち、プラータを閉鎖すると決めたのである。

リネンのスーツの男はアーセナルの赤白のレプリカ・ユニフォームを着た若者を見た。彼の前では、四人が足をもぞもぞさせていた。アーセナルのユニフォームの若者は鶏のように左右に首を振り、ほかの四人はディーラーをじっと見つめていた。ディーラー——ここではアーセナルのユニフォームの若者——は、五人か六人、買い手の人数が揃うのを待ち、全員が揃ったら代金を受け取って、品物があるところへ客を案内する。角を曲がったところか、裏庭の陰で相棒が待っている。それは簡単な決めごとで、商品を持っているほうは決して金を扱わず、金を持っているほうは決して商品を扱わない。そうしておけば、彼らのどちらかがドラッグの取引をしているという動かぬ証拠を、警察が手に入れるのがより難しくなるからだ。それを見て、リネンのスーツの男は驚いた。八〇年代から九〇年代に使われていた古いやり方を目撃したからである。警察が通りで売人を捕まえるのを諦めていたとき、売り手は客の人数を揃えてから場所を移して取引をするという手の込んだやり方をやめ、やってきた客とその場で直接、片手に品物、片手に金を持っての商売を始めたのだった。警察が通りでの売人逮捕を再開しているということだろうか？

サイクリング・ウェアの男がペダルを踏んで通り過ぎた。ヘルメット、オレンジ色のゴーグル、筋肉で盛り上がった明るい色のジャージ。ぴったりしたサイクリング・ショーツの下で腿《もも》の筋肉が隆起し、自転車は高級なものに見えた。アーセナルのユニフォームの若者のあとにつづく買い手たちのさらにあとにつづきながら自転車の男に目が行ったのは、その自転車のせいに違いなかった。彼らは角を曲がって建物の反対側へ向かっていた。すべてが新しかった。すべてが同じだった。だが、彼らの数は減っているよな？

シッペル通りの角で、売春婦が訛りのきつい英語で声をかけてきた――ねえ、ベイビー！ちょっと待ちなさいよ、いい男！――だが、彼は首を横に振っただけだった。身持ちが堅いとか、金がないんじゃないかとかいう噂《うわさ》が、彼が歩く速度より速く広まっているかのようだった。なぜなら、女たちの数は増えつつあったが、彼に興味を示す者はほとんどいなかったからである。彼が若いころ、オスロの売春婦はジーンズに厚手の上衣《うわぎ》という実用的な服装をしていた。それに、数も多くなく、売り手市場だった。しかし、いまは競争が激しくなっていて、スカートは短く、ヒールは高く、ストッキングは網目模様になっていた。アフリカ系の女性たちは早くも寒そうだった。十二月になったらどうするんだ、と彼は思った。

さらに歩いて、クヴァドラトゥーレンへ入っていった。かつてはオスロで一番の繁華街だったのだが、いまは行政関係の建物とオフィス・ビルが建ち並ぶ、煉瓦とアスファルトの、殺風景な街区に変容してしまっていた。そこに集まる二十五万人の働き蟻《あり》は四時か五時には大急ぎで自分の巣に帰り、そのあとは夜行性の動物の天下になった。国王クリスティアン四世が幾何学的秩序についてのルネッサンスの理想に従い、街区を方形にして町を作ったとき、人口は火事によって抑制されていた。四年ごとにやってくる閏年《うるうどし》の夜、ここでは人々が炎に包まれて家と家のあいだを走るのを見ることができ、彼らの絶叫を聞くことができ、彼らが完全に燃え尽きてしまうのを目の当たりにできるという、よく知られた伝説があった。そのあとの舗道に積もった灰を風が吹き飛ばす前につかむことができれば、その人物が住んでいる家は決して燃え落ちることがないというのである。火災の危険があるが故に、クリステイアン四世はオスロの貧しい層の基準では幅の広い道路を造り、ノルウェーの建物らしくない煉瓦という材料で家を建てた。

リネンのスーツの男はそういう煉瓦の壁に沿って歩きつづけ、ドアが開け放されているバーの前を通り過ぎた。ガンズ・アンド・ローゼズの「ウェルカム・トゥ・ザ・ジャングル」を新しく冒瀆《ぼうとく》的な、マーリーおよびローズ、スラッシュ、ストラドリンに喧嘩《けんか》を売るような、レゲエ調にダンス・プロデュースした曲が、外で煙草を喫《す》っている男たちに向かってシャウトしていた。彼は差し出された腕の前で足を止めた。

「火はある?」

三十代後半の、胸の豊かなふっくらした女が彼を見上げ、赤い唇のあいだで煙草が挑発的に上下していた。

彼は片眉を上げ、笑っている彼女の女友だちを見た。その女友だちは彼女の後ろで火のついた煙草を持って笑っていた。胸の豊かな女はそれに気づいて笑い、一歩脇へ退《の》いてバランスを取り直した。

「そんなに警戒しないでよ」彼女が言った。王太子妃と同じノルウェー南部のセールラン訛りがあった。王太子妃のようなしゃべり方をし、王太子妃のような服装をして、王太子妃のように見せることで金持ちになった売春婦が夜のマーケットにいると聞いたことがあった。料金は一時間当たり五千クローネで、そこにはプラスティック製の王笏《おうしゃく》を比較的自由に使うことが含まれているということも。

彼女は歩き出そうとした彼の腕を押さえ、身を乗り出した。赤ワインの息が彼の顔にかかった。

「あなた、ハンサムね。ちょっと……火をもらえないかしら？」

彼は顔の反対側を彼女に向けた。よくないほう、あまりハンサムではない側を。彼女がたじろぎ、後ずさるのがわかった。コンゴで釘に引き裂かれ、へたくそな縫合をしたために残ってしまった、口から耳まで弧を描いている傷痕を見たのだった。

歩き出すと、音楽がニルヴァーナに変わった。「カム・アズ・ユー・アー」。オリジナル・バージョンだった。

「ハシシは？」

入口で声がしたが、彼は足を止めなかったし、見向きもしなかった。

「スピードは？」

三年前から断っていたし、再開するつもりもなかった。

「バイオリンは？」

いまは一番やるつもりのないものだった。

舗道の前方で若者が足を止め、二人組のディーラーに何かを見せながら話をしていた。若者は近づいてくる彼に気づき、探るような灰色の目で見つめた。警官の目だ、と彼は思い、俯いて通りを渡った。少し過敏になっているのかもしれなかった。考えてみれば、あんなに若い警察官が自分を知っている可能性は極めて低いはずだった。

ホテル。安宿。レオン。

この一帯はほとんど人気《ひとけ》がなかった。通りの反対側の街灯の下では、ドラッグの売人が自転車にまたがり、プロ仕様の服装と装備のもう一人のサイクリストが首に注射をするのを手伝ってやっていた。

リネンのスーツの男は首を振り、自分の前の建物のファサードを見上げた。旗《バナー》は同じで、埃《ほこり》で灰色に汚れ、最上階の三階の窓の下に垂れ下がっていた。〝一泊四百クローネ！〟。すべてが新しく、すべてが同じだった。


ホテル・レオンのフロント係は新しくなっていた。まだ子供ではないかと思われるほどの若者が、リネンのスーツを着た男を驚くほど慇懃《いんぎん》な、そしてびっくりするほど――レオンにしては、だが――疑いのない笑顔で迎えた。そして、声に皮肉の色合いなど微塵《みじん》もないことを願いながら心から「いらっしゃいませ」と迎え、パスポートを見せてほしいと言った。外国人と間違えられるのは陽に焼けた肌とリネンのスーツのせいだろうと思いながら、男はノルウェーの赤いパスポートを渡した。それは使い古され、いい人生と呼ぶには多すぎるほどのスタンプに覆われていた。

「ありがとうございました」フロント係がパスポートを男に返し、宿泊記録用紙をカウンターに置いてペンを差し出した。

「印がついている欄だけで結構です」

レオンに宿泊記録用紙だ？　男は内心驚いた。結局のところ、変化したところがあるのかもしれなかった。男はペンを受け取った。フロント係は男の手を、中指を見つめていた。ホルメンコーレンの尾根の家で切り落とされるまでは一番長かった指を。いまは第一関節から灰青色のチタンの義指に置き換えられていた。その指を使うことは多くなかったが、何かを握るときに隣り合う指のバランスを取ってくれていて、とても短かったから邪魔になることもなかった。不都合があるとしたら、空港の保安検査場で長々と説明をしなくてはならないことぐらいだった。

彼は〝姓名〟の欄を埋めた。

〝生年月日〟

いまはもう、三年前にノルウェーを出たときの傷ついた年寄りではなく、四十代半ばの男に見えるはずだった。運動と健康的な食事と充分な睡眠を厳しく自分に課し、そして――もちろんのことだが――依存性のある物質は絶対に体内に入れていなかった。その目的は、若く見せるためではなく、死を避けるためだった。さらに言うなら、それが気に入っていた。決まった日常、規律、秩序が、実は昔から好きだった。だとしたら、自分の人生がこれほど混沌《こんとん》としたものになったのはなぜなのか？　どうしてこれほどの自己破壊をし、酩酊《めいてい》を繰り返していた暗黒の時期に人間関係をいくつも駄目にするはめになったのか？　いくつもの空白の記入欄が物問いたげに彼を見上げていた。だが、それらは、要求されている答えを書き込むにはあまりに小さすぎた。

〝住所〟

ソフィー通りのアパートは三年前に出た直後に売却してしまっていたし、ウップサールの両親の家もそれは同じだった。いまの生業を考えると、住所を公にするのは内在する危険を引き寄せる可能性があった。だから、ほかのホテルにチェックインするときに使っている住所を記入した——香港、チョンキン・マンション。それ以外のところよりは事実とかけ離れていなかった。

〝職業〟

殺人。それは書かなかった。記入欄に印がついていなかった。

〝電話番号〟

架空の番号を書き込んだ。携帯電話は追跡することができるから、会話と居場所を知られる恐れがあった。

〝近親者の電話番号〟

近親者？　ホテル・レオンにチェックインするときに女房の電話番号を自分から教えるのはどんな亭主だ？　だって、オスロのどのホテルより公共の売春宿同然のところなんだぞ。

フロント係は明らかに彼の胸の内を読むことができるようだった。「お客さまが具合が悪くなられた場合に、お知らせする方が必要ですので」

彼はうなずいた。ことに及んでいる最中に心臓発作を起こすことだってあるからな。

「そういう方がいらっしゃらなければ、ご記入いただかなくて結構です」

「いないんだ」彼はその言葉を見ながら答えた。近親者。妹のシースがいる。「ダウン症の気がある」と自ら言っているが、兄よりはるかに果敢に人生に取り組み、はるかに上手く対応している。シースのほかにはいない。まったく一人も。近親者なんかどうでもいい。

支払い方法の〝現金〟の欄にチェックマークを入れると、サインをし、用紙をフロント係に返した。それに目を通していた彼の顔に、ついにそれが光った。疑いが。

「……あのハリー・ホーレさまですか？」

ハリーはうなずいた。「それが何か問題か？」

若者が首を横に振り、ごくりと唾を呑《の》んだ。

「結構」ハリーは言った。「鍵をもらえるかな？」

「失礼しました！　どうぞ、三〇一でございます」

ハリーは鍵を受け取った。若者は瞳孔が拡大し、喉を締めつけられたような声になっていた。

「あの……私の叔父が」若者が言った。「このホテルの経営者なのです。私の前にここに坐っていました。その叔父があなたのことを色々話してくれました」

「きっと、いいことだけだろうな」ハリーは言い、カンバス地のスーツケースをつかむと階段へと向かった。

「エレベーターは――」

「エレベーターは好きじゃないんだ」ハリーは振り向きもしないで言った。

部屋は以前と同じだった。粗末で、狭くて、まずまず清潔と言ってよかった。いや、実はカーテンが新しくなっていた。緑色で、ごわごわしていて、絞らずに吊るしたまま干せる、ドリップドライの生地のようだった。それで思い出した。彼はスーツをバスルームに吊るすと、湯気で皺《しわ》が伸びるようシャワーを出した。彌敦道《ネイザン・ロード》の〈パンジャブ・ハウス〉で買ったスーツで、香港ドルで八百もしたが、仕事をするにはどうしても必要な投資だった。襤褸《ぼろ》を着ている男を尊敬してくれる者はいない。シャワーの下に立つと、熱い湯が肌を刺激した。浴び終わると、裸で部屋を突っ切り、窓を開けた。三階。裏庭。開いた窓から、外の音がやってきた。カーテンレールをつかんで身を乗り出し、真下を見た。ごみ容器の蓋が開いたままになっていて、その中身の甘い匂いが上空へと昇ってきているのだとわかった。吐いた唾がごみ容器のなかの紙に当たる音が聞こえた。が、そのあとにつづいた擦《こす》れるような音は、紙のものではなかった。何かが折れる音がし、緑色のごわごわしたカーテンが彼の左右に落ちてきた。くそ！　そのレールをカーテンリングから外してみると、両端が膨れた球根形になっている古いタイプで、以前にも折れたことがあり、だれかがそれを茶色のテープで応急につなぎ直していた。ハリーはベッドに坐ると、ベッドサイド・テーブルの引き出しを開けた。淡青色の人工皮革の表紙の聖書が一冊と、カードに針を一本刺して黒い糸を巻きつけた裁縫セットが入っていた。よくよく考えれば、結局のところそんなに悪いアイデアではないかもしれない。ことをすませた客が弾け飛んだズボンの前ボタンを付け直したり、罪の赦《ゆる》しを乞うために聖書を読むことができるわけだから。ハリーは仰向けになって天井を見つめた。

すべてが新しかった。すべてが……。彼は目を閉じた。飛行機のなかではまったく眠れなかったから、時差ぼけであろうとなかろうと、カーテンがあろうとなかろうと、眠らずにはいられないはずだった。そして、この三年、毎晩見ている夢をまた見ることになるのだろう。通路を走り、轟音《ごうおん》とともに迫ってくる、空気を奪い、息をできなくさせる雪崩《なだれ》から逃れようとする夢を。

そのためには、諦めずに、少し長く目を閉じているだけでいい。

自分が考えていることを制御できなくなり、とりとめがなくなりはじめた。

近親者《ネクスト・オブ・キン》。

親類《キン》。知己《キス》。

近親者。

彼がそれだった。それが彼が戻ってきた理由だった。

セルゲイはＥ６号線を、オスロへ向かって車を走らせていた。早くフールーセットのアパートへ帰ってベッドに入りたかった。深夜で車はほとんど走っていなかったが、それでも時速七十五キロ以下を維持しつづけた。携帯電話が鳴った。アンドレイとの会話は短かった。アンドレイは、彼がおじさんと呼ぶセルゲイの叔父、頭領《アタマン》と話した内容を中継してくれたのだった。電話を切ったあと、セルゲイは自分を抑えられなかった。アクセルを踏み込み、歓声を上げた。あの男がやってきた。いま、今夜、あの男がここにいる！　とりあえずすることはない、状況そのものが解決してくれるかもしれない、とアンドレイは言っていた。だが、いまや気持ちの面でも肉体の面でも、更なる準備をする必要があった。ナイフの使い方を練習し、眠り、油断なく待ちかまえていなくてはならない。〝必要な行ない〟が必要になった場合に備えて。

4

荒い息をしてソファに坐っているトール・シュルツの耳に、頭上を飛ぶ飛行機のエンジンの轟《とどろ》きが辛うじて届いた。裸の上半身は薄い汗の膜に覆われ、殺風景な居間の壁のあいだでは、鉄のウェイトを重ねたときの音がいまも谺《こだま》していた。背後にはそのウェイトと、彼の汗で光っている詰め物をした人工皮革のベンチがあった。テレビの画面の向こうではドン・ドレイパーが煙草をくゆらし、ウィスキーのグラスを傾けていた。屋根の上でまた飛行機のエンジン音が轟いた。『マッドメン』、六〇年代のアメリカ。本物の服を着た女たち。本物のグラスのなかに本物の飲み物。メントールではない本物の両切り煙草。人を殺さないものが人をもっと強くした時代。彼はシーズン1しか買わなかった。それを繰り返し観ていた。シーズン2が好きになれるかどうかは自信がなかった。

ガラスのコーヒーテーブルの上の白い条《すじ》を見て、IDカードの縁を乾かした。いつものように、それを刻むときに使ったのだった。機長の制服の胸ポケットにつけるカード、コックピットへ入らせてくれて、空を飛ばせてくれて、給料を支払ってくれるカード。彼を彼たらしめてくれるカード。露見したら、ほかのすべてもろとも取り上げられてしまうカード。それがIDカードを使うのが正しいと感じられる理由だった。不誠実ばかりのなかで、それだけは誠実な何かだった。

明日の朝早くバンコクへ戻ることになっていた。スクンビット・レジデンスでの二日間の休日。いいじゃないか。とりあえずはいいはずだ。以前よりはましだろう。シュルツはアムステルダムから飛ぶときの手続きが気に入らなかった。危険すぎる。南アメリカのフライト・クルーがスキポール空港へのコカイン密輸に深く関わっていたことが明らかになったあと、どの航空会社であろうと例外なく、フライト・クルー全員が手荷物を調べられ、身体検査をされる可能性が出てきていた。それなのに、シュルツの側のやり方が変わることはなく、同じ日の遅い時間にベルゲン、トロンハイム、あるいはスタヴァンゲル行きの国内線の操縦席に坐るまで、包みを自分のバッグに入れたまま持っていなくてはならなかった。それらは燃料を余分に消費してでもアムステルダムからの遅れを取り戻し、何としても自分が操縦しなくてはならない国内線だった。もちろんガルデモン空港では常に出国ゲートの向こう側にいたから税関審査を受ける必要はなかったが、引き渡しまでの十六時間、ドラッグをバッグに入れっぱなしにしなくてはならないことがときどきあった。それに、引き渡しも安全だという保証はなかった。公共の駐車場、客の少なすぎるレストラン、用心深く目を光らせているフロント係がいるホテル。

シュルツはこの前ここにきたときに渡された封筒から、千クローネ札を一枚取り出して巻いた。その目的のために特に作られたプラスティックのチューブがあったが、そこまでのものは必要なかった。離婚するときに妻が弁護士に言ったようなヘビー・ユーザーではなかったからだ。あのずる賢い女狐《めぎつね》が離婚の理由として終始言い張ったのは、自分の子供たちが薬物中毒の父親と暮らして大きくなるのを見たくないし、夫が自分の住まいでもあり家庭でもあるところで薬物を摂取するところも見たくないということだった。客室乗務員とのことは無関係で、それは何とも思っていないし、ずっと前に心配することもやめてしまった——だって年なんだから、と抜かしてくれた。そして、最後通牒《つうちょう》を突きつけてきた。家と子供たち、そして、おれがまだ使わずに残っている相続財産は自分がもらう。うんと言わなければ、おれがコカインを所持して使っていることを司法機関に訴える。証拠もしっかり集めていて、おれの弁護士でさえ、有罪は確実だし、仕事も間違いなく失うことになると言ったほどだった。

選択の余地はほとんどなく、おれに許されたのは負債を持ちつづけることだけだった。シュルツは立ち上がると、窓のところへ行って外を見つめた。あいつら、もうすぐここへくるんだったよな?

シュルツはまったく新しいやり方で包みをバンコクへ運んでいた。理由はわからない。それはノルウェーで言うところの、ロフォーテン諸島で釣りをするといったような類いのことだった。今度が六回目だったが、いずれにせよ、すべてが何の問題もなく運んでいた。これまでは。

家々には明かりが灯《とも》っていたが、それぞれのあいだが離れていた。寂しげな住宅地だな、と彼は思った。ガルデモンが空軍基地だった時代に将校用の住宅が建っていたところで、どれも同じような箱形の平屋が、殺風景な芝地に間隔を置いて点在していた。低空を飛ぶ軍用機がぶつかる可能性が最も低い高さと、万一衝突して火災を起こした場合でも、延焼の可能性が最も低い距離を考慮した結果だった。

シュルツがここに住んでいたのは、強制兵役でハーキュリーズ輸送機を飛ばしているときだった。子供たちは家と家のあいだを走り、ほかの子供たちのところへ遊びに行った。夏の土曜日。男たちはエプロンを着け、食前酒を手にバーベキューを囲んだ。開け放した窓からお喋《しゃべ》りが聞こえ、その向こうでは女たちがサラダを作りながらカンパリを飲んでいた。まるで彼のお気に入りの映画で、最初の宇宙飛行士たちとテスト・パイロットのチャック・イェーガーを描いた『ライトスタッフ』の一シーンだった。パイロットの妻は、たとえ夫が飛ばしているのがハーキュリーズにすぎないとしても、みな美しかった。あのころ、彼らは幸せだった。だから、おれはここに戻ってきたのではないか？　時間を巻き戻したいという無意識の衝動に駆られて？　あるいは、どこで間違ったかを突き止めてやり直したいからか？

シュルツは車がやってくるのを見て、反射的に時間を確認した。予定より十八分遅れていた。

コーヒーテーブルへ戻り、二度息を吸った。そして腰を屈《かが》め、そこに作ってある白い粉の条の端に巻いた紙幣の先端を当てて、一気に鼻に吸い込んだ。とたんに粘膜組織が刺激された。そのあと、残りの粉を指を舐《な》めてすくい取り、歯茎に擦り込んだ。苦かった。ドアベルが鳴った。

例によって、いつもの二人組だった。一方は背が低く、もう一方は背が高い。二人ともきちんとした服装だったが、袖の下から刺青《タトゥー》が覗《のぞ》いていた。ほとんど滑稽でさえあった。

彼が二人から受け取ったのは五百グラムの細長いソーセージ状の包みで、キャリーバッグの伸縮式ハンドルの周囲の金属板の内側にぴったり収まる大きさだった。スワンナプーム空港に着いたら、その包みを取り出し、コックピットのパイロット用ロッカーの奥の毛布の下に隠す。彼がその包みを見るのはそれが最後で、そのあとのことはたぶん地上スタッフに任されているのだろうと思われた。

この大男と小男の二人組から包みをバンコクへ運ばないかと持ちかけられたとき、到底正気の沙汰とは思えなかった。だって、ドラッグの末端価格は世界のどこよりもオスロが高いのに、なぜ国外へ持ち出す必要があるのか？　彼は答えを探ろうとしなかった。探ったところで見つからないし、見つからなくてもかまわなかった。しかし、ヘロインをタイへ密輸したことが露見して捕まったら死刑もあり得ることを指摘して、運び賃の値上げを要求した。

二人は笑った。まずは小男が、次いで大男が。神経回路が短いほうが反応が速くなるのだろうかと、シュルツはそれを見て思った。もしかして、ジェット戦闘機のコックピットがあんなに小さいのは、反応が遅い大男を除外するためかもしれない。

小男のほうが耳障りな、ロシア訛りがあるように思われる英語で説明したところでは、それはヘロインではなく、まったく新しい何か、新しすぎてまだ法律で禁止されてすらいないものだった。しかし、合法的ならなぜ密輸しなくてはならないのかとシュルツが訊くと、二人はもっと大きな声で笑い、余計な詮索はしないで、イエスかノーかだけ答えろと言った。トール・シュルツはイエスと答えたが、それはもう一人の自分がこう忠告してくれたからだった。ノーと答えたらどういう結果が待っていると思う?

そのときから数えて、これが六回目だった。

シュルツはじっくりと包みを見た。彼らが使っているコンドームとフリーザーバッグに石鹸《せっけん》の匂いをつけたらどうだろうと二度ほど考えたことがあったが、麻薬探知犬は臭いを嗅ぎ分けられるし、そう簡単に騙《だま》されもしないと教えられた。ビニールの包みを完全確実に密封するしかないのだと。

シュルツは待ったが、何も起こらなかった。それで、咳払《せきばら》いをした。

「ああ、忘れるところだった」小男が言った。「昨日の運び賃だ……」

そして、上衣の内側へ手を入れながら邪悪な笑みを浮かべた。あるいは、邪悪ではなく東欧圏のユーモアかもしれないが。シュルツは相手を殴りつけ、両切り煙草の煙を顔に、十二年もののウィスキーを目に吐きかけてやりたかった。西欧圏のユーモアだ。だが、その代わりに礼の言葉をつぶやき、封筒を受け取った。薄かった。高額紙幣に違いなかった。

二人組が帰ったあと、ふたたび窓のところへ戻り、車が闇に消えるのを見送った。そのエンジン音がボーイング737——その600型機かもしれない——の轟きに呑み込まれていった。いずれにせよ、次世代機だ。旧型よりも金属的で耳障りだ。それに、腹に響く。シュルツは窓に映る自分を見た。

そうとも、おれはやつらの金を受け取った。これからも受け取りつづけるだろう。人生がおれの目の前に差し出すすべてを受け取ってやる。なぜなら、おれはドン・ドレイパーでも、チャック・イェーガーでも、ニール・アームストロングでもないからだ。おれはトール・シュルツ、借金を抱えた座高の高いパイロットで、コカインの問題もある。おれはきっと……

想いは次の飛行機の音に呑み込まれた。


忌々しい教会の鐘だ！　あんたにはあいつらが見えないのか、父さん？　おれのいわゆる近親者が、おれの棺桶《かんおけ》を取り囲んでいるのが！　空涙を流しながら、嘆くのが――〝グスト、おまえはどうしてわれわれのようになることを学べなかったんだ？〟。そうとも、この猫かぶりの偽善者ども。そんなことができてたまるか！　養母のようになんかなれるか。使い物にならない脳味噌しか持っていない馬鹿女。正しい本を読んでいる限り、正しい教師《グル》の話を聞いている限り、正しい糞《くそ》ハーブを食べている限り、すべては素晴らしいと考えつづける馬鹿女。自分の幻想を打ち砕かれるたびに、同じことしか言わない馬鹿女――「でも、わたしたちが作ってきた世界を見てごらんなさい。戦争、不公平、自分たちと調和して生きない人人ばかりじゃないの」。世間知らずのおまえに教えてやることが三つある。一つ目――戦争、不公平、調和しないで生きる人々、それは普通のことだ。二つ目――おれたちのうんざりするような家族全員のなかで、だれより調和しないで生きているのがおまえだ。おまえは自分が持つことができない愛を欲しがっているだけで、自分に与えられた愛に気づきもしない。すまない、ロルフ、ステイン、イレーネ。だけど、あの女にはおれしかいないんだ。そのせいで、どれよりも噴飯ものの三つ目へ向かうことになる――おれはおまえを愛したことなんかないんだ、世間知らず。自分は愛されるにふさわしいとおまえ自身がどんなに思っていたとしてもだ。おれがおまえを母さんと呼んだのは、そのほうが生きやすかったからだ。おれがこれまでやってきたのは、おまえにやらされたことばかりだ。なぜなら、それがおれでいる術だからだ。

ロルフ。少なくともあんたは自分を父さんと呼べとは言わなかった。おれを本当に愛そうとしてくれた。だけど、あんたも人間の持っている本性は無視できなかった。血は水より濃いことに気がついた。ステインとイレーネだ。あんたたちが〝里親〟であることをおれがほかの者たちに話すと、あの女の目に傷心が表われるのがわかった。そして、あんたの目には憎しみが表われた。それは〝里親〟という言葉が痛いところを突いたからではなく、あんたがどういうわけか愛した女をおれが傷つけたからだ。あんたは少なくとも自分を正直に見ていると思う。おれに見えているようにだ。人生のある時点で自分自身の理想主義に酔い、別の男の息子を育てる力があると考えて、すぐにその力がないことに気づく人間だ。政府があんたに払う月々の養育費では、実際にかかる費用をまかなえない。あんたはやがて、おれが愛の巣への侵入者で、すべてを食べてしまうことに気づく。あんたの愛しているすべてを。あんたの愛する者すべてを。ロルフ、あんたはもっと早くそれに気づいて、おれを追い出すべきだった！　おれの盗みに最初に気づいたのはあんただったんだから。最初はたかだか百クローネで、おれは盗みを否定した。母さんにもらったんだと言って。「そうだよね、母さん？　母さんがくれたんだよね」彼女は多少のためらいのあとでうなずき、目に涙を溜めて、自分がそのことを忘れていたに違いないと言った。二度目は千クローネだった。あんたの引き出しから盗んだんだ。家族で休暇を楽しむための費用だとあんたは言った。「あんたたちと一緒の休暇なんかまっぴらだ」と、おれは答えた。そのとき、あんたは初めておれをひっぱたいた。そして、それがあんたのなかの何かの引鉄《ひきがね》を引いたんだろう、それ以降、ひっぱたくのをやめなかった。おれはすでにあんたより大きくなっていたが、やり返すことは一度もできなかった。そんなふうには。拳と筋肉を使っては。だから、別の方法で闘った。でも、そのころには、あんたは拳を使うようになっていた。やがて、その理由がわかった。あんたはおれの顔を壊したかった、おれの強みを消したかったんだ。だけど、母さんとおれが呼ぶ女が割って入ろうとした。それで、あんたはあれを、あの言葉を口にした。〝盗人〟。確かに否定のしようはない。だが、それはおれがあんたを、けちな野郎を、叩き潰さなくてはならなくなったことを意味した。

　ステイン、寡黙な長男。おれが〝愛の巣への侵入者〟だと最初に気づきながら、それでも距離を置きつづけるぐらいの頭は持っていた男。大学のある町へ突然出ていってしまい、できるだけ遠くへ、できるだけ早く逃れてしまった、抜け目のないはぐれ狼。自分と一緒に行こうと、愛する妹のイレーネを説得しようとした兄。妹はオスロを離れてトロンハイムへ行っても、学校を卒業できるぐらいの成績は修められるとあんたは思っていた。だが、母親がそれを阻止した。もちろん、あの女は何も知らなかった。知りたくなかったんだ。

イレーネ。愛らしい、そばかすの散った、はかなげなイレーネ。おまえはこの世界では善良すぎた。おまえはおれでないすべてだった。それなのに、まだおれを愛してくれた。知っていたとしても愛してくれただろうか？　おれが十五のときからおまえの母親とやっていたと知っていたとしても、それでもおれを愛してくれたか？　赤ワインで酔っぱらい、ふんふん鼻を鳴らして哀れっぽく懇願するおまえの母親と、バスルームのドアや地下室のドアやキッチンのドアに手を突かせて後ろから、「母さん」と耳元でささやきながらやっているのを知っていたとしても？　どうして〝母さん〟とささやくかというと、そのほうが互いに熱くなれるからだ。彼女はおれに金をくれ、おれをかばい、自分が年を取って醜くなり、あなたが素敵な女の子と出会うまでおれを借りていたいだけなんだと言った。「だけど、母さんはもう年取っていて醜いよ」とおれが答えたら、それを笑い飛ばして、もっとやってとせがんだ。

おれは依然として養父に殴られ、蹴られて、痣《あざ》だらけだった。その日、おれは仕事中の養父に電話をし、三時に帰ってきてほしいと頼んだ――大事な話があるから、と。そして、帰ってきたのが母親に聞こえないよう玄関のドアを薄く開けたままにし、彼の足音を消してしまうために、彼女が聞きたがるだろう甘くていやらしい、意味なんかない言葉をささやきつづけた。

養父が入口に立っているのが、キッチンの窓に映った姿でわかった。

翌日、養父は出ていった。しばらく前から自分たちはうまくいっていなくて、別れることにした、とイレーネとステインは告げられた。イレーネは悲嘆に暮れた。ステインはまだトロンハイムにいて、ショートメッセージで返事をしてきた――〝悲しい。ぼくはクリスマスにどこへ帰ればいいのか？〟

イレーネは泣きつづけた。彼女はおれを愛していた。もちろん、おれについてきた。盗人に。

教会の鐘が五回目を打った。信徒席からは泣き声と洟《はな》をすする音。コカイン、大量の現金。ウェストエンドで、一発決めるためならちゃんと金を払うジャンキーの名前で部屋を借り、階段や門のあたりで少量を売りはじめる。安全だと感じるようになると、徐々に値段は上がっていく。コカインをやる連中は安全のためなら何でもする。立って、出ていって、依存を断ち切り、真人間になる。ろくでもない敗者のようにうずくまったまま死ぬんじゃない。聖職者が咳払いをする。「私たちはグスト・ハンセンを偲《しの》ぶためにここに集っています」

はるか後方の席で声がする。「盗人」

トゥトゥがバイカー・ジャケットにバンダナという格好でそこに坐っている。さらにその後ろからも何かが聞こえる。犬が悲しげに小さな声で鳴いている。ルーファス。いい子で忠実なルーファス。おまえ、帰ってきたのか？　それとも、おれがもう逝ってしまっているのか？

トール・シュルツは自分のサムソナイトのバッグを、動いているコンベヤの上に置いた。バッグが向かうX線検査装置の隣りで、保安検査係官が微笑していた。

「わからないいんだけど、どうしてあなたはこんなスケジュールになっているの？」客室乗務員が訝《いぶか》った。「どうしてバンコクへ週に二回も？」

「そうしてくれと、私が頼んだんだ」シュルツは金属探知器をくぐりながら言った。フライト・クルーは一日に何度も放射線を浴びるのに反対してストライキをすべきだと、組合のだれかが提案していた。アメリカの調査では、パイロットとキャビン・クルーが癌《がん》で死ぬ比率はほかの母集団よりも高かった。しかし、ストライキを主張する側は何も言っていなかったが、平均余命も長かった。フライト・クルーが癌で死ぬのは、死にようがほかにほとんどなかったからだ。彼らは世界一安全で、世界一退屈な人生を生きていた。

「そんなに飛びたいの？」

「私はパイロットだ、飛ぶのが好きなんだよ」シュルツは嘘《うそ》をつき、コンベヤからバッグを引き取ると、ハンドルを伸ばして歩いていった。

間もなく彼女が追いついて横に並んだ。灰色の大理石《アンティーク・フォンセ・マーブル》を敷き詰めたガルデモンの床を打つヒールの音は、木の梁と鋼鉄でできた丸天井の下で人々が話す低いざわめきをほとんど呑み込まんばかりだった。残念ながら、その音は、質問をささやく彼女の声は呑み込んでくれなかった。「それは奥さんと別れたからなの、トール？　時間をもてあまして、それを埋める術がないから？　うちに独りでいたくないから――」

「超過勤務手当が必要だからだよ」シュルツはさえぎった。少なくとも、それはまったくの嘘ではなかった。

「独りがどんなものかはわかっているわ。知らないかもしれないけど、わたし、去年の冬に離婚したの」

「ああ、そうだったな」シュルツは答えたが、彼女が結婚していたことすら知らなかった。そして、ちらりと彼女を見た。五十か？　日焼けサロンへ通っていなくて、化粧もしていない朝はどんな顔なんだろう。色褪《いろあ》せた客室乗務員の夢を持つ色褪せた客室乗務員。この女とやったことはきっとないはずだ――いずれにせよ、顔を見ながらは。このジョークを十八番《おはこ》にしていたのはだれだったか？　昔のパイロットの一人、戦闘機乗りの一人、おれたちの地位が落ちぶれる前に、何とか引退に漕ぎつけることができた連中の一人だ。フライト・クルー・センターへつづく廊下へ入ると、シュルツは足取りを速めた。客室乗務員は息を切らしはじめたが、それでも遅れずについてきた。が、この速度を維持すれば、彼女は話をするのに充分な空気を肺に取り込めなくなるかもしれなかった。

「ねえ、トール、バンコクで一泊することになったんだから、もしかしたらわたしたち……」

シュルツは大きな欠伸をした。彼女は気を悪くしただろうが、大して気にもならなかった。昨夜のせいで、いまも少しふらふらしていた。例の二人組が帰ったあと、さらにウォトカとコカインを追加したのだ。もちろん、アルコール検知器に引っかかるほどの量ではなかったが、十一時間も空を飛んでいるあいだに眠気に負けるのではないかと不安になるには充分な量だった。

「見て！」彼女が叫ぶように言った。頭の悪さ丸出しの、心を奪われずにはすまない、信じられないぐらい可愛いものを見たと言わんばかりの甲高い声だった。

そして、シュルツは見た。それは自分たちのほうへ向かっていた。明るい毛色で耳が長く、悲しげな目をした小さな犬が、一生懸命尾を振っていた。スプリンガースパニエル。そいつを連れているのはやはり明るい金髪で優しい茶色の目の、大きな涙滴形のイヤリングをつけた、申し訳なさそうな中途半端な笑みを顔全体に貼りつけている女だった。

「可愛くない？」客室乗務員がシュルツの横で甘い声で訊いた。

「ふむ」シュルツは掠《かす》れた声で応えた。

犬は彼らの前のパイロットの股のあいだを擦り抜けた。パイロットが片眉を上げ、悪戯《いたずら》っぽい笑みを浮かべて振り返った。少年のような憎めない表情を演出しているかのようだった。だが、シュルツはそのことを考えつづけられなかった。そのことだけでなく、ほかの何も考えられなかった。考えられるのは自分のことだけだった。

犬は黄色いベストを着ていた。犬を連れている女性も同じベストを着ていた。〝税関〟と記されていた。

犬は近づきつづけ、いまや五メートルを隔てるだけになっていた。

大丈夫だ、厄介なことになどなるはずがない。ありえない。ドラッグはコンドームで密封され、二枚重ねのフリーザーバッグで防御してある。臭いが外へ漏れることなどこれっぽっちもないはずだ。だから、笑顔でいればいい。ゆったりとして、笑みを浮かべるんだ、過不足なく。シュルツは自分の横でしゃべりつづけている声のほうを見た。しっかり集中していないと、発せられている言葉を聞き取れないかのようにして。

「すみません」

二人は犬を無視して、足を止めることなく歩きつづけた。

「すみません！」声が鋭さを増した。

シュルツは前方を見た。フライト・クルー・センターの入口まで十メートル足らず。あそこへ入ってしまえば安心だ。あと十歩で逃げ切れる。

「待ってください、機長！」

あと七歩。

「あなたのことじゃないの、トール？」

「何だろう？」シュルツは足を止めた。止めざるを得なかった。そして、振り返った。顔に作っている驚きが偽りのものだとばれないことを願いながら。黄色いベストの女性が近寄ってきた。

「あなたが気になるって、この子が言っているんです」

「ほう？」シュルツは犬を見下ろした。しかし、なぜだ？　どうして？

犬がシュルツを見返し、新しい遊び相手だと思ってでもいるかのように猛烈な勢いで尾を振った。

どうして？　二枚重ねのフリーザーバッグとコンドームだぞ？　なぜだ？

「この子がそう言うからには、あなたを調べさせてもらわなくてはなりません。ご同行をお願いします」

彼女の茶色の目はいまも優しさを宿していたが、言葉の最後に疑問符はついていなかった。その瞬間、シュルツは〝どうして？〟という疑問が氷解し、胸につけたＩＤカードを危うく触りそうになった。

コカインだ。

最後の一条《ひとすじ》を刻んだあと、拭き取るのを忘れていた。それが付着したままになっていたんだ。

だが、そうだとしても、ほんの数粒だ。それなら、パーティでだれかにＩＤカードを貸してやったんだと簡単に言い逃れられる。だから、最大の問題はもうそれではない。バッグだ。バッグのなかも調べられるに違いない。パイロットとして、シュルツは緊急時にどう対処するか教えられていたし、頻繁に実地訓練もしていたから、それがほとんど反射的にできるようになっていた。もちろん、その本来の目的は、パニックに陥ったときでも脳が自動的にそうできるようにすることだった。この状況をいったい何度想像し、対処方法を考えて、頭のなかで訓練してきたことか。税関職員に同行を求められたときにどうすべきかを。シュルツは客室乗務員に向かって諦めの笑みを浮かべ、彼女の名札を見て言った。「私が気になるんだそうだ、クリスティン。私のバッグを預かってもらえるかな？」

「バッグもお持ち願います」税関職員が言った。

シュルツは彼女を見た。「気になったのは私で、バッグではないんだろ？　あなたは確かそう言ったはずだが？」

「そうですが、しかし――」

「バッグには飛行用の資料が入っていて、クルーは出発前にそれをチェックしなくてはならない。まあ、バンコク行きの満席のエアバス３４０が遅れる責任をあなたが取りたいというのなら話は別だが」シュルツは自分が文字通り息を切らせていることに気づき、肺に空気を満たして、機長の制服の下の胸の筋肉を膨らませた。「定刻に出発できなかったら、数時間の遅れが生じ、社が数十万クローネの損失を被る可能性が生じるのだがね」

「残念ながら、規則が――」

「乗客は三百四十二人」シュルツはさえぎった。「その多くは子供だ」薬物密輸犯がパニックに陥る前兆ではなく、機長として深刻に懸念しているように聞こえるのをシュルツは願った。

税関職員が犬の頭を軽く叩き、シュルツを見た。

主婦みたいだ、とシュルツは思った。子供がいて責任を負っている女性、おれの苦しい立場を理解できる女性だ。

「バッグを持っての同行をお願いします」彼女が言った。

彼女の後ろにもう一人の税関職員が現われ、腕組みをして足を踏ん張った。

「さっさと終わらせよう」シュルッはため息をついて言った。


オスロ警察のグンナル・ハーゲン刑事部長は回転椅子に背中を預け、リネンのスーツの男をしげしげと見た。三年前は、顔の裂傷を縫合した痕がまだ生々しく赤く、いつ死んでもおかしくないようにさえ見えた。しかしいま、かつての部下は健康そうだった。何としても必要だった数キログラムの肉が身体につき、スーツの下で肩が張っていた。スーツ。この殺人事件捜査官がジーンズにブーツ以外の格好をしていた記憶は、ハーゲンにはなかった。もう一つの違いは、襟に貼ったステッカーが、彼が職員ではなく、訪問者であると示していることだった——ハリー・ホーレ。


だが、その姿勢が、椅子に坐っているというより、ずるりと寝そべっているように見えるのは以前と変わらなかった。

「前よりはよくなったようじゃないか」ハーゲンは言った。

「あなたの街もね」ハリーが応じた。口にくわえている火のついていない煙草が上下した。

「そう思うか？」

「見事なオペラハウスができて、通りのジャンキーの数も減ってるじゃないですか」

ハーゲンは立ち上がって窓のところへ行った。警察本部の六階からは、オスロの新しい地区、ビョルヴィーカが陽を浴びているのが見えた。懸命の努力の結果、街は浄化されていた。

「去年は薬物過剰摂取による死亡者が激減していますね」ハリーが言った。

「価格が上がって、消費が減った。そして、オスロ市議会は長年待ち望んでいた結果を手に入れた。ヨーロッパにおける薬物過剰摂取者数の上位の座をほかに譲るという結果をな」

「幸せな日々が再来したわけですか」ハリーが頭の後ろで手を組んだ。まるで椅子から滑り落ちようとしているみたいだった。

ハーゲンはため息をついた。「私を訪ねてきた理由をまだ聞いていないんだがな」

「そうでしたか？」

「ああ、聞いてない。もっと正確に言うと、刑事部へきた理由だがね」

「かつての仲間がかつての仲間を訪ねるのは普通でしょ？」

「人付き合いのできる普通の連中ならな」

「いいでしょう」ハリーがキャメルのフィルターを噛《か》んだ。「おれの仕事は殺人なんです」

「殺人だった、じゃないのか？」

「言い方を変えます——おれの職業、専門分野は殺人です。依然として、おれの知っている唯一の領域でもあります」

「で、何が望みなんだ？」

「おれの仕事をすること、殺人の捜査をすることです」

ハーゲンが訝しげに片眉を上げた。「また私の下で働きたいということか？」

「いけませんか？　大きく誤解しているのでなければ、おれは最高の一人のはずです」

「訂正しよう」ハーゲンはふたたび窓のほうを向いて言った。「最高だった、だ」そして、声を落として付け加えた。「最高であり、最低だった、だ」

「薬物絡みの殺人事件をやらせてください」

ハーゲンは思わず苦笑した。「どれがいい？　その手の殺人事件はこの半年で四件起きているが、どれ一つとしてまったく前へ進んでいない」

「グスト・ハンセンです」

ハーゲンは答えず、ガラスの向こうで不規則に広がっていく群衆を見下ろしつづけた。いくつもの言葉が自然に頭に浮かんだ。不正受給者、泥棒、テロリスト。あの群衆を見て、そういう人種ばかり頭に浮かぶのはなぜだ？　どうして勤勉に働く人々が自分の力で手に入れた数時間を九月の陽光の下で楽しんでいるんだと思えない？　警察官としての考え方が染みついて、そっちのほうへしか頭が働かなくなっているのか。半ば上の空でいると、背後からハリーの声が聞こえた。

「グスト・ハンセン、十九歳。警察では名を知られた売り手であり、買い手。七月十二日にハウスマンス通りのアパートで死体で発見。胸を撃たれたことによる失血死」

ハーゲンは思わず笑った。「唯一片のついた事件じゃないか、どうしてそんなものを蒸し返したいんだ？」

「わかってるんじゃありませんか？」

「ああ、わかっている」ハーゲンはため息をついた。「だが、きみを雇い直すのであれば、別の事件をやってもらう。囮《おとり》捜査官殺害事件をな」

「ハンセンの件をやりたいんです」

「きみがその件をやることは絶対にないし、その理由は百もあるんだ、ハリー」

「どんな理由です？」

ハーゲンはハリーに向き直った。「最初の理由で充分だろう、あれはすでに解決済みだという理由でな」

「それ以外の理由は？」

「あれはわれわれではなくて、中央捜査局《クリポス》の担当だ。それに、刑事部に空席はない。それどころか、人員削減をしようとしているぐらいだ。きみは有資格者ではない。まだつづけるか？」

「ふむ。彼はどこにいるんです？」

ハーゲンは窓の向こう、芝生の先、黄色く色づいた菩提樹《ぼだいじゅ》の葉の奥の、灰色の石造りの建物を指さした。

「ボーツェンに再勾留ですか」ハリーが言った。

「当面はな」

「面会は禁止ですか？」

「香港できみを見つけ出し、その件について教えたのはだれだ？　もしかして――」

「違います」ハリーがさえぎった。

「違う？」

「違います」

「だったら、だれなんだ？」

「オンラインで読んだのかもしれません」

「それはないな」ハーゲンが薄い笑みを浮かべ、生気のない目で否定した。「あの件は一日だけ新聞に載ったが、すぐに忘れられた。しかも、ドラッグ漬けのジャンキーがドラッグ漬けのジャンキーを撃ち殺したというだけの記事で、名前すら出ていない。だれだろうと関心を持つような事件ではないし、わざわざ突《つつ》き回すほどの事件でもない」

「それは被害者と加害者がともにティーンエイジャーだということを別にすれば、でしょう」ハリーが言った。「十九と十八の男の子ですよ」声の調子が変わっていた。

ハーゲンは肩をすくめた。「人を殺すにも、死ぬにも、充分な年齢だろう。次の年には兵役なんだから」

「会えるようにしてもらえませんか」

「だれから聞いたんだ、ハリー？」

ハリーが顎を撫《な》でた。「犯罪鑑識課の友人です」

ハーゲンは笑みを浮かべた。今度は目も微笑していた。

「きみという男はまったく度し難いな、ハリー。私の知る限りでは、警察にきみの友人は三人しかいない。一人は鑑識のビョルン・ホルムで、もう一人は鑑識のベアーテ・レンだ。で、この場合はどっちなんだ？」

「ベアーテです。面会できるようにしてもらえませんか？」

ハーゲンは机の端に腰掛けると、ハリーをうかがい、電話を見た。

「一つ条件がある。グスト・ハンセンの件には近づかないと約束しろ、ハリー。いま、刑事部とクリポスのあいだには何の波風も立っていない。彼らとごたごたするのはもうたくさんだ」

ハリーが眉をひそめた。いまやベルトのバックルと目の高さがほとんど変わらず、椅子からずり落ちそうになっていた。「つまり、部長とクリポスの帝王が心の友になったということですか？」

「ミカエル・ベルマンはもうクリポスにいないよ」ハーゲンは教えた。「それが波風が立っていない所以《ゆえん》だ」

「馘にでもなりましたか？　幸せな日々が再来したのは……」

「逆だ」ハーゲンが虚《うつ》ろに笑った。「ベルマンはいつより存在感を増して、このビルにいる」

「何ですって？　この刑事部にいるんですか？」

「そんなことがあってたまるか。一年以上前からオルグクリムの指揮を執っているんだ」

「また新しい部門ができたってことですか」

「組織犯罪対策部だ。三つの部署――強盗、違法売買、麻薬――を一つに統合して、オルグクリムになったというわけだ。二百人以上の人員を抱えていて、いまや刑事犯罪部門最大の部署だ」

「ふむ。クリポスでやつが抱えていた以上の数ですね」

「だが、給料は下がった。給料を下げられた人間がどうなるかは知ってるよな？」

「それまで以上に力を追い求めるようになりますね」ハリーは答えた。

「麻薬取引を沈静化させたのはあいつなんだ、ハリー。見事な囮捜査をし、アジトに踏み込み、逮捕してみせた。いまは悪党どもの数が激減し、内部抗争もなくなった。薬物過剰摂取による死者も、いま言ったとおり、右肩下がりだ」ハーゲンが天井を指さした。「そして、ベルマンは右肩上がりで出世しているよ、ハリー」

「そろそろ失礼して」ハリーが立ち上がった。「ボーツェンへ行きます。受付に着いたときには面会許可が出てますよね」

「取引が成立していたらな」

「もちろん、成立してます」ハリーは以前の上司が差し出した手をつかむと二度上下に振ってからドアのほうへ歩き出した。香港は嘘をつくことを教えてくれるいい学校だった。ハーゲンが受話器を上げる音が背後で聞こえたが、それにもかかわらず、ハリーはドアへたどり着いたところで振り返った。

「三人目はだれなんです？」

「何だって？」ハーゲンは電話の数字ボタンを見ながら太い指で数字を押していた。

「警察にいるという、おれの三人目の友人ですよ」

グンナル・ハーゲンが受話器を耳に当て、疲れた笑みを浮かべると、ため息をついた。「だれだと思う？　もしもし、ハーゲンだ。面会許可を出してもらいたいんだ……大丈夫かな？」そして、送話口を手で塞いだ。「問題ない。いま食事中だが、十二時ごろには戻るそうだ」

ハリーは微笑し、口だけ動かして声には出さずに礼を言うと、部屋を出て静かにドアを閉めた。

トール・シュルツは小部屋にいて、ズボンの前ボタンを留めると上衣を着直した。尻の穴に指を突っ込まれるのは免れた。シュルツに目をつけた税関職員は外で待っていた。論文を口述で発表したあとの大学教授のようだった。

「ご協力に感謝します」彼女は言い、出口を示した。

麻薬探知犬が特定したにもかかわらず薬物が発見されなかった場合に言葉にして謝罪するかどうか、こいつらはこれまで延々と相談してきたんだろうな、とシュルツは推測した。足止めされ、時間を取られ、疑われ、恥ずかしい目にあわされれば、謝罪があってしかるべきだと、人は間違いなくそう考えるはずだ。しかし、自分の仕事をしているだけの者に関して苦情を申し立てるべきだろうか？　犬が無実の個人に目をつけるのは珍しいことではないだろうし、そのたびに謝罪するとなると、部分的にではあるにせよ、手続きに不備があり、システムに瑕疵《かし》があると認めることになる。その一方で、彼らにはおれの袖の線が見えるはずだし、それによって、おれが過去に仕事で何かをしでかし、いまだに右側の操縦席に坐りつづけている五十歳のしくじった副操縦士ではなく、機長だとわかるはずだ。おれの袖の線は三本ではなく四本だ。それはおれが命令し、管理できる立場にあることを、状況と自分自身の命を支配できることを、空港のカーストの最上位層バラモンに属していることを示している。機長とは税関職員からの申し立てを、それが適切なものであろうとなかろうと、受け容れなくてはならない人種だ。

「かまわんさ——あなたの手際がいいことがわかってよかったよ」シュルツは言い、バッグを捜した。最悪のシナリオは、それがすでに調べられていることだった。犬は先ほどは何も嗅ぎつけていなかったし、包みを隠してある空間を覆っている金属の板は、備え付けのX線装置では透過できない。

「すぐにお持ちします」彼女が言った。

二人は二秒ほど、黙って向き合っていた。

離婚してるな、とシュルツは思った。

そのとき、もう一人の税関職員が現われた。

「あなたのバッグですが……」彼が言った。

シュルツはその男を見た。目にそれが宿っていた。胃のなかに塊ができ、大きくなりながら食道を迫《せ》り上がってきた。なぜ？　どうして？

「なかのものをすべて出して、重さを量らせてもらいました」男が言った。「六十六センチのサムソナイト・アスパイアGRTは、空のときの重量は五・八キログラムです。あなたのは六・三キロありました。その理由を説明していただけますか？」

　税関職員はさすがにプロとあってあからさまな笑みを浮かべたりはしなかったが、それでも、その顔に勝利が輝いているのはシュルツにも見て取れた。彼が一瞬身を乗り出し、小声で言った。

「それとも、われわれが説明しましょうか？」


　ハリーは〈オリンペン〉で食事をすませ、通りへ出た。記憶にある、古くて多少堕落の気配が感じられた宿屋は、東オスロにありながら、昔の労働者階級が住んでいた地区の大きな絵とともにいまや高級な西オスロ版に変貌していた。シャンデリアをはじめとするすべてが揃っていて、魅力的でなくはなかった。鯖《さば》まで美味《うま》かった。ただ……〈オリンペン〉ではなかった。

　ハリーは煙草をつけると、警察本部と刑務所の古びた灰色の壁のあいだにあるボーツ公園を横断した。安っぽい赤いポスターを老いた保護樹木の菩提樹に大型のホッチキスで留めている男の横を通り過ぎた。ノルウェーで最も多くの警察官が集まっているビルの正面の窓の真ん前で重大な過ちを犯していることに、まるで気づいていないようだった。ハリーは束の間足を止めた。犯罪をやめさせるためでなく、ポスターを見るために。それは〈サーディーン〉でのロシアン・アンカー・クラブのコンサートを宣伝していた。ハリーの記憶では、ずいぶん昔に解散したバンドと、見捨てられたクラブだった。〈オリンペン〉。ハリー・ホーレ。今年は死者がよみがえる年に違いない。ふたたび歩き出そうとしたとき、背後で震える声がした。

「バイオリンを持ってないか?」

ハリーは振り返った。男は真新しくて汚れていない〈ジースターロー〉のジャケットを着ていた。後ろから強い風でも吹いているかのように前屈みになっていて、膝が曲がっているのは間違いなくヘロインのやり過ぎのせいだった。ハリーは返事をしようとして、〈ジースターロー〉が声をかけているのはポスターを貼っている男に対してだと気がついた。だが男は答えず、ハリーは歩きつづけた。新しい部署、薬物の新しい呼び名。昔のバンド、昔のクラブ。

オスロ管区刑務所――ボーツェンのほうが通りがよかった――のファサードは、一八〇〇年代中葉に建てられ、正面入口はもっと大きな両翼にがっちりと、しかも窮屈そうに挟まれていた。それを見るたびに、ハリーは二人の警察官に挟まれた被拘束者を思い浮かべた。ベルを鳴らし、ビデオ・カメラを覗くと、低い電子音とともにいきなりドアが開いた。その内側で制服を着た刑務官が待っていて、彼を連れて階段を上がり、ドアをくぐり、さらに二人の刑務官の前を通り過ぎて、窓のない四角い面会室へ入った。ハリーは以前にもここへきたことがあった。収監されている者が肉親や恋人に会うところで、おざなりにではあるにせよ、和んだ雰囲気を作り出してやろうという努力の跡を見ることができた。ハリーはソファを避けて椅子に腰を下ろした。配偶者や恋人との面会を許されている数分のあいだに収容者がソファで何をするかはよくわかっていた。

ハリーは待った。警察本部のステッカーがいまも襟に貼ってあることに気づいて剝がし、ポケットに入れた。昨夜の狭い通路と雪崩の夢はいつもよりひどかった──全身がすっぽりと深く雪に埋まり、口のなかにも雪が詰まっていた。だが、いま心臓の鼓動が乱れはじめているのは、そのせいではなかった。では、期待のせいなのか？　それとも、恐れのせいか？

答えにたどり着くより早く、ドアが開いた。

「二十分です」刑務官が言って出ていき、音高くドアが閉まった。

目の前に立っている少年は以前とひどく変わっていて、ハリーは思わず、人違いだ、この子じゃない、と声を上げそうになった。少年は〈ディーゼル〉のジーンズに〈マシーン・ヘッド〉というロゴの入った黒のフーディーという格好だった。それは昔のディープ・パープルのレコードのタイトルではなく──時代の違いを計算に入れれば──、新しいヘビーメタルのバンドであることに気づかされた。ヘビーメタルはもちろん手掛かりだが、証拠はその目と高い頬骨だった。より正確には、ラケルの茶色の瞳と高い頬骨。ほとんど衝撃的なほどによく似ていた。しかし、母の美しさを受け継いでいるわけではなかった。そうであるためには額が秀ですぎていて、厳しい、攻撃的と言ってもいいような顔になっていた。それはモスクワにいる父親から受け継いだのだろうと昔からハリーが推測している、艶やかな前髪でさらに強調されていた。アルコール依存症の父親を、少年ははっきりと憶えてはいなかった。

歳か三歳だった。ラケルと一緒に、のちにハリーと出会うことになるオスロへ戻ってきたとき、彼はほんの二

ラケル。

おれが人生で感じている最大の愛。実に単純で、実に複雑な愛。

オレグ。賢くて真面目なオレグ。とても内向的で、だれにも——おれ以外には——心を開かなかったオレグ。ラケルにはずっと黙っていたが、おれはオレグが何を考え、何を感じ、何を欲しているかを、彼女よりよくわかる。おれとゲームボーイでテトリスを一緒にやり、何とか新記録を打ち立てようと躍起だったオレグ。ヴァッレ・ホーヴィンでおれとスケートをしたオレグ。長距離種目のスケーターになりたいと言い、実際にその才能があったときのオレグ。秋か春にロンドンへ行き、ホワイト・ハート・レーンでトッテナムを応援させてやるとおれが約束するたびに、いつまでも待っているというように嬉しそうに微笑したオレグ。夜遅くなり、眠くなって集中力がなくなると、ときどきおれを〝お父さん〟と呼んだオレグ。オレグを見るのは本当に久し振り、スノーマンの身の毛のよだつような記憶から逃れるために、暴力と殺人のハリーの世界から逃れるために、ラケルが彼をオスロから連れ出して以来だった。

そしていま、彼は入口に立っている。半分大人の十八歳が、無表情におれを見ている。少なくとも、その顔に表情と解釈できるものはなかった。

「やあ」ハリーは言った。くそ、いきなり喉を使ったから、耳障りな掠れ声しか出てこなか

ったじゃないか。おれが泣き出す寸前か何かだと思われたんじゃないか？　自分自身――あるいは、オレグかもしれなかったが――の気持ちをとりあえず違う方向へ向けようと、キャメルを取り出して一本口にくわえた。

見つめていると、オレグの顔に赤みがさし、怒りが浮かぶのがわかった。いまにも爆発しそうな怒りがどこからともなく現われ、目が暗くなり、首と額の血管が膨れ上がって、ギターの弦のように震えた。

「落ち着け――火はつけないから」ハリーは壁に貼られている〝禁煙〟の文字へ顎をしゃくった。

「母さんだろ？」声も成長していた。そして、激しい怒りにくぐもっていた。

「何が？」

「あんたをここへこさせたのは」

「違う、彼女じゃない、おれが――」

「いや、母さんに決まってる！」

「そうじゃないんだ、オレグ。実際、ラケルはおれがこの国にいることすら知らないよ」

「嘘だ！　あんたは嘘をついてる！　いつもそうだ！」

ハリーは呆気《あっけ》にとられてオレグを見た。「いつも？」

「おれたちのためにいつもそばにいるとか、ありとあらゆる戯言《たわごと》を並べて、そうだった例《ためし》が一度でもあったか？　みんな嘘だったじゃないか。でも、もう手後れだ。だから、このまま帰っていいんだぞ……ずっと遠いところへな」

「オレグ！　おれの話を聞け――」

「お断わりだ！　あんたの話なんか聞くつもりはない。あんたがすることはここにはない、もう父親を演じてくれなくて結構だ――わかったか？」ハリーは少年がごくりと唾を呑むのを見た。激しい怒りの潮が引いていき、黒い新しい波に包まれるのがわかった。「あんたはもうおれたちにとってだれでもない。あんたはどこからか流れてきて、何年かおれたちの周りをうろつき、そのあと、こんなふうに……」オレグが指を鳴らそうとしたが、滑っただけで音にならなかった。「いなくなった」

「それは違う、わかってるだろう、オレグ」自分の声が聞こえた。それはもう曖昧さも不確かさもなく、おまえは空母のようにしっかりと落ち着いていると告げていた。が、胃のなかの塊がそれを否定していた。尋問のあいだに大声を出されることには慣れているし、気にもならない。むしろ、さらに冷静になって分析力が研ぎ澄まされるのがせいぜいだ。だが、この子といると、相手がオレグとなると……おれは無防備だ。

オレグが苦い声で笑った。「やり直したほうがいいかな」彼は中指を親指に押し当てて弾いた。「いなくなった……ほら、できただろ！」

よせ、とハリーは両手を上げた。「オレグ……」

オレグが首を振り、暗い目をハリーから離さずに背後のドアを叩いた。「刑務官！　面会は終わりだ。出してくれ！」

オレグが出ていってからも数秒、ハリーは椅子に坐ったままでいた。

そのあと、何とか立ち上がると、のろのろとボーツ公園の陽の光の下へ出た。警察本部を見上げて思案し、所持品保管係へと歩き出した。が、半分歩いたところで足を止め、木にもたれかかって固く目を閉じた。そうしていないと涙がこぼれそうだった。明るいことが忌々しく、時差ぼけが忌々しかった。

5

「見るだけだ、何も取ったりはしないよ」ハリーは言った。

所持品保管係のカウンターの向こうの当直員はためらっていた。

「頼むよ、トーレ――おれのことは知ってるだろう」

ニルセンが咳払いをした。「知ってはいるが、ハリー、あんた、警察へ戻ってきたのか?」

ハリーは肩をすくめた。

ニルセンが首を傾け、瞳が半分しか見えなくなるまで目を細くした。まるで目から入ってくる印象を濾過《ろか》し、重要でないものを取り除こうとしているかのようで、その結果、ハリーの頼みを聞いてやるべきだという結論が残ったらしかった。

ニルセンが深いため息とともに姿を消し、収納トレイを持って戻ってきた。ハリーが推測していたとおり、逮捕されたときにオレグが身につけていたものがそこにあった。勾留期間が二日を超えると判断された場合にのみ、被勾留者はボーツェンへ移されることになっていたが、私物も一緒に移されるとは限らなかった。

ハリーはトレイの中身を調べていった。何枚かの硬貨。髑髏《どくろ》とスラッシュメタル・バンドのスレイヤーのバッジと、鍵が二本ついているリング。一枚刃と、何本ものドライバーとL字形の六角レンチがついたスイス・アーミー・ナイフ。使い捨てライター。そして、もう一つのもの。

そのもの——新聞はそれを〝ドラッグ・ショウダウン〟と呼んでいた——を見て、ハリーはすでに知っていたにもかかわらずショックを受けた。

未開封のビニールの包みのなかの使い捨て注射器。

「これだけか？」ハリーはキイ・リングを手に取ると、それをカウンターの下に隠すようにして鍵を検《あらた》めた。ニルセンは見えないところで何かをされるのが明らかに不本意らしく、カウンターから身を乗り出した。

「財布は？」ハリーは訊いた。「銀行のカードや身分証は？」

「なかったようだな」

「所持品のリストを確かめてもらえないかな」

ニルセンがトレイの底から折り畳んだリストを取り出し、苦労して眼鏡の焦点を文字に合わせた。「携帯電話があるが、担当部署が持っていってる。たぶん被害者にかけたかどうかを確かめたかったんだろう」

「ふむ」ハリーは言った。「ほかには？」

「ほかに何かあるはずなのか？」ニルセンがもう一度リストをチェックし、見落としがないことを確かめて結論した。「いや、以上だ」

「ありがとう、こっちも以上だ。協力に感謝するよ、ニルセン」

ニルセンがゆっくりとうなずいた。まだ眼鏡をかけたままだった。「鍵」

「ああ、そうだったな」ハリーはキイ・リングをトレイに戻し、ちゃんと二本ついているかどうか確認するニルセンを見守った。

外へ出て駐車場を横断し、オーケベルグ通りからテイエンとウッテ通りへ向かった。リトル・カラチ。小さな八百屋、ヒジャブ、自分たちのカフェの前でプラスティックの椅子に坐っている年寄り。ハリーはさらに〈灯台〉のほうへ、貧民やホームレスのための救世軍のカフェのほうへ歩いた。そこは今日のような日は静かだが、冬になって寒さがやってくるやいなや、テーブルの周りに人だかりができるのだった。コーヒーと作りたてのサンドウィッチを求めて、去年の流行《はや》りのきれいな衣服を求めて、軍が放出した青いスニーカーを求めて。上階の診療室で、ドラッグの戦場で最近負った傷の治療をするために、あるいは、緊急を要する状況であればビタミンBを注射してもらうために。マルティーネに会いに行こうかという考えが一瞬頭をよぎった。彼女はいまもそこで働いているかもしれない。ある詩人が言っているではないか——一つの大きな愛のあとには小さな愛がいくつかある、と。彼女はその小さな愛の一つだ。だが、あそこへ行こうと考える理由はそれではない。オスロは大きくないから、ヘビー・ユーザーが集まるのはそこか、シッペル通りの〈ミッション・カフェ〉ぐらいしかない。彼女がグスト・ハンセンを知っていた可能性がないとは言えない。それに、オレグのことも。

しかし、ハリーは物事をきちんと順番通りにやることにし、ふたたび歩き出した。アーケル川を渡る途中、橋の上から下を見た。子供のころの記憶では茶色かった水がいまは山中の流れのように澄んでいて、もう鱒《ます》を捕まえられるといわれている。そして、彼らがいた。川の両側の小径に。ドラッグのディーラーどもが。すべてが新しく、すべてが同じだった。

ハウスマンス通りを進んでいき、ヤーコブ教会を通り過ぎ、建物に表示されている番地を追っていった。シアター・オブ・クルエルティの看板、笑っている顔文字付きの落書きだらけのドア。ビルが焼け落ち、片付けられたあとの空き地。そして、それはそこにあった。オスロの典型的な共同住宅。建てられたのは一八〇〇年代、色褪せて地味な四階建て。ドアを押すと鍵はかかっておらず、開いて、階段へとまっすぐつづいていた。小便とごみの臭いがした。

階段を上がりながら、各階に暗号化された符丁がついていることに気がついた。手摺《てす》りは緩んでいた。ドアには錠を叩き壊した傷痕が残り、新しくてもっと頑丈な補助錠が取り付けられていた。ハリーは三階で足を止めた。そこが犯行現場だった。オレンジと白のテープがドアを×印に封鎖していた。

ニルセンがチェックリストを見ている隙にオレグのキイ・リングから外した二本の鍵をポケットから取り出した。その二本と差し替えたのが自分の持っていたどの鍵か確信がなかったが、考えてみれば、香港は新しい鍵を作るのに最も難しい場所というわけではなかった。

一本はアバス社製で、それが南京錠の鍵であることは、以前自分で買ったことがあるからわかった。しかし、もう一本はヴィング社製だった。それを鍵穴に挿し込んでみたが、半分しか入らなかった。力を込めて押し込みながら回そうとしてみた。

「くそ」

ハリーは携帯電話を取り出した。彼女は〝B〟の一文字で登録されていた。全部で八人しかいないのだから、一文字で充分だった。

「レンです」

ベアーテ・レンについてハリーが一番好きなところは、これまでに仕事をした鑑識課員のなかで最も優秀な二人のうちの一人であることを別にすれば、事件を評価するに際して基本の情報だけを提供し、ハリー同様、余分な言葉を口にしないところだった。

「やあ、ベアーテ。いま、ハウスマンス通りにいるんだ」

「あの犯行現場ですか？　そこで何をしている――」

「なかに入れないんだ。鍵を持ってるか？」

「わたしが？」

「おまえさんはそこのすべての責任者だろ？」

「鍵ならもちろん持っていますけど、あなたに渡すつもりはありません」

「そりゃそうだろうな。だが、犯行現場ではダブルチェックしなくちゃならんことがいくつかあるんだよな？　ある教官が教えてくれた記憶があるんだが、殺人事件では、鑑識はどれほど徹底的にやってもやり過ぎることはないんじゃなかったか？」

「あなたがそう記憶しているのなら、そうなんでしょう」

「彼女が生徒全員に真っ先に言ったことだからな。おまえさんに合流して、仕事ぶりを見せてもらおうかな」

「ハリー……」

「何一つ触ったりしないから」

沈黙。自分が彼女を利用しようとしていることはわかっていた。彼女は同僚以上の存在、友人だ。だが、何よりも重要なのは、彼女自身が母親であることだった。

ベアーテがため息をついた。「二十待って」

〝分〟を付け加えるのは、彼女には余分なことだった。

〝ありがとう〟と言うのは、ハリーには余分なことだった。だから、黙って電話を切った。


トルルス・ベルンツェン巡査はオルグクリムの廊下をゆっくりと歩いていた。ゆっくり歩けば歩くほど時間が早く経《た》つことを、経験から学んでいた。そして、充分にあるものがあるとしたら、それは時間だった。オフィスで待っているのは、擦り切れた椅子と小さな机、その上に積んである、ほとんど見せかけだけの報告書の山。コンピューターはほぼネットサーフィンするためだけに使われていると言ってもよかったが、訪ねることのできるウェブサイトが厳重に制限されてしまったために、それさえも退屈になっていた。そのうえ、仕事は薬物対策であって性犯罪対策ではなかったから、そういうウェブサイトを訪れるとすれば、すぐにも言い訳を考えなくてはならなくなるはずだった。ドアをくぐって中身が溢れんばかりのコーヒーカップを机へ運ぶと、こぼれないよう用心しながら、二一八馬力の新型アウディQ5のパンフレットの上に置いた。SUVだが、大人しいどころか獰猛《どうもう》で、ボルボV70のパトカーを埃のなかに置き去りにし、乗っているのがただ者でないことを誇示できる車だった。彼女に、ヘイエンホールの新居に住む彼女に、おれが誰でもないものではなく、何者かだと見せつける車。

現状維持。それがいまやるべきことだった。われわれは明白な結果を出してきている、とミカエルは月曜の全体会議で言った。それはこういう意味だ——だれも新しいことには絶対に嘴《くちばし》を突っ込むな。「通りで売買される薬物をもっと減らせるのではないかと考えつづけるのは悪いことではない。だが、これほどの短時間でこれだけのことを成し遂げたということは、それが逆戻りする恐れが常にあるということでもある。ヒトラーとモスクワを思い出せ。われわれは手に余ることを目論《もくろ》むべきではない」

ベルンツェン巡査はその言葉の意味するところを、ざっとではあるがわかっていた。机に足を投げ出し、何もしない長い一日がつづくということだ。

ときどきクリポスに戻りたくなった。殺人は薬物とは違う。政治は介入せず、事件を解決するだけだ。だが、ブリンから警察本部へ一緒に連れていくと、ミカエル・ベルマン自身が主張して譲らなかったのだ。あそこは敵の縄張りだから、信頼でき、自分が攻撃されたときに側面を護《まも》ってくれる味方が必要なのだと言って。おまえの側面を守ってやったことがあるだろうと、言葉として発せられたわけではなかったが、そう言われたのと同じだった。少し前、ベルンツェンは少年の絡んだ事件を扱い、その少年を手荒なやり方で取り調べたことがあった。その結果、少年はとても不運なことに顔に怪我をしてしまった。当然のことながらミカエルはベルンツェンを叱責し、自分は警察の暴力は大嫌いだし、自分の部署でそれを見たくないと言ったあと、上司として検察官へ報告する責任があり、その女性検察官はこの問題を内部監察官まで上げるかどうかを審査することになるだろうと告げた。だが、少年の視力はほとんど元に戻り、ミカエルは少年の弁護士と取引をして、薬物所持の容疑を取り下げた。そして、何も起こらなかった。

何も起こらないのはここも同じだった。

机に足を投げ出し、何もしない長い一日がつづいた。

それは机に足を投げ出そうとしながら――一日に少なくとも十回はやっていた――、ボーツ公園の、刑務所へつづく通りの真ん中あたりにある、菩提樹の老木に目をやったときだった。

それが貼ってあった。

赤いポスター。

鳥肌が立ち、心臓の鼓動が速くなって、気持ちが昂《たかぶ》った。

反射的に立ち上がり、上衣を着て、コーヒーのことを忘れた。

ガムレビーエン教会は急いで歩けば警察本部から八分の距離にあった。トルルス・ベルンツェンはオスロ通りをミンネ公園へ下り、ディーヴェークス橋を渡ってオスロの中心、街が始まったところに入った。教会は貧相に見えると言ってもいいぐらい簡素で、警察本部近くの新しいローマ・カトリック教会のような陳腐な装飾も施されていなかった。が、ガムレビーエン教会にはより刺激的な歴史があった。マングレルーでの子供時代に祖母が語ってくれた話の半分でも事実であれば。ベルンツェン一家は荒廃したダウンタウンの街区からマングレルーの衛星都市へ、そこが一九五〇年代の終わりにできたときに引っ越してきた。しかし、ずいぶんおかしなことではあったが、移民のような気持ちにさせられたのは、彼ら――三代にわたってそこに住んで働いていた、ベルンツェン一家のような生粋のオスロっ子――のほうだった。なぜなら、衛星都市に住む人々の大半が、農民や、人生をやり直すために遠くからやってきた人々だったからである。七〇年代から八〇年代にかけて、父親が自宅アパートで酒に酔い、ありとあらゆる物に、ありとあらゆる者に罵声を浴びせはじめると、トルルスは親友の――と言っても、友だちは一人しかいなかったが――ミカエルのところへ逃げていった。あるいは、ガムレビーエンの祖母のところへ。この話を祖母がしてくれたのはそういうときだった――ガムレビーエン教会は十三世紀に建てられた修道院で、そこでは修道士たちが黒死病を避けるために閉じこもって祈りつづけたが、人々はそれを、感染者を手当てすべきキリスト教徒としての義務の放棄だと難じた。そして、人が生活している気配がなくなって八カ月が経ったとき、役人が修道院の扉を打ち壊すと、腐敗した修道士の死体が鼠のご馳走《ちそう》になっていた。

トルルスがベッドに入ったときに聞かせてくれる、祖母のお気に入りの物語はこうだった——その修道院と同じ場所に精神科病院が建てられたが、入院患者から、夜になると頭巾をかぶった男たちが廊下を歩いていると訴える者が出てきた。あるとき、そのなかの一人の頭巾が剝がれると、鼠に齧《かじ》られて眼球のなくなった青白い顔が見えた、と。

だが、トルルスが一番好きなのは、〝耳のいいアスキル《アスキル・エーレゴー》〟の物語だった。アスキルは百年以上前に生まれて百年以上前に死んでいた。クリスチャニアと呼ばれていたオスロがちゃんとした町になり、そこには昔からの教会が一つ存在していた時代のことだ。彼の亡霊が墓地を、隣接する通りを、港のあたりを、クヴァドラトゥーレンを歩いているという噂があり、しかしそれ以上遠くへは行かず、なぜなら脚が片方しかなくて、外が明るくなる前に自分の墓に戻る必要があったからだ、というのが祖母の語ってくれた話だった。アスキル・エーレゴーは三歳のときに消防馬車に片脚を轢《ひ》かれたのだが、トルルスの祖母の話では、足が悪いことではなく、耳が大きいことに由来する綽名をつけられ、それは実は東オスロのユーモアの一例なのだった。大変な時代だったから、片脚の男の子のできる仕事と言えば、はっきり限られていた。というわけで、アスキルが脚を引きずって物乞いに歩く姿が日常的に見られるようになった。そのときの彼は常に愛想がよく、お喋りをする用意——とりわけ、日がな一日パブでとぐろを巻いている失業者との——を常にしていた。しかし、その失業者たちもときどきではあるがいきなり金を持っていることがあり、アスキルも半端な硬貨のおこぼれに与った。だが、アスキルにしてももう少したくさんのお金が必要になることがたまにあったから、そういうときは、そのなかで並外れて気前がよかった人物を警察に知らせることにしていた。そこらをうろついている物乞いなど無害だと信じて疑わず、カール・ヨハン通りの金細工屋やドラムメンの材木屋で盗みを働くチャンスを与えられたことを、四杯目のグラスを手に周囲に吹聴《ふいちょう》する人物を。アスキルの耳がいいのは事実だという噂が広まり、カンペンのギャングの一味が逮捕されたあと、アスキルが消えた。姿が見られることは二度となかったが、ある冬の朝、教会の階段の上に、杖と、切り取られた二つの耳が現われた。アスキルは墓地のどこかに埋められているが、聖職者が祝福を与えてやらなかったために、魂がいまも外をうろついている。夜の帳《とばり》が下りると、クヴァドラトゥーレンや教会の周辺で、脚を引きずり、帽子を目深にかぶって二オーレを乞う男と出くわす可能性がある。そして、物乞いに硬貨の一枚も恵んでやらなければ不運を呼び寄せることになる。

それが祖母の話してくれたことだった。だが、そうだとしても、トルルス・ベルンツェンは見慣れないコートを着て墓地の入口の脇に坐っている、痩せて日焼けした物乞いを無視し、墓石の数を数えながら、そのあいだの砂利を踏んで大股で歩きつづけた。そして、七つ数えたところで左へ折れ、三つ数えたところで右へ折れて、そこから四つめの墓石のそばで足を止めた。

墓石に刻まれている名前に意味はなかった。A・C・ルード。一九〇五年、ノルウェーが独立を獲得した年に、二十九歳の若さで死んでいた。名前と没年を別にすれば、墓碑銘も、安らかに眠ることを要請する文言も、高邁《こうまい》な言葉もなかった。それは墓石があまりに粗末で小さいからかもしれなかった。だが、何も記されていない肌理《きめ》の粗い石の表面はチョークでメッセージを記すのに打ってつけであり、それがこの墓石が選ばれた理由に違いなかった。

LTZHUSCRDTO RNBU

ベルンツェンはそれを解読した。通りすがりの者に読み解かれないよう開発された、簡単な暗号だった。後ろから文字を二つ一組にして、右から左へ読んでいき、最後の三文字へたどり着く。

BURN TORD SCHULTZ（トール・シュルツを処理《バーン》しろ）

ベルンツェンはそれを書き留めなかった。その必要がなかった。アウディQ５２・０、六速マニュアル車の革張りの運転席に手が届きそうなところまでこられたのも、人の名前を記憶する並外れた能力のおかげだった。

墓地を出ようとするベルンツェンを物乞いが見上げた。犬のような、茶色の目で。たぶん物乞いのチームがあって、大きな太った車がどこかで待っているのだろう。メルセデス――あいつらが好きな車じゃなかったか？　教会の鐘が鳴った。価格表によれば、Q５は六十六万六千クローネ、その数字に隠されたメッセージがあるとしても、ベルンツェンには理解不能だった。

「元気そうじゃないですか」鍵穴に鍵を挿し込みながら、ベアーテが言った。「指も新しくなったんですね」

「香港で作ったんだ」ハリーはチタン製の短い義指を撫でた。

彼はドアを解錠している小柄で色白の女性を観察した。細くて短い金髪がゴムで留めてあった。肌ははかなげで透き通るように白く、こめかみの網の目のような細かい血管が透けて見えた。ハリーは癌治療の実験で使われている無毛マウスを思い出した。

「オレグは犯行現場に住んでいたとおまえさんが書いていたから、鍵を手に入れればここに入れると考えたんだがな」

「たぶん錠自体は何年も前に壊されたんじゃないかしら」ベアーテがドアを押し開けた。「だから、ドアはいつでも開けられたんです。わたしたちがこの錠をつけたんですよ、中毒者が戻ってきて現場を汚さないようにね」

ハリーはうなずいた。ここは中毒者の巣の典型だった。錠をつけても意味がない。すぐに壊されてしまう。まず第一に、ジャンキーというのは住人がドラッグを所持しているかもしれないとわかっているところへ押し入る。第二に、その住人もだれかから盗む。

ベアーテが規制テープを横に引っ張り、ハリーはその隙間からなかに入った。玄関ホールの鉤《フック》に衣類とビニール袋が吊るしてあった。ビニール袋のなかには、何ロールものペーパータオル、ビールの空き缶、血の染みがついている湿ったTシャツ、アルミ箔の破片、煙草が一箱。一方の壁にはピザの店〈グランディオーサ〉の箱が傾きながら、天井まであと半分というところまで積み重ねられていた。同じような白いコート掛けが四つもあって、なぜだろうとハリーは訝ったが、おそらく盗品で、現金化できなかったからここに置いたままになっているのだと気がついた。ジャンキーのアパートに踏み込むと、どこかの時点で金に換えられると彼らが考えたものに必ずと言っていいほど遭遇したことが思い出された。そういうアパートのひとつで、絶望的に旧《ふる》い携帯電話が六十台もバッグに入っているのを見つけたことがあったし、別のアパートでは、部分的に解体されかかった原動機付き自転車がキッチンに置かれていた。

ハリーは居間に入った。汗とビールに濡《ぬ》れた木と湿った灰と、正体のわからない甘い何かの臭いが入り混じっていた。通常のいかなる意味においても家具調度と呼べるものはなく、床にマットレスが四枚、あたかもキャンプファイヤを囲んででもいるかのように敷かれていた。その一枚から、ワイヤーが直角に飛び出し、先端がYの形に折り曲げられていた。マットレスに囲まれて四角く空いている床は、空の灰皿の周囲が焼け焦げて黒くなっていた。現場検証班が空にしたのだろう、とハリーは推測した。

「グストが倒れていたのはキッチンの壁の前、ここです」ベアーテが居間とキッチンを隔てるドアのところで足を止めて指をさした。

ハリーはキッチンへは入らず、ドアのところにとどまって周囲を見回した。それが習慣になっていた。鑑識課員にはそういう習慣はない。彼らは現場を外側から攻め、周辺部を虱《しらみ》潰《つぶ》しにすることから始めて、徐々に死体のほうへ進んでいく。制服警官やパトロールカー勤務の警官の習慣でもない。彼らは現場に一番乗りをするのだが、自分たちの指紋をつけて証拠を損なう可能性があること、最悪の場合は、そこにあった証拠を破壊してしまう恐れがあることをわかっている。ベアーテの部下たちは、しなくてはならないことをすでに済ませてあった。これは捜査をする刑事の習慣で、自分たちが感受した印象の、ほとんどそれとわからない細部に自分の口で語らせ、がっちり固まる前に青写真を残しておくチャンスは一度しかないことをわかっているのだった。いま、それが起こらなくてはならなかった。そのあと、分析を司《つかさど》る脳の領域、事実を完全に系統立てることを要求する部分が再稼働しはじめる。

ハリーは直観を、通常の印象から引き出された簡潔で論理的な結論と定義していた。その印象を理解可能な何物かに転換することは脳にはできないし、できるとしても時間がかかりすぎた。

しかし、この犯行現場は、ここで起こった殺人について多くを教えてくれなかった。目から入ってくるもの、耳から入ってくるもの、鼻から入ってくるもののすべてが、根無し草の賃借人の居場所であったことを物語っていた。彼らはそこに集まり、薬物をやり、稀《まれ》に食べ、そのあとしばらくしてまたどこかへ行ってしまう。別の巣へ、安宿の一室へ、眠り、公園へ、コンテナへ、橋の下の安い羽毛の寝袋へ、墓石の下の白い木造の安息所へ。

「もちろん、ここを大がかりに片付けなくてはなりませんでした」わざわざハリーが訊くまでもなかった質問に、ベアーテが答えた。「至るところごみの山でしたから」

「薬物は？」

「煮沸されていないコットン・ガーゼを小さく切ったものがビニール袋に入っていました」

ハリーはうなずいた。コットン・ガーゼは薬物を注射器に吸い上げるときに不純物を取り除くために使われるのだが、本当に困っているとか、本当に貧乏なジャンキーは、そのガーゼを捨てずに取っておく。そして、金がなくなってガーゼが買えないとき、取っておいたそのガーゼを煮沸し、注射をするのだ。「それと、精液とヘロインがなかに残っているコンドームがありました」

「ほう？」ハリーは片眉を上げた。「そういうやり方をすると何かいいことがあるのか？」

ベアーテの頬が赤くなった。ハリーがいまも憶えている、学校を出たての恥ずかしがり屋の女性警察官の名残りだった。

「正確にはヘロインの残りです。そのコンドームには元々はヘロインが詰められていて、そのヘロインを使い切ってしまったあとで、本来の目的で使用されたのだと思われます」

「ふむ」ハリーは言った。「避妊するジャンキーか。悪くないな。それで、使ったのがだれかはわかったのか……？」

「コンドームの外側と内側のＤＮＡが、警察に記録が残っている二人のそれと一致しました。一人はスウェーデン人の若い女性、もう一人はイーヴァル・トルスティンセン、囮捜査官たちにはヒーヴァルのほうが通りがいい男です」

「ヒーヴァル？」

「かつて、汚染された針で警察を脅したんです、自分はＨＩＶに感染していると言って」

「ふむ、コンドームの説明はそれでつくな。暴力の前科はあるのか？」

「ありません。不法侵入、不法薬物の所持と取引が数百件、密輸がかなりの回数あるだけです」

「しかし、注射器で人を殺そうとした？」

ベアーテがため息をついて居間に入り、ハリーに背を向けたままで言った。「残念ですけど、ハリー、この件にほかの可能性はもうないんです」

「オレグは蠅《はえ》一匹殺したことがなかったんだぞ、ベアーテ。そんなことができる人間じゃまったくないんだ。一方で、このヒーヴァル――」

「ヒーヴァルとスウェーデン人の女性は……そうですね、捜査対象から除外されたと言っておきましょうか」

ハリーはベアーテの背中を見た。「死んだってことか？」

「薬物の過剰摂取で死亡しました。この殺人が起こる一週間前です。不純なヘロインにフェンタニルが混ぜてありました。バイオリンを買うお金がなかったんでしょう」

ハリーは周囲の壁に視線を彷徨わせた。決まった住所を持たない最も深刻な中毒者は、保有しているドラッグを隠したりしまい込んだりできる秘密の場所の一つや二つは持っているものだ。ときには金を隠すこともあるし、そのほかの極めて貴重な私物をしまい込むこともある。そういうものを持ち歩くのは論外だ。住処《すみか》を持たないジャンキーは人目のあるところでドラッグを身体に入れなくてはならないし、ドラッグが効きはじめたとたんに捕食動物の餌食になってしまうのだ。だから、秘密の場所は貴重で、それがなければ死んだも同然の中毒者は、ベテランの捜査官や麻薬探知犬にも見つけられないよう、道具を隠すことにエネルギーと想像力を傾注する。依存者は隠し場所を絶対にだれにも、親友にさえ明らかにしない。コデインやモルヒネ、ヘロインより仲よくなれる人間などいないことを、経験で知っているからだ。

「隠し場所は探したか？」

ベアーテが首を横に振った。

「どうして？」ハリーは訊いたが、愚問とわかっていた。

「何を見つけるにしても、アパートをそれこそばらばらに解体しなくてはならなかったでしょうし、いずれにしても、捜査と無関係なはずだからです」ベアーテが忍耐強く答えた。「限られた人的資源を有効に使わなくてはならないからであり、必要な証拠が手に入っていたからです」

ハリーはうなずいた。至極当たり前の答えだった。

「その証拠とは？」ハリーは小声で訊いた。

「犯人が発砲したのは、いまわたしが立っているところからだと思われます」名前を使わないのは鑑識課員の習慣だった。彼女は腕を前に伸ばした。「至近距離です。一メートル足らずでしょう。銃弾が入っていった傷の内側と周囲に煤《すす》が付着していました」

「一発か？」

「二発です」

ベアーテが同情を顔に浮かべてハリーを見た――あなたが何を考えているかはお見通しですよ、一発なら、発砲は事故だったと被告弁護人が主張する余地がありますものね。

「二発とも胸に命中していました」ベアーテが右手の人差し指と中指を広げ、手話を使っているかのようにしてブラウスの左胸に置いた。「被害者と加害者はともに立っていて、加害者が特に狙いをつけるのではなく、本能のままに発砲したと仮定すると、一発目の銃弾が出ていった傷の位置から計算して、彼の身長は百八十センチから百八十五センチということになります。そして、容疑者の身長は百八十三センチでした」

何てことだ。ハリーは面会室の入口で見た少年のことを考えた。レスリングをしたのがつい昨日のことのようだった。あのころのオレグの背丈はおれの胸に届くか届かないかだったのに。

ベアーテがキッチンに戻り、脂じみた焜炉《こんろ》の横の壁を指さした。

「見てわかるとおり、銃弾はここここに当たっています。それは二発目が発射されたのが一発目の直後、被害者が倒れる前であることを意味しています。一発目は肺を、二発目は胸部の上端を貫通して肩胛骨を掠めています。被害者は――」

「グスト・ハンセンだ」ハリーは言った。

ベアーテが言葉を切ってハリーを見た。そして、うなずいた。「グスト・ハンセンは即死ではありません。彼の指紋が血溜まりのなかにあり、衣服が血塗《ちまみ》れになっていて、倒れたあとで動いたことを示していました。でも、長くはなかったはずです」

「なるほど。それで……」ハリーは顔を撫でた。何時間か眠る努力をする必要があった。

「……それで、この殺人がオレグとどうしてつながるんだ？」

「この建物から銃声が聞こえたような気がすると、二人の人物から通報があったんです。八時五十七分でした。一人は交差点の向こう側のメッレル通りの、もう一人はここの真向かいの住人です」

ハリーは汚れた窓の向こう、ハウスマンス通りを凝視した。「悪くない、この街のど真ん中で、建物内の音が別の建物まで聞こえるとはな」

「忘れないでください、七月だったんです。暑い夜で窓は全部開いていたし、夏休みで、交通量もとても少なかったんです。近隣住人はこのビルを閉鎖させようと警察に働きかけていましたから、音がしたと通報することへの抵抗は少なかったかもしれません。オペレーションン・センターの担当者はその二人に落ち着くよう言い、パトカーが到着するまでその建物から目を離さないでほしいと要請しました。すぐに制服組に連絡が行き、二台のパトカーが九時二十分に到着して位置に就き、機動部隊を待ちました」

「デルタか？」

「彼らはヘルメットをかぶったり防弾ベストを着たりするから、いつだって手間取るんです。そのあと、位置に就いているパトカーにオペレーション・センターから連絡が入り、一人の若者が正面入口を出て、建物に沿ってアーケル川のほうへ向かうのを目撃したとの近隣住民からの情報を知らせてきました。それで、二人の制服警官が川へ行ってみると、そこにいたのが……」

ベアーテはいったん口を閉じ、ごくかすかにハリーがうなずくのを待って話を再開した。

「オレグでした。抵抗はしませんでした――自分が何をしているかわからないほどドラッグをやっていたんです。彼の右手と右腕から硝煙反応が出ました」

「凶器は？」

「珍しい口径であることを考えると、九ミリ×十八ミリのマカロフでほぼ間違いないと思います、選択肢は多くないはずです」

「それでも、マカロフはかつてソヴィエト連邦だった国々の犯罪組織がお気に入りだし、フォルト12はウクライナの警察が使っている。ほかにもいくつか、同じ口径の拳銃があるぞ」

「そのとおりです。床で見つかった空薬莢から火薬の残渣《ざんさ》が検出されました。マカロフの火薬は硝石と硫黄の混合比が独特で、硫黄を使わずにアルコールを使っているものもあります。見つかった空薬莢と、射入創の周りの化学成分が、オレグの手についていた硝煙の残渣の化学成分と一致したんです」

「ふむ。で、凶器は？」

「まだ回収されていません。ダイバーと捜索チームを動員して川のなかと周辺を探しましたが、見つけられないでいます。でも、それは銃がそこにないことは意味しません、何しろ軟泥とヘドロが……まあ、わたしが言うまでもなくわかってますよね」

「ああ、わかってる」

「ここに住んでいた男性のうちの二人が言っているんですが、オレグは拳銃を見せびらかして、ロシアのマフィアが使っているタイプだと自慢していたそうです。その二人はどちらも銃に詳しくなかったけれども、百挺ほどの銃の写真を見せられて〈オデッサ〉を選んだはずです。それに使われているのは、あなたもたぶんご存じのとおり……」

ハリーはうなずいた。マカロフ、九ミリ×十八ミリ。間違いようがない。初めてオデッサを見たときは、ラケルとオレグと一緒に楽しむことになった多くのＣＤの一つ、アメリカのロック・バンドのフー・ファイターズのＣＤジャケットの超現代的に見える拳銃を思い出したものだった。

「おまえさんの話を聞く限りでは、その二人は多少ドラッグの問題を抱えているだけの、絶対に間違いのない証人のようだな」

ベアーテは答えなかった。答える必要がなかった。ハリーが何をしているかを、藁《わら》をもつかもうとしていることを、ベアーテが知っていることにハリーは気づいている。

「そして、オレグの血液と尿の検査をした」ハリーは上衣の袖を伸ばしながら言った。「いま、ここでは袖がずり上がっていないことが重要だと思っているかのようだった。「その結果、何がわかった？」

「バイオリンの成分が検出されました。もちろん、ドラッグでハイになっていたことで、情状酌量の余地ありと見なされるかもしれませんが」

「ふむ。それには彼がグスト・ハンセンを撃つ前にハイになっていたという前提が必要だな。だが、そうだとしても、動機についてはどうなんだ？」

ベアーテが虚ろにハリーを見た。「動機ですか？」

彼女が何を考えているか、ハリーはわかっていた。薬物以外の何かのために、ジャンキーが別のジャンキーを殺すという想像が可能だろうか、だ。「もしオレグがすでにハイだったなら、だれかを殺す理由は何だ？」ハリーは訊いた。「この一件のような薬物絡みの殺人は、自暴自棄の内発的な行動で、ドラッグ欲しさのあまりか、薬物の効果が切れはじめたことが引鉄になる場合が一般的だろう」

「動機の解明はあなたのところの担当でしょう」ベアーテが言った。「わたしは鑑識です」

ハリーは息を吸った。「いいだろう。ほかには？」

「写真を見たいんじゃないかと思って」ベアーテが薄いレザーケースを開けた。

ハリーは写真の束を手に取った。まずびっくりしたのは、グストの美しさだった。それ以外に形容すべき言葉がなかった。〝ハンサム〟でも、〝魅力的〟でも、不充分だった。死んでいても、目を閉じていても、シャツが血で濡れていても、グスト・ハンセンは依然として、言葉にはできないけれども明白な、若かりし頃のエルヴィス・プレスリーの美しさ、男にも女にもアピールする種類の容貌、あらゆる宗教で見出すことのできる偶像の両性具有の美しさのようなものを持っていた。ハリーは写真をめくっていった。何枚か全身を撮影したものがつづいたあと、顔と銃弾の傷のクローズアップが現われた。

「これは何だ？」ハリーはグストの右手の写真を指さした。

「爪のあいだに血が残っていました。綿棒で採取したんですが、残念なことに検体として使えなくなってしまいました」

「使えなくなった？」

「あり得ることなんですよ、ハリー」

「おまえさんの部署ではあり得ないんじゃないのか？」

「病理学班がDNA鑑定作業をしているあいだに、そうなってしまいました。実を言うと、鑑識もそんなにがっかりしているわけではありません。あの血液はとても新鮮ではあったけれども、凝固が始まっていて、殺人が行なわれた時間と関連させるのが難しかったんです。それに、被害者が注射器を使う中毒者だったことを考えると、彼自身の血だった可能性が高い。でも……」

「でも、そうでなかったら、その日に彼が争った相手がだれなのかを知ることは非常に興味深いな。彼の靴を見てみろ」ハリーは全身が写っている写真をベアーテに見せた。「〈アルベルト・ファッシャーニ〉製じゃないか？」

「あなたが靴に詳しいなんて知りませんでしたよ、ハリー」

「香港のおれのクライアントの一人が作ってるんだ」

「クライアント？　わたしの知る限りでは、本物のファッシャーニの靴はイタリアでしか作られていないんですけどね」

ハリーは肩をすくめた。「違いを見分けるなんて不可能だろう。だが、その靴がファッシャーニなら、着ているものとまったく釣り合っていない。靴以外はどこかの慈善団体の施しものみたいじゃないか」

「靴だって盗品の可能性があります」ベアーテが言った。「グスト・ハンセンの綽名は〝盗人〟だったんですから。手当たり次第に何でも盗むことで知られていたそうです。とりわけドラッグをね。スウェーデンで引退した麻薬探知犬を盗み、その犬にドラッグの隠し場所を探させていたという有名な話があるほどです」

「それで、オレグのドラッグを見つけたのかもしれんな」ハリーは言った。「オレグは取調べのときに何か話さなかったか？」

「貝のように固く口を閉ざしていました。頭のなかが空っぽだと、それだけは言いましたけどね。自分があのアパートにいたことも憶えていないんです」

「いなかったのかもしれない」

「彼のＤＮＡが見つかっているんです、ハリー。毛髪、汗」

「ここで暮らして、寝ていたんだろう」

「遺体に付着していたんですよ、ハリー」

ハリーが沈黙し、遠くを見た。

ベアーテは手を上げた。それを彼の肩に置こうとしたのかもしれないが、思い直してその手を下ろした。「彼と話したんですか？」

ハリーが首を横に振った。「追い出されたよ」

「恥ずかしかったんですよ」

「そうかな」

「そうです。彼にとってあなたはヒーローなんです。こんな状況であなたに会うのは恥ずかしいことなんです」

「恥ずかしい？　おれはあの子の涙を拭いてやったし、擦り傷に息を吹きかけてやったし、夜のお化けを追い払って、明かりをつけたまんまにしてやったんだぞ」

「その少年はもういないんです、ハリー。現状のオレグはあなたに助けてほしくないんですよ、いまはね。なぜなら、あなたの期待に応えたいからです」

ハリーは壁を見ながら床板を踏み鳴らした。「おれにそんな価値はないよ、ベアーテ。あいつだってわかってるさ」

「ハリー……」

「川へ下りてみるか？」

セルゲイは両腕を身体の横に垂らして鏡の前に立った。留め金を外してボタンを押す。刃が飛び出し、明かりにきらめく。魅力的なナイフだった。シベリアの飛び出しナイフ、シベリアの犯罪者階級〝ウルカ〟が呼ぶところの〝鉄〟。刺殺するには世界一の武器。長くて細い持ち手に、長くて薄い刃。それに値することをしたときに、一族の年上の犯罪者から与えられるのが伝統としてつづいていた。もっとも、伝統はその色を薄くしつつあり、昨今では自分で買ったり、盗んだり、略奪したりするようになっていた。だが、このナイフは叔父から贈られたものだった。アンドレイによれば、頭領《アタマン》はそのナイフをセルゲイに与える前、ずっと自分のマットレスの下に置いていた。〝鉄〟を病人のマットレスの下に置けば、それが痛みと苦しみを吸い取ってくれて、吸い取ったものをそのナイフを使って刺す相手に移してくれるという伝説があった。これは〝ウルカ〟がとても愛している伝説の一つで、そういう伝説のなかには、そのナイフを手に入れた者は間もなく事故と死に遭遇するというものもあった。ともに、いまや消えつつある古いロマンティシズムと迷信だった。そうだとしても、セルゲイはその贈り物を、もしかすると大袈裟《おおげさ》すぎるかもしれないほどの大いなる畏敬とともに受け取った。そうすべきでない理由がどこにある？　いまのおれがあるのは、すべて叔父のおかげだ。苦境に陥っていたおれを助け出し、必要な書類を全部整えて、ノルウェーにこられるようにしてくれた。ガルデモン空港の機内清掃の仕事へたどり着かせてもくれた。給料もよく、見つけるのも簡単だったが、ノルウェー人がやりたがらない種類の仕事らしかった。あいつらは社会保障を受けられる仕事を好んでいる。ロシアにいたときの小さな犯罪記録も問題にならなかった。叔父がうまくごまかしてくれたからだ。この贈り物をもらったとき、セルゲイは恩人の青い石の指輪にキスをした。認めざるを得なかったが、いま手にしているナイフは本当に美しかった。大鹿の角で作られ、ロシア正教の十字架が象眼された、暗褐色の持ち手。

セルゲイは教えられたとおりに腰を落とし、いつでも攻撃できると感じられる体勢を取ると、その腰を斜め上へぐいと突き出した。その腰をさらに押してから、今度は引く。もう一度押して、引く。速く、しかし、速すぎないように。動きが速すぎると、そのたびに刃が柄《つか》のなかに戻ってしまう。

ナイフでなくてはならないのは、殺す相手が警官だからだった。警官が被害者の場合、追跡が熾烈《しれつ》を極めると決まっている。だから、可能な限り手掛かりを残さないことが決定的に重要だ。銃弾はその出所、それが発射された銃、発射した人間へと、常に遡《さかのぼ》って追跡することができる。滑らかできれいなナイフの切り傷はそれが不可能だ。刺し傷の場合はそうではない――刃の長さと形状から特定される恐れがある。だから、警官の心臓を刺すのではなく、頸動脈《けいどうみゃく》を切り裂け、とアンドレイは教えてくれた。だれかの喉を掻《か》き切った経験はセルゲイにはなかったし、心臓を刺し貫いたこともなかった。あるジョージア人の腿を、ジョージア人だというだけで斬りつけたことが一度あるきりだった。だから、練習をするためのものが必要だった。生きているものが。隣りに住んでいるパキスタン人は猫を三匹飼っていて、毎朝セルゲイがエントランス・ホールへ出ていくと、猫の小便の臭いが鼻を突いた。

セルゲイはナイフを下ろすと俯き加減になり、鏡に映る自分を上目遣いに見た。いいじゃないか。引き締まっていて、威嚇的で、危険で、隙がない。映画のポスターみたいだ。警官を殺した事実は、いずれタトゥーが語ってくれる。

まず警官の背後に立つ。一歩踏み出す。左手で相手の髪をつかみ、後ろへ引っ張る。ナイフの先端をそいつの首の左に当てて突き刺し、弧を描くようにして三日月形に喉を切り裂く。こんなふうに。

心臓が打つたびに大量の血が噴き出し、三回打ったところで噴き出す血の量が少なくなる。相手はすでに脳死している。

ナイフを畳んでポケットにしまいながら立ち去る。急いで、しかし、急ぎすぎずに。人をまともに見ないようにして、素知らぬ顔で。歩き、そして、もう大丈夫だと感じる。

セルゲイは一歩後ろに下がると、背筋をまっすぐに伸ばして立ち、深く息を吸い込んだ。その場面がまぶたに浮かんだ。息を吐き出した。一歩踏み出した。刃が素晴らしくて貴重な宝石のきらめきを生むよう、ナイフの角度を調節した。

6

ベアーテとハリーはハウスマンス通りをあとにすると左へ折れ、街区の角を曲がって、黒くなったガラスの破片や焼け焦げた煉瓦が瓦礫《がれき》のまま残っている、ビルの焼け跡を突っ切った。その後ろでは、生い茂る草に覆われた坂が川へ下っていた。ハリーはオレグのいた建物の裏側にはドアがないこと、最上階まで延びている細い非常階段しか出口がないことを記憶した。

「隣りの部屋にはだれが住んでいるんだ？」ハリーは訊いた。

「だれも住んでいません」ベアーテが答えた。「空きオフィスです。〈アナルキステン〉という小さな新聞社が入っていたんですが、その新聞は――」

「知ってるよ。悪くない専門紙だった。文化欄の書き手は、いま大手新聞で仕事をしている。部屋に鍵はかかってなかったのか？」

「全部破られていました。たぶん、長いあいだその状態だったんでしょう」

ハリーが見ていると、ベアーテは諦めを漂わせてうなずき、ハリーが言う必要のなかったことを確認した。だれかがオレグのアパートにいて、だれにも見られることなく逃げ出した可能性がある。すがらずにはいられない藁の一本だった。

二人はアーケル川に沿う小道へ下りた。この川幅であれば、それなりに物を投げる力のある若者なら拳銃を向こう岸まで届かせることができる、とハリーは確信した。

「拳銃がまだ発見されていないのなら――」

「検察官は拳銃を必要としていないんです、ハリー」

ハリーはうなずいた。両手から硝煙反応が出ている。その拳銃を見せびらかされたという証人がいる。死体にオレグのＤＮＡが付着している。

前方で、グレーのフード付きスウェットシャツを着た二人の白人の若者が緑色のベンチにもたれるようにして坐っていたが、ハリーとベアーテに気づくと、顔を寄せ合うようにして急いで小径を歩き去った。

「売人はいまもあなたから警察官の臭いを嗅ぎ取れるようですね、ハリー」

「ふむ。ここでハシシを売っているのはモロッコ人だけだと思っていたんだがな」

「競争相手が入ってきているんです。コソボ系アルバニア人、ソマリア人、東欧諸国の人間、ありとあらゆるドラッグを売る亡命者。スピード、メタンフェタミン、エクスタシー、モルヒネ、何でもござれです」

「ヘロインもだな」

「それはどうでしょう。オスロでは、純正ヘロインはほとんど見られなくなっているんです。いまの流行はバイオリンですが、プラータ周辺でしか手に入りません。イェーテボリかコペンハーゲンまで行けば話は別ですよ、最近では、バイオリンはそこにも現われているようですからね」

「そのバイオリンってやつは何なんだ？　戻ってきてからよく耳にするんだが？」

「新手の合成ドラッグです。純正ヘロインほどには呼吸を妨げず、命を落とすことはあるにせよ、過剰摂取が原因のものはヘロインより少ないんです。ただし、依存性が非常に強くて、だれであれ一度試したらもっとやりたくなります。ですが、とても高価なので、それを買う余裕のある者は多くありません」

「それで、ほかのドラッグを買うわけか？」

「もっぱらモルヒネですね」

「一歩前進、二歩後退か」

ベアーテが首を横に振った。「重要なのはヘロインとの戦争です。そして、彼はそれに勝利しているんです」

「ベルマンか？」

「もうお聞きですか？」

「ハーゲンが言っていたよ、あいつがヘロイン・ギャングのほとんどを叩き潰したってな」

「パキスタン人のギャング、ベトナム人のギャング。北アフリカの大規模なネットワークも潰滅させました。そのことに因んで、〈ダーグブラーデ〉紙は彼をロンメル元帥と呼んでいます。それから、アルナブルーの暴走族は全員が刑務所に入っています」

ていたぞ」

「暴走族？　おれの時代には、暴走族はスピードを売って、めったやたらにヘロインを打っ
「ロス・ロボス。ヘルズ・エンジェルスかぶれですね。バイオリンを扱っているネットワークは二つしかなくて、彼らがその一つだったとわたしたちは睨んでいます。ですが、二度目のアルナブルー急襲で、大量に逮捕されてしまいました。口元を緩ませたベルマンのしたり顔をあなたにも見せたかったですよ、新聞に載りましたからね。その作戦を実行したとき、彼は現場にいたんです」

「たまには役に立とう、か？」『アンタッチャブル』でケビン・コスナーが演じたエリオット・ネスの台詞《せりふ》だった。

ベアーテが笑った。ハリーが好きなもう一つの側面だった。なかなかの映画ファンで、彼があまりよくない映画のいくらかいい台詞を引用したとき、間髪を容《い》れずに反応してくれるところである。ハリーは彼女に煙草を勧め、断わられると、自分の煙草に火をつけた。

「ふむ。おれも本部には長くいたが、その間、薬物対策班はほとんど何もできなかった。それをベルマンはいったいどうやってやりおおせたんだ？」

「あなたが彼を嫌いなのはわかっていますが、実際、優秀な指揮官なんです。クリポス時代は部下全員に慕われていたし、本部へ異動させられたときなんか、みんなが本部長を悪しざまに言ったぐらいです」

「ふむ」ハリーは煙草を吸った。血液の飢えが和らぐのがわかった。ニコチン。多音節のと

ころが、ヘロインやバイオリンと同じだった。

「それで、いまも残ってるのはどういう連中だ？」

「それがすべてを台無しにしかねない大問題なんです。食物連鎖を壊し、それによって何か、取り除いたものよりはるかに危険な何かに場所を作ってやったとわからずにいるようなものなんです……」

「その証拠はあるのか？」

ベアーテが肩をすくめた。

「本当に突然、通りからの情報がまったく入ってこなくなったんです。わたしたちの情報源は何も知りません。というか、固く口を閉ざしていて、ドバイの男についてのささやきがあるだけです。だれもその男を見たことがなく、だれもその男の名前を知らないんです――姿の見えない人形遣いとでも言うんでしょうか。バイオリンが売られていることはわかるんですが、それを追跡して源へたどり着けないんですよ。売人を捕まえて追及しても、同じレベルのほかの売り手から買ったと言うんです。足跡がここまで巧みに隠蔽されるのは普通ではありません。そして、それがわれわれに教えてくれるのは、この輸入と流通を管理しているのが非常にプロフェッショナルな、しかも複雑でない組織だということです」

「ドバイの男、謎の黒幕。以前にそんな話を聞いたことはないか？　そして、正体がわかってみると、何のことはないただのいかさま師だったという話だが」

「これは違います、ハリー。今年になってから、ドラッグ絡みの殺人が相次いでいるんです。

これまでにわたしたちが見たことのない、残虐なやり方なんですよ。そして、だれも何も言わない。二人のベトナム人ディーラーが、彼らが仕事をしていたアパートの梁から逆さまに吊るされているのが発見されました。溺死でした。顔にビニール袋が被せられていて、そのビニール袋が水で一杯になっていました」

「それはアラブ人のやり方じゃないな——ロシア人のやり方だ」

「はい？」

「まず逆さまに吊るす、そして、顔にビニール袋を被せ、首の周囲で緩やかに、隙間ができるように縛る。そのあと、踵《かかと》から水を流しはじめる。水は身体を伝って下っていき、ビニール袋に満ちる。〝月に立つ男〟と呼ばれるやり方だ」

「そんなこと、どうして知っているんですか？」

ハリーは肩をすくめた。「ビラーエフという金持ちの医者がいた。八〇年代、アポロ十一号の宇宙服の本物を一着手に入れた。ブラック・マーケットで二百万ドルで買ったんだ。そして、だれだろうと自分を騙そうとした人間や借金を返そうとしない人間にその宇宙服を着せ、宇宙服のなかに水を一杯に注ぎ込まれた男たちの顔を撮影した。そのあと、撮影したものを借金をしているほかの者たちに送りつけた」

ハリーは煙草の煙を上に向かって吐いた。

ベアーテがためらいを顔に浮かべ、ゆっくりと首を横に振った。「香港で何をしていたんですか、ハリー？」

「電話でも訊かれたよな？」

「でも、答えてもらっていません」

「そうだったな。この件じゃなくて別の件ならやらせてやってもいいとハーゲンは言った。殺された囮捜査官についての件だそうだが？」

「そうなんです」ベアーテが答えた。もうグストの一件とオレグのことを話さずにすむと安《あん》堵《ど》した口振りだった。

「どういう事件なんだ？」

「薬物対策班の若い囮捜査官です。オペラハウスから海へと下っている岸辺で水に洗われていました。観光客や子供たちでごった返しているところです」

「射殺か？」

「溺死でした」

「殺人だとどうしてわかるんだ？」

「外傷がなかったので誤って海へ転落したと見えなくもありませんでした――彼の担当区域がオペラハウス周辺でしたから。ですが、彼の肺をビョルン・ホルムが調べた結果、そこに残っていたのが真水だと判明したんです。そして、オスロ・フィヨルドは当然のことながら海水です。だれかが彼を海に捨てて、そこで溺れたように見せかけたみたいです」

「しかし」ハリーは言った。「殺された男は薬物対策捜査官だったわけだから、川の周辺を歩きまわっていたに違いない。川は淡水で、オペラハウスの近くで海に流れ込んでいるからな」

　ベアーテが微笑した。「あなたが戻ってきてくれて嬉しいんですけど、ハリー、その可能性はビョルンも考えました。それで、細菌叢《そう》、微生物の要素、等々と比較しました。その結果、被害者の肺に残っていた水は、アーケル川の水にしてはきれいすぎたんです。濾過装置を通過した水だったんですよ。わたしの推測では、彼は浴槽で溺れています。あるいは、水質浄化装置のついているプール、または……」

　ハリーは吸いさしを足元の小径に捨てた。「ビニール袋」

「そうです」

「ドバイの男か。そいつについて何がわかってるんだ？」

「さっき教えたじゃないですか、ハリー」

「何も教えてもらってないよ」

「そうでしたね」

　二人はアンケル橋の手前で足を止めた。ハリーは時計を見た。

「どこかへ行く予定があるんですか？」ベアーテが訊いた。

「いや」ハリーは答えた。「おまえさんに口実を与えてやろうと思ってな。おれを見捨てる罪悪感なしに、〝わたし、そろそろ行かなくちゃ〟と言えるようにな」

　ベアーテがまた微笑した。笑顔はほんとに魅力的だな、とハリーは改めて思った。だれかいないのがおかしいぐらいだ。それとも、いるのかもしれない。おれの携帯電話に登録されている八人のうちの一人か。おれはそれを知りもしない。

〝B〟はベアーテだった。

〝H〟はハルヴォルセン、ハリーの元同僚で、ベアーテの子供の父親。任務遂行中に殺された。だが、彼の番号はいまも消去されていなかった。

「ラケルとは連絡を取ったんですか？」ベアーテが訊いた。

〝R〟。彼女の名前が出てきたのは、〝見捨てる〟という言葉との関連の結果だろうか、とハリーは思った。そして、首を横に振った。ベアーテが返事を待っていたが、ハリーは付け加えるべきものを持たなかった。

二人は同時に口を開いた。

「おれが思うに、おまえさんは――」

「実は、わたし――」

ベアーテがまたもや微笑した。「行かなくちゃならないんです」

「いいとも」

ハリーは道路のほうへ上がっていく彼女を見送った。

そのあと、ベンチに腰を下ろし、川を、静かな流れにたゆたっている鴨《かも》を見つめた。

フード付きのスウェットを着た二人組が戻ってきて、ハリーの前に立った。

「あんた、ファイブ・オーか？」

警察を指す米語のスラング、おそらくきちんと作られたであろうテレビ・シリーズから失敬したんだろう。こいつらが嗅ぎつけたのはベアーテの匂いで、おれじゃない。

ハリーは首を横に振った。

「何か欲しいのか？」

「ああ、平安が欲しいんだよ」ハリーは答えた。「平安と静けさがな」

そして、内ポケットから〈プラダ〉のサングラスを出した。返済が少し滞ったけれども、かなり公平に待遇してもらったと結論した、広東道《カントン・ロード》の店の経営者がくれたものだった。女物だが、ハリーは気にしなかった――むしろ、気に入っていた。

「ところで」ハリーは立ち去ろうとしている二人の背中に声をかけた。「バイオリンはあるか？」

一方が返事の代わりに鼻を鳴らした。「ダウンタウンになら」もう一方が肩越しに指をさした。

「正確にはどこだ？」

「ファン・ペルシーかファブレガスを探してみな」ジャズ・クラブの〈ブロー〉のほうへ歩いていく二人の笑い声が小さくなっていった。

ハリーはベンチに背中を預けて鴨を観察した。彼らは妙に効率のいい足の動きで水を掻き、まるで薄氷を滑るスピードスケーターのように滑らかに川面《かわも》を進んでいた。

オレグは黙秘をつづけている。黙秘をつづけるのは有罪の人間が取れる方法の一つではある。それは彼らの特権であり、唯一論理的な戦略だ。だとすれば、ここからどこへ行こうか？　すでに解決していることをどう捜査し、もう妥当な解答が見つかっている疑問にどう答える？　何を成し遂げられると思う？　それを否定することで事実を否定するのか？　刑事部の刑事だったとき、犯人の肉親が哀れにも繰り返すのを見てきただろう。「私の息子が？それは絶対にあり得ない！」と繰り返すのを。あんなふうにして、事実を否定するか？　犯罪の捜査をしたい理由は自分でもわかっている。それがおれにできる唯一のことだからだ。それでしか寄与できないからだ。息子の通夜で料理すると言い張る主婦、友人の葬儀で演奏するミュージシャンと同じだ。気晴らしとして、あるいは、慰めを形にするものとして、する必要があるからだ。

一羽の鴨がハリーのほうへ近づいてきた。パンのかけらでももらえるのではないかと期待しているのかもしれなかった。確信があるからではなく、わかりようがないからだ。エネルギーの消費と報われる可能性を比較計算してのことだ。希望。薄氷。

ハリーははっとして背筋を伸ばし、上衣のポケットから鍵を取り出した。あのとき南京錠を買った理由を、たったいま思い出した。自分のためではない。スピードスケーターのため、オレグのためだった。

7

トルルス・ベルンツェン巡査は空港の税関職員に手短に説明した——空港がローメリーケ警察の管轄であることはもちろん承知しているし、自分は逮捕任務に就いているわけではない。しかし、スペシャル・オペレーションズの刑事として、逮捕された男からしばらくのあいだ目を離さずにいなくてはならないし、トール・シュルツが薬物所持で捕まったとの情報が情報源から寄せられたのだ、と。そして、身分証を見せ、自分が三等警察官であり、スペシャル・オペレーションズとオルグクリムに所属していて、オスロ管区警察で任務に就いていることを証明した。税関職員は肩をすくめると、それ以上は細かいことにこだわらないで、トルルスを三つある留置房の一つに連れていった。

留置房に入ってドアが閉まると、トルルスは通路を見渡し、ほかの二つの留置房が無人であることを確かめた。そして、蓋をしたままの便器に腰を下ろし、壁際に作り付けられた寝台と、両手で顔を覆っている男を見た。

「トール・シュルツか?」

男が顔を上げた。上衣を脱いでいたから、シャツの袖の線がなければ、旅客機の機長だとはわからなかっただろう。機長はこんなふうではない。汗を掻いているはずも、青ざめているはずも、ショックのせいで瞳孔が大きく黒く広がっているはずもない。一方で、初めて逮捕された者の大半は、直後にこんなふうになるのが普通でもあった。空港でトール・シュルツを見つけるのにはしばらく時間がかかったが、あとは簡単だった。犯罪者に関する公式データベース〈ストラサック〉によれば、シュルツに前科はなく、警察と関わったことも一度もなく、非公式の記録によれば、薬物社会との繋《つな》がりを知られている男でもなかった。

「あんたは？」

「おまえさんが働いているところ——航空会社じゃないぞ——の代わりにきたんだ、シュルツ。あとはどうでもいい。わかったな」

シュルツがトルルスの首にぶら下がっているIDカードを指さした。「警察だろう。私をかつごうとしてるんじゃないのか？」

「そうだったらいいんだがな、シュルツ。手続きに問題があると言って、弁護士があんたを無罪放免にできるチャンスだからな。だが、おれたちは弁護士抜きでこれを何とかするんだ。いいな？」

機長は瞬きもしなかった。拡大した瞳孔が吸い込める限りの明かりを吸い込み、かすかな楽観をちらりときらめかせた。トルルス・ベルンツェンはため息をついた。これから話すことを、シュルツがわかってくれるのを願うしかなかった。

「〝バーナー〟って何だか知ってるか？」トルルスは短い間を置き、答えを待ったあとでつづけた。「警察の計画を頓挫させてしまう人間だよ。証拠を改竄《かいざん》したり行方不明にしたりし、法的手続きに誤りを生じさせ、案件が法廷に持ち出されるのを阻止する。あるいは、日々の捜査で大失態を生じさせ、容疑者を自由の身にしてやるんだ。わかるか？」

シュルツが二度瞬きをし、ゆっくりとうなずいた。

「よし」トルルスは言った。「おれたちは互いのあいだにパラシュートが一つしかない状態で自由落下している、そういう状況だと考えてくれ。おれはおまえさんを助けるために飛行機を飛び出したところだ。おれに感謝するのは当面は省いてくれていいが、百パーセント信頼してもらわなくちゃならん。さもないと、二人とも地面に叩きつけられることになる。わかったか《カピーシエ》？」

またもや瞬き。明らかにわかっていなかった。

「昔、あるドイツ人警官がいた。そいつもバーナーで、バルカン・ルート経由でヘロインを持ち込んでいたコソボ系アルバニア人のギャングのために仕事をしていた。ドラッグはアフガニスタンの阿片《あへん》畑からトラックでトルコへ運ばれ、そのあと、旧ユーゴスラヴィアからアムステルダムへ移送される。そこからはアルバニア人どもが海を渡ってスカンジナヴィアへ持ち込むんだ。いくつもの国境を越えなくてはならず、何人もの人間――このバーナーもそこに含まれていた――に金を握らせなくてはならなかった。ある日、若いコソボ系アルバニア人が捕まった。ガソリン・タンクに生の阿片が詰め込んであったんだ。しかも、梱包もせずにそのままガソリン漬けにしてやがった。そいつは留置されたが、その日のうちに、コソボ系アルバニア人グループがそのバーナーに連絡した。そいつは留置されている若造に会いに行き、自分がバーナーであることを説明して、もう心配することはないと請け合った――何事もなかったかのように収めるから、と。そして、明日もう一度きて、警察にどう話せばいいかを教えると言った。それまではとにかく黙秘をつづけろ、それだけでいいんだ、と。だが、現場を押さえられた若造は刑務所に入った経験がなかった。たぶん、刑務所のシャワー室では石鹸の取り合いで喧嘩になるって話を聞きすぎていたんだろうな。いずれにせよ、一回目の尋問で、電子レンジに入れられた卵みたいに簡単に割れてしまった。裁判での情状酌量を期待したんだろう、バーナーのことを密告した。そして、警察はそいつがバーナーである証拠を手に入れるために、若造の留置房に隠しマイクを仕込んだ。だが、バーナーは、その腐った警官は、次の日、姿を現わさなかった。発見されたのは半年後だ、切り刻まれてチューリップ畑にばらまかれていた。おれは都会育ちだが、死体はいい肥料になると聞いたことがある」

トルルスはそこで口を閉じ、機長を見た。いつもの質問が発せられるはずだった。

機長は顔の色を多少取り戻し、背筋を伸ばして寝台に坐り直して、ついに咳払いをした。

「その……なぜバーナーが殺されるんだ？　彼が密告したわけじゃないじゃないか」

「なぜなら、何が正しいかなんか関係ないからだ。実際的な問題に必要な、実際的な解決策があるだけなんだよ。証拠を消すことになっていたバーナー本人が、証拠になりそうな危険な存在になってしまったんだ。もし警察がやつを捕まえたら、コソボ系アルバニア人グループへたどり着く可能性があった。やつは彼らの兄弟ではなく、腐った警官でしかない。だから、さっさと片付けてあの世へ送ってしまうのが理屈に合うってわけだ。それに、警察がこの警官殺しを最優先しないこともわかっていた。どうしてそんなことをしなくちゃならないんだ？　バーナーはすでに罰を受けているし、捜査をしたところで結果はたった一つ、警察の腐敗を世間に知らしめるだけだ。違うか？」

シュルツは答えなかった。

トルルスは身を乗り出した。声は小さくなったが、強さは増した。「おれはチューリップ畑で発見されたくないんだ、シュルツ。おれたちがここから抜け出す方法は一つ、お互いを信頼することしかない。パラシュートは一つだけなんだ。わかったか？」

機長が咳払いをした。「その若造とやらはどうなったんだ？　減刑されたのか？」

「どうなんだろうな。裁判の前日に、独房の壁からぶら下がっているのを発見された。服を掛ける鉤《フック》に頭を叩きつけられてな」

機長の顔からふたたび色が消えた。

「一息入れるか、シュルツ」トルルスは言った。この仕事で一番好きなところ、いまだけは自分の立場が上だと感じられるときだった。

シュルツが後ろへ身体を傾け、頭を壁に当てて目を閉じた。「私があんたの助けをこの場で拒否して、あんたがここへこなかったことにしたらどうなんだ？」

「駄目だな。おまえさんの雇い主もおれの雇い主も、おまえさんを証言台に立たせたくないんだ」

「それは、私に選択の余地はないということか？」

トルルスは微笑して、お気に入りの台詞を口にした。「何らかの選択をするまで、おまえさんにはずいぶん長い時間があったんだぜ、シュルツ」

ヴァッレ・ホーヴィン・スタディアム。緑の芝生、樺《かば》の木立、庭、プランターが置かれたベランダ、そういう砂漠の真ん中の小さなコンクリートのオアシス。冬にはスケートリンクになり、夏にはコンサート会場となって、ローリング・ストーンズ、プリンス、ブルース・スプリングスティーンのような超大物を迎えることも珍しくない。ハリーは昔からクラブが好きで、スタディアムでのコンサートを毛嫌いしていたが、ラケルに無理やり説得されてU2のコンサートに一緒に行ったことがあった。そのあと、あなたは心の奥の奥では隠れた音楽純粋主義者ね、とラケルにからかわれたのだった。

しかし、大半のとき、ヴァッレ・ホーヴィンはいまと同じくくたびれ、閑散として、人気がなくなった製品を作っていた廃工場のようだった。ハリーのここでの一番の思い出は、氷の上でトレーニングするオレグを見ていたときのことだった。ぎりぎりまで頑張る彼を坐って見守っていた。戦い、失敗し、失敗し、そして成功するところを。大した成功ではない。自己記録《パーソナル・ベスト》の更新、クラブ選手権の同年齢グループで二位になった程度のことだ。だが、ハリーの愚かな心を膨らませるには充分以上だった。馬鹿げているほど大きく膨らんだために、互いが恥ずかしくならないよう、何でもない振りをしなくてはならなかった。「悪くないぞ、オレグ」

ハリーは周囲を見回した。見える限りでは、人の姿はなかった。スタンド下のロッカールームのドアの鍵穴にヴィング社製の鍵を挿し込んだ。内部は以前と変わっていなかったが、さらに古びたようには見えた。床にごみが落ちていた。だれかが最後にここに入ってから、明らかに長い時間が経過していた。人が独りきりでいられるところだ。ハリーは左右に並ぶロッカーのあいだを歩いていった。ほとんどが施錠されていなかったが、探していたものが見つかった。アバス社の南京錠。

鍵の先端をぎざぎざの穴に挿し込んだ。が、それ以上は入っていきそうになかった。くそ。ハリーは振り返り、がっちりした鉄製のキャビネットの列を目で追った。視線が止まり、あるロッカーへと後戻りした。アバス社製の南京錠がもう一つあった。そして、緑色の塗料が丸く引っ掻かれていた。〝O〟。

そのロッカーを開けて最初に目に入ったのは、オレグの競技用のスケート靴だった。細長くて薄いブレードに、赤錆《あかさび》のようなものが点々と浮いていた。

通風口にぴったりと押しつけられているロッカーのドアの内側に、二枚の写真が貼ってあった。二枚とも家族写真で、一枚には五つの顔が写っていた。子供が二人と、両親と思われる男女が一人ずつ、いずれも見た憶えがなかった。が、三人目の子供は見分けがついた。別の写真で見たからだ。犯行現場で撮られた写真で。

きれいな顔だち。グスト・ハンセン。

そう思わせたのはきれいな顔だちのせいだろうか、とハリーは思案した。普通に考えれば、グスト・ハンセンがこの写真のなかにいるはずはない。もっと正確に言えば、彼はこの家族の一員ではない。

奇妙なことだが、同じことが二枚目の写真の、ダークブラウンの髪の女性とその息子の後ろに坐っている、金髪で長身の男についても言えるかもしれなかった。その写真が撮られたのは、ずいぶん昔の秋の日だった。彼らはホルメンコーレンを散策し、紅葉のなかを歩きまわった。そして、ラケルが岩の上にカメラを置いてセルフタイマーを押した。

本当におれなのか？　こんなに穏やかな顔をしている自分の記憶がなかった。

ラケルの目は輝いていた。彼女の笑う声が聞こえるような気がした。おれはその声が大好きだった。そして、思い出そうとした——それは何度繰り返しても飽きない作業だった。彼女はほかの者たちと一緒にいるときも笑ったが、一緒にいるのがオレグとハリーだけのときは声の調子が違った。オレグとハリーのためだけの声だった。

ハリーはさらにロッカーを探った。

ライトブルーの横縞《よこじま》が入った白いセーターがあった。オレグの好みではない。あいつの好みは、くたびれた丈の短いジャケットにスレイヤーやスリップノットのロゴが入った黒いTシャツだ。セーターの匂いを嗅いでみた。かすかに香水の名残りが感じられた。女物だ。帽子棚にビニール袋があった。それを開けたとたん、ハリーは息を呑んだ。ジャンキーの道具一式が入っていた。注射器が二本、スプーンが一本、ゴムチューブ、ライターが一つ、そして、コットン・ガーゼがいくらか。ないのはドラッグだけだった。ビニール袋を棚に戻そうとしたとき、一番奥にシャツがあることに気がついた。赤と白だった。それを手に取ってみると、サッカー・チームのレプリカ・ユニフォームだとわかった。胸のロゴが命令していた――〝飛べ、エミレーツ《フライ・エミレーツ》〟。アーセナルだ。

ハリーは写真を見上げた。オレグを。彼でさえ微笑《ほほえ》んでいた。いまが素晴らしく、これからもすべてがうまくいき、これが自分たちの望んでいるありようなのだと考えを同じくしている三人がいると、少なくともこの当時は信じていたかのような笑顔だ。だとすれば、そうでなくなってしまったのはなぜか？　ハンドルを握っていた男がコースを外れてしまった理由は何だ？

〝おれたちのためにいつもそばにいるとか、みんな嘘だったじゃないか〟

ハリーはロッカーのドアの裏から写真を外し、内ポケットにしまった。

外に出ると、太陽がウッレーンオーセンの丘の向こうへ沈もうとしていた。

8

おれが血を流しているのが見えるか、父さん。流れているのはあんたと同じ血だ。そして、おまえの血だ、オレグ。教会の鐘はおまえを悼んで鳴っているんじゃないのか。おれはおまえを呪う、おまえはスペクトラムでのジューダス・プリーストのギグにいた。おれは周辺をうろついていて、会場から出てくる人の群れに呑み込まれた。

「いや、かっこいいTシャツじゃないか」おれは言った。「どこで手に入れた？」

おまえは妙な顔でおれを見た。「アムステルダムだ」

「アムステルダムでジューダス・プリーストを見たのか？」

「そうだけど」

おれはジューダス・プリーストのことなんか何一つ知らなかったが、あらかじめ調べて、それが人ではなくてバンドの名前で、リード・ボーカルがロブ何とかだってやつだということは知っていた。

「いいな。プリーストは最高だ」

おまえは一瞬身体を強ばらせておれを見た。臭いを嗅ぎつけた獣のように集中していた。

危険な相手か、それとも、餌食かを見定めようとして。あるいは――おまえの場合は――、心の友になれそうかどうかを見極めようとして。おまえは濡れて重くなったレインコートのような孤独を抱えていたから、オレグ、前屈みで足取りもおぼつかなかった。その孤独ゆえに、おれはおまえを見誤ることはなかった。それで、アムステルダムのギグの話をしてくれたら、コカインを売ってやってもいいと持ちかけた。

おまえはジューダス・プリーストのことを、二年前のハイネケン・ミュージックホールでのコンサートのことを、〝やれ〟という隠れたメッセージを伝えるプリーストのレコードを聴いたあとで自分を撃った二人のティーンエイジャーのことを話してくれた。そして、一人は死んだと付け加えた。プリーストはヘビーメタルで、スピードメタルに傾倒していた。二十分後、ゴス・ロックと死についてはもう話し飽きたからそろそろ一杯やるか、とおまえは言った。

「それこそいま必要なことだな。おれたちが出会ったお祝いをするんだよ、オレグ、どうだ？」

「それはどういうことだ？」

「公園で煙を吸ってる面白い連中を知ってるんだ」

「ほんとか？」疑わしげだった。

「重たいやつじゃない。ただの結晶状のアイスだ」

「せっかくだが、それはやらないんだ」

「何を言ってるんだ、おれだってそんなのはやらないさ。パイプで吸うんだよ。おれとおまえはな。粉末じゃなくて、本物の結晶だ。ロブと同じさ」

グラスを傾けていたオレグの手が止まった。「ロブ？」

「ああ」

「ロブ・ハルフォードか？」

「そうとも。あいつのツアー・マネージャーが買ってる売人が、おれがこれから買いに行くのと同じやつなんだ。金を持ってるか？」

とてもさりげなく、そして、淡々とした口調だったので、あいつの真剣な目にちらりとすら疑いがよぎることはなかった。「ロブ・ハルフォードがアイスをやるのか？」

オレグが言い値の五百クローネを渋々差し出すと、おれはそれを受け取り、待っているように言って腰を上げて、ヴァーテルラン橋へと道を下った。あいつから見えなくなると右へ折れ、通りを渡ってそのまま三百メートル、オスロ中央駅へと数分歩きつづけた。二度とオレグ・くそったれ・ファウケを見ることはないだろうと思いながら。

プラットフォームの下のトンネルに坐ってパイプをくわえているとき、オレグとのことは終わっていないとわかった。終わりが近づいてすらいなかった。あいつはおれの隣りに腰を下ろし、壁に背中を預けると、手を突き出した。おれはパイプを渡してやった。あいつは煙を吸い込んで咳をすると、もう一方の手を突き出した。「釣り」

こうして、グストとオレグのチームが出来上がった。毎日、あいつが夏のあいだ働いているクラース・オルソンでの倉庫の仕事が終わると、連れだってダウンタウンへ行き、ミッデルアルデル公園の汚ない水で泳ぎ、オペラハウス周辺に新たに街が造られていく様子を眺めた。

おれたちはお互いがこれからやろうとしていること、なろうとしているものについて、どこへ行くつもりかについて語り合いながら、あいつの夏の仕事の稼ぎで買えるすべてを口や鼻から吸って体内に取り込んだ。

おれは養父のことを、そいつが自分の女房を寝盗られてどんなふうにおれを追い出したかを、話してやった。オレグ、おまえは母親が一緒にいた男、ハリーという、おまえに言わせれば〝かっこいい〟、信頼できる刑事のことを話してくれた。だが、どこかでおまえたちとその刑事のあいだの歯車が狂った。まず、その刑事とおまえの母親のあいだの歯車が狂い、次に、その刑事が担当していた殺人事件におまえたちが巻き込まれた。それがあったせいで、おまえとおまえの母親はアムステルダムへの移住を余儀なくされた。その刑事はたぶん〝かっこいい〟んだろうが、それは表現としてはかなり間違ってるんじゃないか、とおれは指摘した。そうしたら、〝くそったれ〟でも足りない、とおまえは言った。それを言うなら〝ろくでなし〟だろうとだれかに教えられたような気がするが、それでもまだ充分じゃない。それにしても、おれはなぜこんな大袈裟に訛ったノルウェー語を話すんだろう？　オスロのイーストエンドの生まれでもないのに？　大袈裟なのは主義だ、そのほうが意味を強調できる。それに、〝くそったれ〟は大きく間違っているから正しいんだ。そうとも、だれが形容するとしても、おれについてはそれが一番ふさわしいと思ったんだ。

　おれたちはお楽しみを求めてカール・ヨハン通りへ行った。おれは市庁舎広場でスケートボードを盗み、三十分後に、それをオスロ中央駅前広場でスピードと交換した。ボートでホーヴェドイア島へ行き、泳ぎ、ビールを飲んだ。何人かの女の子に父親の持っているヨットに誘われ、おまえはそのマストから飛び込んだが、水しぶきがデッキを掃除しただけだった。路面電車でエーケベルグへ行き、日没を見た。ノルウェー・カップの試合があり、トレンデラグの哀れなサッカー・コーチがおれを見つめていて、千クローネでフェラチオしてやってもいいと言ってやったら、頼むと抜かしやがった。おれはやっこさんのズボンが足元へ落ちるのを待ってから逃げ出した。あとで、おまえはおれに言ったよな――やっこさん、まったく訳がわからないといった様子だったが、代わりにやってくれないかと頼むような顔で自分を見たってな。まったく、笑わせてくれるぜ！

　夏は終わりがこないように思われた。まあ、結局はやってきたんだが。おれたちはおまえの最後の給料でマリファナ煙草を買い、その煙を淡い、何もない夜空へ吹きあげた。学校へ戻り、しっかり勉強して、母親のように法律を学ぶつもりだとおまえは言った。そして、警察学校へ行くつもりだってな！　おれたちは涙が出るぐらい大笑いしたよな。

　だが、学校が始まると、おまえを見る日が少なくなっていき、その後さらに少なくなっていった。おまえはホルメンコーレンの尾根で母親と暮らし、おれはドラッグの面倒を見て、練習の邪魔をしなければいてもいいと言ってくれたバンドのリハーサル室に転がり込んだ。

というわけで、おれはおまえを諦めた。昔ながらのささやかで心地いい生活に戻ったに違いないと思ったんだ。それに、おれにとっては商売を始める頃合いでもあった。

　あれはたまたまだった。おれは一緒に住んでいる女から金をせしめてオスロ中央駅へ行き、アイスはないかとトゥトゥに訊いた。トゥトゥはわずかながら吃音《きつおん》で、アルナブルーのロス・ロボスのボスであるオーディンの下にいた。トゥトゥって綽名は、ドラッグを売った金を洗浄する必要があったオーディンが、トゥトゥをイタリアの賭け屋のところへ行かせて、2―0でホーム・チームが勝つと決まっている八百長試合に賭けさせたのがその由来だ。「2―0《トゥ・ナッシング》」とトゥトゥは賭け屋に言うことになっていたが、それがターニング・ポイントになった。あまりに緊張していたこともあり、また、吃音気味だということもあって、賭け屋には〝2―2《トゥ・トゥ》〟としか聞こえなかったんだ。試合終了十分前、もちろんホーム・チームが2―0でリードしていて、すべては平和で明るかった。だが、トゥトゥだけはそうではなかった。彼はたったいま賭け札を見て、自分が〝2―2《トゥ・トゥ》〟に金を払ったことに気がついた。そして、オーディンに膝を撃ち抜かれると確信した。彼はそういうことをするのが好きな連中を手下に持っていた。だが、そのとき二つ目のターニング・ポイントが訪れた。アウェイ・チームのベンチにポーランドから新しくやってきたフォワードがいて、彼のイタリア語はトゥトゥの英語に勝るとも劣らないぐらいひどかった。これが八百長試合だと知るよしもない彼は、ピッチに送り出されるや、自分が報酬を得ている仕事をした。ゴールを決めたんだ。しかも、二度。トゥトゥは救われた。だが、その夜オスロへ帰り着き、結果的にうまくいったことを報告すべくオーディンのところへ直行したとき、やつの幸運はそこで終わることになった。トゥトゥはまず、予定していた結果に賭け損なった経緯から話しはじめた。しかし、興奮と吃音のせいで話がなかなか前に進まず、オーディンはついに辛抱しきれなくなって引き出しからリボルバーを出すと――それが三つ目のターニング・ポイントになったわけだが――、話がポーランド人フォワードにたどり着くはるか以前に、トゥトゥの膝を撃った。

ともかく、あの日、トゥトゥはオスロ中央駅でおれにこう言った――もう結晶《アイス》はない、粉《パウダー》で我慢してもらうしかない。パウダーのほうが安いし、成分はアイスもパウダーもメタンフェタミンだが、おれはパウダーじゃ我慢できなかった。アイスは素敵な白い結晶で、頭を吹っ飛ばしてくれる。だが、オスロで手に入る臭くて黄色い糞には、ベーキング・パウダー、精製された砂糖、アスピリン、ビタミンB12、そして、悪魔と悪魔の母親が混じってる。玄人《くろうと》なら、鎮痛剤を切り刻んで粉状にして使うだろう。あれならスピードと変わらない味がする。だが、おれはトゥトゥが持っていたものをかなり値切って買い、アンフェタミンが買えるだけの金を残した。アンフェタミンはメタンフェタミンに較《くら》べればまだしも健康的で、効き目が少し遅いというだけだから、おれはスピードを鼻から吸い、ベーキング・パウダーで薄めたメタンフェタミンをプラータで高値で売って、結構儲《もう》けさせてもらった。

翌日、おれはまたトゥトゥのところへ行き、同じ取引をした。今度はもう少し量を増やして。それを鼻から吸い、残りは希釈して売った。次の日も同じことを繰り返した。つけ払いにしてくれたらもっと量を増やして引き受けられるんだがと持ちかけたら、鼻で嗤《わら》われた。

四日目、これをもっと安定した形でやるべきだとボスは考えている、とトゥトゥが言った。おれが売るのを見ていて、それが気に入ったようだった。おれが一日に二回分を売れば五千クローネになり、それに疑いの余地はない。そして、おれはオーディンとロス・ロボスに属する路上の売人になった。朝、トゥトゥから商品を受け取り、その日の売り上げと残った商品を五時までにトゥトゥに届ける。昼しか仕事はしない。しかし、売れ残ることは絶対になかった。

三週間はうまくいった。ある水曜日、ヴィッペタンゲン埠頭《ふとう》で二回分を売ってポケットが現金で一杯になり、鼻がスピードで一杯になったとき、駅でトゥトゥに会う理由がないことに不意に気がついた。それで、これから街を出るとあいつにメールし、デンマーク行きのフェリーに飛び乗った。あんまり長いことスピードをやりつづけていると、そういう考え無しをする場合があるということだ。

オスロへ戻ると、オーディンがおれを捜しているという噂が聞こえてきた。おれはパニックになった。トゥトゥの綽名の由来を知っていれば尚更《なおさら》だ。おれは目立たないようにしながら、グルーネルレッカのあたりをうろついた。そして、〝裁きの日〟を待った。だが、オーディンは売人から取りはぐれた数千クローネなんかどうでもいいような、もっと大きな問題を抱えていた。競争相手が街にやってきたんだ。〝ドバイの男〟だ。扱うのはスピードなんてちっぽけなドラッグじゃない。ヘロインだ。ロス・ロボスにとって、それはほかの何より重要だった。彼らのことをベラルーシ人だと言う者もいれば、リトアニア人だと言う者も、ノルウェー系パキスタン人だと言う者もいた。しかし、それがプロの組織だということは全員が認めていた――あいつらはだれも恐れない。知らなすぎるより知りすぎるほうがいい。

ひどい秋だった。

おれはしばらく何もしなかった。もう仕事はなかったし、目立たないようにしていなくてはならなかった。バンドの備品一式を買ってくれる相手をビスペ通りで見つけてあった。それを見にきた男に、おれの所有物だと思わせることに何とか成功した――だって、おれはここに住んでるんだぞ！　と言って。だが、それを取りにくる日時で折り合いがつかなかった。そのとき、まるで救いの天使のようにイレーネが現われた。いいぞ、そばかすのイレーネ。十月の朝だった。おれはソフィーエンベルグ公園で男たちと忙しくしていた。彼女がそこにいるのを見て、嬉しさのあまり危うく涙が出そうだった。金を持ってるかと訊くと、クレジットカードを振って見せてくれた。彼女の父親、ロルフのカードだった。おれたちは最寄りのATMへ行き、彼の銀行口座を空にした。最初はイレーネも渋っていたが、おれの命が懸かっているんだと説明すると、仕方がないと納得してくれた。〈オリンペン〉で腹を満たし、喉を潤したあと、スピードを何グラムか買って、ビスペ通りの家へ帰った。イレーネはお母さんと喧嘩したと言い、その晩は帰らなかった。翌日、イレーネと一緒に駅へ行くと、トゥトゥが背中に狼の頭の刺繍《ししゅう》が入った革のジャケットを着て、オートバイにまたがっていた。山羊鬚《やぎひげ》を生やし、海賊のスカーフを頭に巻いて、襟からはタトゥーが覗いていたが、それでも、ろくでもないおべっか使いにしか見えなかった。おれが自分のほうへ向かってきていると気づくと、オートバイを飛び降りて走ってこようとした。おれは借りていた二千クローネを返した。利子として五百クローネを足して。そして、旅費を貸してくれて感謝する、新規まき直しできるといいんだが、と言ってみた。トゥトゥがイレーネを見ながらオーディンに電話をした。トゥトゥが何を欲しがっているかはお見通しだった。おれはもう一度イレーネを見た。哀れで、色白で、美しいイレーネを。

「オーディンはもう五百欲しいそうだ」トゥトゥが言った。「断わられたときは、おまえをなぐ……なぐ……」そして、深いため息をついた。

「殴れって命令されてるんだろ」おれは続きを引き取ってやった。

「いますぐ、この場でだ」トゥトゥが付け加えた。

「いいだろう——今日、おまえの代わりに二回分売ってやるよ」

「その前に、その分の金を払ってくれないと」

「何を言ってるんだ——二時間で売ってやる」

トゥトゥがおれを見て、オスロ中央駅前広場の階段の下で待っているイレーネへ顎をしゃくった。「彼女はどうなんだ?」

「手伝ってくれるさ」

「女の子は売るのが上手だからな。ドラッグはやってるのか?」

「まだだ」おれは答えた。

「盗人が」トゥトゥが言い、歯のない口を歪《ゆが》めてにやりと笑った。

おれは自分の金を数えた。それはおれの最後の金で、つねにおれのもとには留まらない金だった。おれの血が身体の外へ流れ出ていっていた。

一週間後、〈エルム・ストリート・ロック・カフェ〉のそばで、一人の若者がおれとイレーネの前で足を止めた。

「イレーネ、オレグだ」おれは壁から飛び降りた。「おれの妹に挨拶してくれ、オレグ」

おれはあいつを抱擁《ハグ》した。顔が上がったままなのがわかった。おれの肩越しに、イレーネを見ているのだった。あいつのデニムのジャケットを通して、心臓の鼓動が速くなっているのが感じられた。

ベルンツェン巡査は机に足を投げ出して坐り、受話器を耳に当てていた。ローメリーケ管区のリッレストレム警察署へ電話をし、トーマス・ルンネルと名乗って、クリポスのラボの助手をしていると自己紹介をしていた。ガルデモン空港で押収したヘロインと思われるものを受け取ったことを、いま彼が話している警察官が確認したところだった。標準的な手続きでは、ノルウェー国内で押収された薬物は例外なくブリンのクリポスのラボに送られ、そこで検査されることになっていた。エストランの全警察管区はクリポスの車両が週に一度回収に回っていたが、それ以外の管区では、それぞれが自分で押収物を送ることになっていた。

「いいでしょう」ベルンツェンは顔写真の下に〝トーマス・ルンネル　クリポス〟と記してある偽のＩＤカードをいじりながら言った。「いずれにしても、私がリッレストレムへ行って、その押収物を受け取ります。それだけ大量なら、すぐに検査を始めたいですからね。わかりました――明朝、早い時間にうかがいます」

ベルンツェンは電話を切ると、窓の向こう、空に向かって延びつつあるヴォルヴィーカ周辺の新しい区域を見た。そして、ありとあらゆる詳細について考えた。螺旋《ねじ》の大きさ、ナットの溝、モルタルの質、ガラスの弾力性、全体が機能するために正しくなくてはならないすべてのことを。そして、深い満足を感じた。なぜなら、そう、この街は機能しているから。

9

女性の脚を思わせるほっそりと長い松の木々の幹が緑に繁る葉のなかへ延びて、家の前の砂利敷きの車道《ドライブ》にぼんやりとした影を投げていた。ハリーはそのドライブの頂上で、ホルメンダムの急坂を上ったあとの汗を拭きながら、黒い家を観察した。黒い色と頑丈な建材が、その家が人間に対しても自然に対しても守りが堅くて安全であるかに見せていた。だが、あのときはそうではなかった。近隣の家々は洗練されているとは言い難い大きな独立家屋で、改良と増築がいつまでもつづいていた。いつだったかハリーの電話帳に〝Ø〟と登録されている幼馴染みのエイスティンが、建材を柄《ほぞ》でつなぐのは、自分は自然と簡素と健康を願っているのだというブルジョアの意思表明だと教えてくれた。ハリーにはその逆、病んでいて邪悪にしか見えなかった。一家が連続殺人犯に囚《とら》われた場所なのに、彼女はその家を維持しつづけるほうを選んだ。

ハリーは玄関へ歩いていき、ドアベルを押した。

ドアの向こうで重たい足音が聞こえ、ハリーは気がついた――まず電話するべきだった。

ドアが開いた。

姿を見せた男は、ブロンドの前髪をまっすぐに切りそろえていた。若いときはその髪が豊かで、明らかにそれが武器になり、それゆえに、人生後半のいまはまばらになっていても、まだ武器として通用するのではないかと願っているタイプだった。着ているのはアイロンのかかった淡いブルーのシャツで、それも若いときに着ていたのと同種のものだろうと思われた。

「何でしょう？」男が訊いた。開けっぴろげで友好的な顔だった。友好的なもの以外は何も見てこなかったような目をしていた。胸ポケットに、ポロ・プレイヤーの小さな刺繡があった。

ハリーは喉が渇くのを感じ、ドアベルの下の表札に目を走らせた。

ラケル・ファウケ。

軟弱で魅力的な顔の男はそこに立ったまま、開け放したドアを押さえていた。まるで自分のものであるかのように。うまく話を切り出す方法はいくつか考えてあったが、ハリーが選んだのはこう訊くことだった。「あんた、だれだ？」

目の前の男はハリーが作れた例《ためし》のない表情を作って見せた。眉をひそめながら、同時に微笑を浮かべたのだ。自分のほうが上だと思っている人間が、下に見ている相手の無礼を余裕たっぷりに面白がっているといったところか。

「あなたが外にいて、私がなかにいるわけだから、まずあなたが名乗るのがより自然だと思いますがね。ご用件は？」

「好きなように思ってもらって結構」ハリーは言い、大きな欠伸をした。時差ぼけのせいにすればよかった。「表札の名前のレディに話があるんだが」

「それで、あなたは？」

「エホバの証人」ハリーは時計を見た。

男は反射的にハリーから目を離し、必ず一緒にいるはずの二人目を探した。

「私はハリー、香港からきた。彼女はどこだ？」

男の片眉が上がった。「あのハリー？」

「この五十年、ノルウェーで最も流行らなかった名前の一つだということを考えれば、そう考えてもらってもたぶんいいんじゃないかな」

男がようやく、半ば笑みを浮かべてうなずきながら、しげしげとハリーを見た。自分の目の前に立っている男について得ていた情報を、脳が再生しているようだった。が、玄関から退《ど》く気配も、ハリーの質問に答える気配もなかった。

「どうなんだ？」ハリーは体重をもう一方の脚に移しながら訊いた。

「あなたが見えたことは彼女に伝えます」

ハリーの足は素速かった。本能的に甲の部分を避け、靴底でドアを押さえた。それは新しい職業が教えてくれた技の一つだった。男はその足を見て、ハリーに目を戻した。相手を下に見て余裕たっぷりに面白がっている顔が消え、何かを言おうとした。さっきまでの上下関係を、有無を言わせず再構築する言葉を発しようとしているのか。しかし、その考えが変わることをハリーは知っていた。この表情を目の当たりにして、人が考え直すところを何度も見てきていた。

「あなたは……」男が言いかけてやめ、瞬きを一度した。ハリーは待った。困惑を、躊躇《ちゅうちょ》を、撤退を。男がふたたび瞬きをし、咳払いをした。「彼女は留守です」

ハリーはまったく動かなかった。沈黙がつづくに任せた。二秒、三秒。

「……何時に帰ってくるかはわかりません」

ハリーの表情は毛筋ほども動かなかったが、男の表情は次から次へと、まるで隠しておくべき表情を探しているかのように変わっていった。そして、ついに最初へ戻った。友好的なそれに。

「私はハンス・クリスティアンです……不愉快な思いをさせたのならお詫《わ》びします。しかし、あの件に関するおかしな問い合わせが山ほどあって、いまはラケルの気持ちを波立たせないことが何より大事なのです。私は彼女の弁護士です」

「彼女の？」

「二人の、です。彼女とオレグですね。なかへ入りますか？」

ハリーはうなずいた。

居間のテーブルの上で書類が山をなしていた。裁判用の書類。報告書。積み上がっている高さが、警察の調べが終わっていないことを示唆していた。

「ここへ見えた理由を教えてもらってかまいませんか？」ハンス・クリスティアンが訊いた。

ハリーは書類をめくった。ＤＮＡ鑑定。証人の供述。「で、あんたは？」

「私が、何です？」

「あんたがここにいる理由だよ。弁護の準備ができるオフィスは持ってないのか？」

「自分も関わりたいとラケルが言っているんです。彼女も弁護士ですからね。いいですか、ホーレ。あなたがどういう人かも、あなたがラケルとオレグととても近い関係にあったことも、私はよく知っています。しかし――」

「実際のところ、あんたはどのぐらい近い関係なんだ？」

「私が？」

「そうだ。全面的にあの二人の面倒を見る責任を負っているかのような口振りだが」

自分の言葉に言外の意味が含まれているのをハリーは聞き取り、自分の目的がばれてしまったことを、相手がびっくりして自分を見ていることを、そして、優位性を失ったことを知った。

「ラケルは古い友人です」ハンス・クリスティアンが言った。「私はこの界隈《かいわい》で育ち、彼女と机を並べて法律を学び、そして……まあ、そういうことです。人生で最良の年月をともに過ごせば、そこに絆ができるのは当然でしょう」

ハリーはうなずいた。口を閉じているべきだということも、何であれ口を開いたら、いまや状況を悪化させることにしかならないこともわかっていた。

「ふむ。そういう絆があったのなら、ラケルと私が一緒にいたあいだに、あんたのことを、見たことも聞いたこともなかったのは妙だな」

ハンス・クリスティアンは答えられなかった。ドアが開いた。彼女がそこにいた。

ハリーは心臓をわしづかみにされ、締めつけられるような気がした。

姿形は変わっていなかった。ほっそりとして、ぴんと背筋が伸びていた。ハート形の顔も変わっていなかった。暗褐色の目も、笑うのが大好きな豊かな口も。髪もほとんど変わっていなかった。長くなって、たぶん、少し明るくなったぐらいか。が、目つきは変わっていた。追われている動物のように大きく見開かれ、荒々しかった。しかし、ハリーを見た瞬間、その目に何かが戻ってきたかのようだった。かつての彼女の何か、あるいは、かつての彼らふたりの何かが。

「ハリー」彼女が言った。その声に、残りのすべてが戻ってきていた。

ハリーは大股で二歩進んでいき、彼女を抱擁した。彼女の髪の匂い、背骨に触れる彼女の手。彼女のほうが先に抱擁を解き、ハリーは一歩下がって彼女を見た。

「元気そうだ」ハリーは言った。

「あなたも」

「嘘だね」

とたんに彼女が微笑した。目にはすでに涙が盛り上がっていた。

二人はそうやって立ち尽くしていた。ハリーは自分を、新たな傷痕のあるもっと年取った顔を彼女が観察するに任せた。「ハリー」彼女が繰り返し、首をかしげて笑った。最初の涙がまつげの上で震え、こぼれて落ちた。柔らかな肌に、一条の濡れた跡がついた。

部屋のどこかで、胸ポケットにポロ・プレイヤーの刺繍のあるシャツを着た男が咳払いをし、人と会わなくてはならないのでそろそろ失礼するというようなことを言った。

そして、二人だけになった。


ラケルがコーヒーを淹《い》れながらハリーの金属の指を見つめていて、彼もそのことに気づいていたが、お互い、それについては何も言わなかった。スノーマンに関しては口にしないという、暗黙の了解ができていた。というわけで、ハリーはキッチンのテーブルに着き、代わりに香港の生活について話すことにして、語れること、語りたいことを語った。ヘルマン・クロイトが抱えている負債未返済者と会い、彼らの記憶を友好的な形で掘り起こしながら、返済をどうするか助言する〝負債返済相談人〟という仕事について、手短に説明した——できるだけ早く返済するために助言する相談人という仕事は、自分には実際的でふさわしいものので、そのための主要かつ基本的に唯一の資格は、靴を履かずに百九十五センチの背丈があり、逞《たくま》しい肩と充血した目を持っていて、真新しい傷痕が残っていることなんだ、と。

「友好的な職業だよ。スーツ、ネクタイ、相手は香港、台湾、上海の人間。ホテルはルームサービス付き。洗練されたオフィス・ビル。文明的なスイス式のプライベート・バンクの中国版。西欧式の握手と丁重な言葉遣い。そして、アジア式の微笑。大体において、翌日には返済が実行される。ヘルマン・クロイトは満足している。ぼくたちはお互いをわかり合っているんだ」

彼女が二つのカップにコーヒーを満たして腰を下ろし、深い息をした。

「わたしはハーグの国際司法裁判所の仕事を得たの。仕事場はアムステルダムよ。あのとき、考えたの。この家を捨て、この街を捨て、すべての想いを捨て……」

おれのことだ、とハリーは思った。

「……思い出を捨てたら、何もかもうまくいくんじゃないかって。実際、しばらくはそうだった。でも、間もなくしてあれが始まったの。最初はたわいもない癇癪《かんしゃく》の破裂だった。子供のころのオレグは、声を荒らげたことがなかったわ。確かに気難しくはあったけど、決して……あんなふうではなかった。わたしがオスロから連れ出したせいで自分の人生は台無しになった、とあの子は言った。オスロを捨てなくちゃならなかったのは、自分たちを護る術をわたしが持っていなかったからだって。わたしが泣き出すと、あの子も泣き出した。そして、どうしてあなたと別れたのかと訊いた。あなたなら自分たちを護ってくれたはずだって……あの……男から……」

彼女がその名前を言わなくてすむよう、ハリーはうなずいた。

「あの子の帰りが遅くなりはじめた。友だちと会っているんだと言ってたけど、わたしが一度も会ったことのない友だちだった。ある日、ライツェ広場のコーヒーショップでハシシをやっていることを認めたわ」

「〈ブルドッグ・パレス〉で、観光客と一緒に?」

「そうよ。それもアムステルダムの経験の一部だとわたしは考えることにした。でも、同時に恐ろしかった。あの子の父親が……ねえ、わかるでしょ？」

ハリーはうなずいた。オレグが父親から受け継いだ貴族的なロシアの遺伝子。高揚し、荒れ狂い、消沈する。ドストエフスキーの国だ。

「自分の部屋に籠もって音楽を聴いていることが多くなった。重たくて陰鬱《いんうつ》な曲ばかりだった。まあ、あなたもそういうバンドは知ってるでしょうけど……」

ハリーはまたうなずいた。

「でも、あなたのレコードも聴いていたわ。フランク・ザッパ、マイルス・デイヴィス、スーパーグラス、ニール・ヤング、スーパーサイレント」

それらの名前があまりにすらすら出てきたので、もしかして彼女もこっそり聴いていたんじゃないかとハリーは疑った。

「それから、ある日、あの子の部屋を掃除していたら、スマイル・マークが表面についている錠剤が二錠、出てきたの」

「エクスタシーか？」

彼女がうなずいた。「ふた月後、わたしは司法省の求人に応募して職を得、こっちに帰ってきたのよ」

「安全で罪のない、古き良きオスロへ」

彼女が肩をすくめた。「あの子には場面転換が必要だった。新しい始まりがね。そして、それは成功した。あなたも知ってのとおり、友だちがたくさんいるタイプではないけど、それでも何人かの昔の友だちと再会し、学校でもよくやっていたわ。でも……」声が途切れた。

ハリーは待った。コーヒーを飲み、覚悟を決めた。

「あの子が何日かつづけて帰ってこなかったとき、わたしはどうしていいかわからなかった。あの子は自分のしたいようにしたのよ。わたしは警察に、心理学者に、社会学者に電話をした。あの子は法律上は成人ではないけど、薬物とか犯罪の証拠がない限り、だれも何もできなかった。わたしはひどく絶望した。このわたしがよ！　悪いのは両親だと常に考え、よその子が道を誤ったときには常に手近に解決策を持っていたわたしがよ。無関心でいるのはやめなさい、気持ちを抑えるのはやめなさい、行動しなさい！　そう言っていたのはわたしだったのよ」

ハリーはコーヒーテーブルの上の、自分の手の隣りに置かれている彼女の手を見た。繊細な指だった。秋といってもこんなに早い秋だから、まだ小麦色でもいいはずの白い手に、細かい血管が幾条も走っていた。しかし、その手に自分の手を重ねたいという衝動に、ハリーは従わなかった。何かが邪魔をした。オレグが邪魔をしていた。

彼女がため息をついた。

「それで、わたしはダウンタウンへ行ってあの子を捜した。一晩も欠かさずにね。そして、ついに見つけた。あの子はトルブー通りの角に立っていて、わたしに気づいて嬉しそうだった。いまは幸せだと言ったわ。仕事をしていて、何人かの友だちとアパートをシェアしているんだって。あの子には自由が必要だったのよ。あまりたくさんのことを訊くべきではないとわたしは判断した。あの子は〝旅に出ていた〟の。これはあの子なりのギャップ・イヤー（就業体験や旅行などのために大学進学前に取る一年の休暇）で、ホルメンコーレンの尾根のほかの子供たちがみんなそうするように、世界を経巡っていたのよ。オスロのダウンタウンという世界をね」

「オレグは何を着ていた？」

「どういうこと？」

「何でもない、つづけてくれ」

「近々家に帰るつもりだとあの子は言った。そして、学校を卒業するってね。わたしはその考えに賛成し、日曜のお昼を家で一緒に食べることにした」

「で、きたのか？」

「ええ、きたわ。そして、アパートへ帰っていったんだけど、そのあと、わたしが寝室に置いていた宝石箱を盗んでいったことがわかったの」長く吐く息が震えていた。「その箱には、あなたがヴェストカントトルゲ広場で買ってくれた指輪が入っていたの」

「ヴェストカントトルゲ広場？」

「憶えてないの？」

ハリーは全速力で記憶を巻き戻した。黒い穴、抑え込んでいた白い穴、アルコールのせいでできた大きな空白がいくつかあった。が、色つきでしっかり残っているところもなくはなかった。二人でヴェストカントトルゲ広場の蚤《のみ》の市を歩きまわった日もその一つだった。オレグも一緒にいただろうか？　いた。もちろんだ。写真。セルフタイマー。秋の木の葉。それとも、それは別の日だったか？　露店から露店へとぶらついた。古い玩具、陶磁器、錆びた葉巻入れ、剝き出しのレコード、カバーのついているレコード、ライター。そして、金の指輪。

それはとても寂しげに見えた。だから、ハリーはその指輪を買い、彼女の指にはめてやった。この指輪に新しい家を与えてやるんだ、とハリーは言った。あるいは、そんなようなことを。恥ずかしいがゆえの軽口だと、あからさまに愛を告白できないがゆえの軽口だと彼女が受け取ってくれるとわかっているからこそ、口にできたことだった。本当にそうだったのかもしれない——いずれにせよ、二人とも笑った。ハリーは芝居について、指輪について、相手が知っているとお互いにわかっていることについて、そして、すべてはうまくいくということについて、同じように口にした。二人が欲しているすべてのために、この安物の粗末な指輪にまだ託したくないことのために。後者には、可能な限り長く情熱的に互いを愛し、愛がなくなったら別れるという誓いも含まれていた。彼女がハリーと別れたのは、もちろん別の理由、もっとましな理由だった。それでも、彼女があの安物の指輪を大事に、オーストリア人の母親から受け継いだ宝石と一緒に箱に入れてくれていたことは確認できた。

「まだ陽があるうちに外に出ない？」ラケルが微笑した。

「そうだな」ハリーは笑みを返した。「そうしようか」

二人は尾根の頂きへ螺旋《らせん》状につづく道を上っていった。東側の落葉樹の森が、まるで燃えているように真っ赤に染まっていた。陽の光がフィヨルドを弄んで、解けた金属のように見せていた。だが、ハリーを魅了したのは、いつものとおり、眼下に見える、人間が造った蟻塚のような街の景色だった。家々、公園、道路、クレーン、港に浮かぶボート、灯りはじめている明かり。そこかしこを走る自動車や電車。自分たちの活動のすべて。そして、時間を止め、忙しい蟻たちを見下ろす人間だけが、自分に問うことのできる疑問――なぜ？

「わたしが夢に見るのは、平和に静かに暮らすこと」ラケルが言った。「せいぜいそんなところよ。あなたは何を夢に見るの？」

ハリーは肩をすくめた。「狭い廊下で自分を見つけるところ、雪崩に襲われて生き埋めになるところ、かな」

「まあ」

「ぼくのことも、ぼくが閉所恐怖症だということも知ってるだろう」

「わたしたち、自分が恐れていながら、一方で欲していることの夢をよく見るわね。消えてしまう夢、埋もれてしまう夢。ある意味で、それは安全を提供してくれるでしょ？」

ハリーはさらに深くポケットに手を突っ込んだ。「ぼくは三年前に雪崩の下敷きになったことがあるけど、まあ、それだけのことだよ」

「それじゃ、はるばる香港まで行っても、亡霊から逃れられなかったの？」

「いや、逃れたとも」ハリーは言った。「あの旅のおかげで、出くわす回数が減った」

「ほんとに？」

「いや、物事を忘れることは、実はできるんだ、ラケル。亡霊への対処法は、勇気を出してそいつらをしっかりと見つめつづけ、目を離さないことだ。そうすれば、正体がわかる。亡霊だとね。命のない、何をする力もない亡霊だと」

「そうなの」ラケルが言った。その話題が好きでなかったことを、口調が教えてくれていた。

「女の人はできた？」いとも簡単に、あまりに簡単に発せられたためにハリーには質問と思えない質問だった。

「それは……」

「教えて」

ラケルはサングラスをかけていたから、どのぐらい聞きたいのかを表情から読み取るのが難しかった。それで、ハリーは立場を変えて考えた。自分が聞きたいかどうかを。

「彼女は中国人だった」

「だった？　亡くなったの？」ラケルが茶目っ気のある笑みを浮かべた。非難されてもいいと思っているようにハリーには見えた。しかし、彼女がもっと傷つきやすければ、彼としてもより好ましかったかもしれない。

「上海のビジネスウーマンで、自分の〝関係《グアンシー》〟、つまり役に立つコネクションを大事に管理している。そして、裕福な年寄りの中国人の夫と——彼女に都合のいいときは——ぼくの面倒を見ている」

「言い換えれば、彼女の思い遣《や》り深さを、あなたが都合よく利用しているってことじゃないの？」

「そう言えればいいんだけどな」

「どういうこと？」

「彼女は場所と時間についてかなり細かい要求をするんだ。それから、方法についても。彼女が好きなのは――」

「もういいわ！」ラケルがさえぎった。

　ハリーは意地の悪い笑みを作った。「きみも知ってのとおり、ぼくは昔から自分の欲求を知っている女性に弱いんだ」

「もういいって言ったでしょ」

「メッセージは受け取った」

　二人は黙って歩きつづけた。その間《かん》、二人の周囲を太字で漂いつづけていた言葉を、ハリーはついに口にした。

「あのハンス・クリスティアンってやつのことはどうなんだ？」

「ハンス・クリスティアン・シモンセンのこと？　オレグの弁護士よ」

「ぼくが殺人事件の捜査をしていたとき、ハンス・クリスティアン・シモンセンなんて弁護士の名前は一度だって聞いたことがないぞ」

「彼はこのあたりの出身なの。ロー・スクールの同期生のよしみで、協力を申し出てくれたのよ」

「ふむ。なるほど」

ラケルが笑った。「学生だったときに一度か二度、どこかへ一緒に行こうと誘われた記憶があるような気がするわね。それから、ジャズダンスを習いに行こうと誘われた憶えもある
かも」

「そんなのは絶対に駄目だ」

ラケルがまた笑った。いやはや、こうやって笑ってくれるのをどれほど願っていたことか。

ラケルがハリーをつついた。「あなたも知ってのとおり、わたしは昔から自分の欲求を知
っている男性に弱いの」

「そうかい」ハリーは言い返した。「それで、そいつらはきみに何をしてくれたんだ」

ラケルは答えなかった。その必要がなかった。その代わりに、豊かな黒い眉をひそめた。

以前なら、それに気づいたときは必ず、ハリーはそこを撫でてやった。「とても経験があっ
てあらかじめ結果がわかる弁護士より、ひたすら献身的に打ち込んでくれる弁護士のほうが
大事な場合が、ときとしてあるわ」

「ふむ。それは無駄骨に終わるとわかっている弁護士ってことかな」

「勤勉だけど要領の悪い、疲れ果てた年寄り弁護士を使うべきだったと言ってるの？」

「最も優秀な弁護士というのは、実は結構献身的に打ち込むものだぜ」

「これはドラッグがらみの小さな殺人事件よ。最も優秀な弁護士は、もっと名を上げられる

事件で忙しいわ」

「それで、オレグは献身的に打ち込んでくれる弁護士に、その件についてどんな話をしたんだ？」

ラケルがため息をついた。「何も憶えていないって言ったわ。その上、何についてであれ丸っきり話したがらないの」

「オレグは何も憶えていないと言った、そして、何も話したがらない。そんな体たらくで息子を護れると思ってるのか？」

「聞いてちょうだい——ハンス・クリスティアンは自分の専門分野では腕利きなの。何が関わっているかわかっているし、最も優秀な弁護士たちからの助言も受けているわ。そして、昼も夜も仕事をしてくれている、ほんとよ」

「言い換えれば、彼の思い遣り深さを、きみが都合よく利用しているってことじゃないのか？」

ラケルは今度は笑わなかった。「わたしは母親よ。そんなこと、息子のためなら簡単よ。利用できるものは何でも利用するわ」

二人は森が始まるところで足を止め、別々の唐檜《トウヒ》の切株に腰を下ろした。西へ傾いている陽が、独立記念日の力のない風船のように、木々の頂きの向こうへ沈もうとしていた。

「もちろん、あなたがなぜ戻ってきたかはわかっているわ」ラケルが言った。「でも、何をしようとしているか、はっきり教えてよ」

「いかなる合理的な疑いも差し挟む余地なくオレグが有罪かどうか、それを突き止めようとしている」

「その理由は？」

ハリーは肩をすくめた。「その理由は、ぼくが刑事だからだ。これがこの蟻塚をわれわれが護ってきたやり方だからだ。われわれが確信するまで、だれだろうと逮捕されてはならないんだ」

「あなたは確信していないの？」

「ああ、していないとも」

「それだけのためにオスロへ戻ってきたの？」

唐檜の木々の影が二人の上に伸びてきた。ハリーは身震いした。リネンのスーツしか着ていなかったし、身体のサーモスタットはまだ北緯五十九度九分に適応していなかった。

「奇妙なんだが」ハリーは言った。「ぼくの記憶力には問題があるのに、ぼくたちが一緒にいたときのことだけは断片的に憶えているんだ。写真を見ていると、思い出すんだよ。そのときの様子がよみがえるんだ、たとえ事実でないとわかっていてもね」

ハリーはラケルを見た。彼女は片方の手に顎を乗せて坐り、細められた目に太陽が反射してきらめいていた。

「だけど、それがわれわれが写真を撮る理由かもしれない」ハリーはつづけた。「自分たちは幸せだという偽の主張を裏付ける、偽の証拠を提出するためなんじゃないだろうか。なぜなら、自分たちが生きているあいだのしばらくであれ、幸せでなかったと思うことが耐えられないからだ。写真を撮るから笑顔になれと大人は子供に命令し、彼らをその嘘に巻き込む。そうやって笑顔を作り、幸せを偽装する。しかし、オレグは笑顔になってもいいと自分で思わない限り、絶対に笑顔になることができなかった。嘘をつくことができなかった。嘘をつく能力が生まれつきなかったんだ」ハリーは太陽を振り返り、最後の光線を見た。それは尾根の頂きの最も高い枝のあいだから、まるで黄色い指のように伸びてきていた。「ヴァッレ・ホーヴィンのオレグのロッカーで、ぼくたち三人が写っている写真を見つけた。いいことを教えようか、ラケル。その写真のオレグは笑顔だったんだ」

ハリーは唐檜の木々に焦点を合わせた。わずかに残っていた色が急速に失われていき、いまや黒い制服を着た影の警備員が整列しているかのように見えていた。そのとき、彼女が近づく音が聞こえた。腕の下に彼女の手が感じられ、肩に彼女の顔が寄せられるのがわかった。リネンのスーツ越しに頬の温もりが伝わってきて、ハリーは彼女の髪の香りを吸い込んだ。

「わたしたちがどんなに幸せだったかを思い出すのに、ハリー、わたしには写真なんか必要ないわ」

「ふむ」

「あの子は嘘をつくことを自分で覚えたのかもしれない。だれにだってあることよ」

ハリーはうなずき、突然の風に身震いした。嘘をつくことをおれが覚えたのはいつだったろう？　お母さんは天国からわたしたちを見てくれているだろうかとシースに訊かれたときか？　おれはそんなに早くに覚えたのか？　だから、オレグが何をしていたか知らない振りをしたときに、あんなに簡単に嘘をつけたのか？　オレグが無邪気さを失ったのは、嘘をつくことを覚えたからでも、ヘロインを自分で打つことを覚えたからでも、母親の宝石を盗むことを覚えたからでもない。危険のともなわない効果的な方法で、人を人でなくさせ、肉体を崩壊させ、依存という冷たい滴が滴りつづける地獄へ買い手を送り込む術を覚えたからだ。たとえグストを殺していないとしても、やはりオレグは有罪だ。彼は彼らを飛行機で送り込んだんだ。ドバイへ。

〝フライ・エミレーツ〟

ドバイはアラブ首長国連邦にある。

アラブ人はいない。アーセナルのレプリカ・ユニフォームを着て、バイオリンを売る売人がいるだけだ。そのユニフォームを渡され、同時に麻薬を売る正しい方法を教えられる――金の係が一人、麻薬の係が一人。その目立つユニフォームを着ていれば、何を売っているかがわかり、どの組織に属しているかもわかる。強欲と無気力と愚かさゆえに必ず駄目になるそこらの凡庸なギャング・グループではなく、無用の危険は冒さず、黒幕も決して明らかにせず、依然としてジャンキーのお気に入りのドラッグを独占しているらしい組織だ。そして、オレグはその組織の一員だった。ハリーはサッカーのことは詳しくなかったが、ファン・ペルシーとファブレガスがアーセナルの選手であったことにはかなりの確信があった。そして、トッテナムのサポーターがアーセナルのレプリカ・ユニフォームを持とうなどとは、よほど特別な理由がなければ考えもしないという絶対の確信もあった。そこまでを何とか教えてくれたのがオレグだった。

オレグがハリーにも警察にも何も話さないのには、充分な理由がある。彼はだれも何も知らないだれか、あるいは、何かのために仕事をしているのだ。全員を黙らせておくことのできるだれか、あるいは、何かのために。ハリーはそこから始めなくてはならなかった。

ラケルが泣き出し、ハリーの首に顔を埋《うず》めた。彼の肌を熱い涙が伝い落ちてシャツの内側に流れ込み、彼の胸を、心臓の上を伝っていった。

あっという間に闇が落ちた。


セルゲイはベッドに寝そべって天井を見つめていた。

一秒、また一秒と過ぎていった。

ここが一番時間の経つのが遅い部分だった。待つという部分。それに、それが起こるかどうかも、確かなことはわかっていなかった。〝必要な行ない〟が必要になるか。よく眠れず、悪い夢を見た。知らなくてはならなかった。それで、アンドレイに電話をし、叔父と話していいかどうかを訊いた。しかし、アンドレイの答えはこうだった――頭領《アタマン》はいま電話に出られない。それっきりだった。

叔父の場合は常にそうだった。長年、彼が存在しているのかどうかもセルゲイは知らずにいた。セルゲイが叔父のことを調べはじめたのは、あの男――あるいは、叔父のアルメニア人の手下――が現われ、いろいろやってくれたあとにすぎなかった。驚嘆したことに、この関係を知っている者は、ファミリーのなかにほとんどいなかった。叔父が西の出身で、一九五〇年代に結婚してファミリーの一員になったことは、調べてわかった。叔父はリトアニアの出身で、スターリンが積極的に行なった強制移住政策のせいでシベリアに送られた、土地を所有する富農《クラーク》の一家だと言う者がいた。また、一九五一年にモルダヴィアからシベリアへ送られたエホバの証人の小グループの一人だったと言う者もいた。年取った叔母によれば、叔父は博識で言語の才能があり、きちんとした男だったにもかかわらず、彼らのシンプルな生き方にすぐに適応し、昔のシベリアのウルカの伝統を、生まれついて自分のものであるかのごとく信じるようになっていった。そして、ほかのウルカたちがすぐに彼をリーダーとして受け容れられたのも、その明らかな商才もさることながら、まさに適応能力のおかげかもしれない、と。彼は短期間のうちに、南シベリア全域でも最も儲けの多い密輸作戦を展開しはじめた。八〇年代には、その事業は当局が賄賂をもらっても見て見ぬ振りできなくなるほどに拡大していた。ついに警察が動いたとき、ソヴィエト連邦が崩壊しつつあることも相俟《あいま》って、叔父を憶えている近隣の人間によれば、それは司法機関の活動というよりナチの電撃戦《ブリッツクリーク》を思わせる、恐ろしく暴力的な、流血をともなう急襲だったという。最初、叔父は殺されたと報告があった。後ろから撃たれ、報復を恐れた警察が死体を密かにレナ川に捨てた、と。警官の一人が叔父の飛び出しナイフを盗み、彼はそのことを誰彼なしに自慢するのをやめられなかった。しかし、一年後、叔父から生きていると連絡があった。フランスの隠れ家にいるのだが、妻が妊娠しているかどうかだけ教えてほしいとのことだった。その事実はないと答えてやると、それ以降何年も、タギルの人間で彼の消息を聞いた者はいなかった。叔父の妻が亡くなるまでは。彼はその葬儀に姿を見せた、とセルゲイの父親は言った。費用はすべて彼が持ったが、ロシア正教の葬式は安くないんだ、と。叔父は助けを必要としている亡き妻の親戚にも金を渡した。セルゲイの父親はその一人ではなかったが、叔父は父親のところへやってきて、亡き妻がタギルにどんな親族を残していったかを教えてほしいと頼んだ。そのとき彼が目をつけたのが、まだ小さかった甥のセルゲイだった。翌朝、叔父は姿を消した。現われたときと同じように、謎めいて不可解な形で。年月が経ち、セルゲイがティーンエイジャーに、そして成人になって、大半の者が叔父――彼らの記憶では、シベリアへ送られたときはすでに老年のように見えていた――はとうに死んで埋葬されているだろうと考えていた。が、セルゲイがハシシの密輸で逮捕されたとき、叔父の手下と名乗るアルメニア人が突然現われ、セルゲイのためにすべての片を付けて、叔父の招待という形でノルウェーへ行く手筈《てはず》を整えてくれたのだった。

　セルゲイは時計に目をやり、さっき見たときからきっかり十二分経ったことを確認した。そして、目を閉じ、彼を視覚化しようとした。あの警官を。

　実は、叔父が殺されたという事実ではない物語にはおまけがあった。彼のナイフを盗った警官が、その直後、シベリアの針葉樹林帯《タイガ》で発見されたのだ。彼の名残りという形で。それはつまり、ほかの部分は熊に食われたということだった。

壁の向こう側もこっち側も暗くなったとき、電話が鳴った。
アンドレイだった。

10

トール・シュルツはドアの鍵を開けると暗闇を凝視し、しばらくのあいだ濃密な静寂に耳を澄ませた。そのあと、明かりをつけないままソファに坐り、次の飛行機のエンジンの轟きが与えてくれる安心を待った。

ようやく釈放されたのだった。

留置房に入ってきた男は警部を名乗り、シュルツの前で身を屈め、いったいなぜじゃがいも粉をスーツケースに隠していたのかと訊いた。

「じゃがいも？」

「クリポスのラボがそう言っているんだ」

トール・シュルツは逮捕されたときの供述——非常時の緊急対応——を繰り返した。どうしてあのビニール袋が荷物のなかに入ったのかも、その袋の中身が何なのかも知らない、と。

「おまえは嘘をついてる」警部が言った。「これから、おまえを監視下に置く」

そしてドアを開け、出てもいいと顎をしゃくった。

いま、シュルツがぎょっとしたことに、殺風景な暗い部屋に金属的なベルの音が満ちた。

彼は立ち上がると、ウェイト・トレーニング用ベンチの横の、木の椅子の上に置いてある電話へ、手探りで進んでいった。

運用管理部長だった。彼はシュルツに、近い将来、国際線を外れて国内線に専念してもらうことになると告げた。

シュルツは理由を訊いた。

きみの問題を話し合うための部長会議が開かれた、と上司は言った。

「今度のような疑いが持たれているパイロットを外国へ飛ばせられないことは、きみだってわかるだろう」

「それなら、全面的に地上に釘付けにすればいいじゃないですか」

「それがそうもいかないんだ」

「そうもいかない？」

「きみを停職処分にした場合、きみが逮捕されたことがメディアに漏れたら、彼らはすぐさま、われわれがきみを有罪だと考えていると結論して騒ぎ立てるに決まっているし……」

「だから停職にしないんですか？」

答えが返ってくる前に沈黙があった。

「わが社のパイロットの一人が麻薬の密輸に手を染めている疑いがあることを認めたら、会社がダメージを被らずにはすまない。そう思わないか？」

そのあとの言葉はツポレフＴｕ－１５４の轟音に呑み込まれた。

シュルツは受話器を置いた。

そして、ふたたび手探りでソファへ戻ると、腰を下ろし、ガラスのコーヒーテーブルに指を這《は》わせた。粘液が乾いた跡が感じられた。唾とコカインだ。これからどうする？　酒か一条《コカイン》か？　それとも、酒と一条《コカイン》か？

腰を上げた。ツポレフが高度を下げて進入しつつあった。その明かりが居間に満ちた。シュルツは一瞬窓に映った自分を見つめた。

すぐに闇が戻ってきた。だが、彼はそれを見てしまっていた。自分の目のなかのそれを。同僚の顔にもあるに違いないそれを。軽蔑、非難、そして、――これが最悪だが――憐《あわ》れみを。

国内線。われわれはおまえを監視下に置く。おれはおまえを見ているぞ。

外国へ飛べなければ、彼らにとっておれはもはや価値がない。借金まみれで、コカイン依存の恐れがある、絶望的な男でしかなくなる。警察に目をつけられた男、プレッシャーに押し潰されそうな男。多くを知っているわけではないが、彼らが造り上げた基盤を破壊できるぐらいのことは知っている男だ。だとすれば、彼らはやらなくてはならないことをやるだろう。トール・シュルツは頭の後ろで手を組み、呻《うめ》いた。おれは戦闘機を操縦するように生まれなかった。それなのに、いまその戦闘機の操縦席にいて、しかも、きりもみ降下している。そして、近づいてくる地上をなす術もなく見ている。生き延びるチャンスはたった一つ、戦闘機を犠牲にするしかない。脱出ボタンを押し、座席ごと外へ飛び出さなくてはならない。

いますぐに。

警察の上層部のだれかのところへ行くしかない。薬物《ドラッグ》ギャングの賄賂を絶対に受け取ったりしていないと信じられるだれかのところへ。最上層部へ。

それだ、とトール・シュルツは思った。息を吐き出すと、筋肉が緩んだ。それが緊張していたことに、いま気がついた。最上層部へ行こう。

だが、その前に一杯飲《や》ろう。

そのあと、一条《コカイン》だ。

ホテルのフロントで、ハリーはこの前と同じ若者からルーム・キイを受け取った。礼を言って、大股に階段を上がった。エーゲルトルゲ広場の地下鉄駅からホテル・レオンまで、アーセナルのシャツを着た者は一人も見なかった。

三〇一号室の近くまできたとき、足取りが重くなった。廊下の電球が二つ切れていて、そのせいで暗くなっていたから、ドアの下から明かりが漏れているのがわかった。香港では電気料金がとても高かったから、外出するとき明かりをつけっぱなしにしておくというノルウェーの悪しき習慣とは縁が切れていた。清掃係が消し忘れたのかもしれないが、そうだと言い切ることもできなかった。だが、それにしても鍵をかけ忘れることまであるだろうか。

ハリーは右手にキイを持ち、ほとんど手を触れずにドアを開けた。一つしかない天井灯の明かりのなかで、男が一人、ハリーに背中を向け、ベッドの上のスーツケースに屈み込んでいた。ドアが壁に当たって低い音を立て、男が慌てる様子もなく振り返った。皺を刻んだ縦長の顔、セントバーナード犬のような目。背が高くて猫背で、長いコートの下にウールのセーターを着ていた。襟は汚れていたが聖職者用のものだった。乱れたままの長い髪が真ん中から左右に分かれていて、その中間にハリーが見たこともない大きな目があった。少なくとも七十にはなっているのではないか。二人はまったく似ていなかったが、最初にハリーの頭に浮かんだのは、鏡を見ているみたいだということだった。

「いったいここで何をしているんだ？」ハリーは廊下に立ったまま訊いた。通常のやり方だった。

「何をしているように見える？」顔のわりに若い、よく通る声だった。スウェーデンの舞踏楽団や信仰復興の聖職者たちがどういうわけか好む、独特のスウェーデン語のように聞こえた。「もちろん、きみが金目のものを持っているかどうか、押し入って調べてるのさ」スウェーデン語のよう、ではなくて、スウェーデン語だった。男が両手をかざした。右手には全世界対応の電源アダプター、左手にはフィリップ・ロスの『アメリカン・パストラル』のペーパーバックがあった。

「それにしても、何も持ってないんだな」男が手に持っていたものをベッドに放り、スーツケースを覗き込むと、不審げにハリーを一瞥《いちべつ》した。「髭剃《ひげそ》りもないのか」

「いったい……」ハリーは通常のやり方などお構いなしに一気に部屋に入ると、スーツケースの蓋を力任せに閉めた。

「まあ、落ち着け、息子よ」男が両掌《りょうてのひら》をハリーに向けて言った。「これはきみに限ったことじゃないんだ。新参らしいから教えておいてやるが、大事なのはだれが最初に盗むか、それだけなんだよ」

「だれが？　どういう意味だ？」

老人が手を差し出した。「ようこそ。私はカトー、三一〇号室に住んでいる」

ハリーは脂ぎったフライパンのような手を見下ろした。

「おいおい」カトーが言った。「これでも私の身体の一部だ。触っても大丈夫だよ」

ハリーは名前を名乗って握手をした。驚くほど柔らかい手だった。

「聖職者の手だ」男がハリーの胸の内を読んだかのように言った。「飲み物はあるかな、ハリー？」

ハリーはスーツケースと、開け放しのワードローブの扉へ顎をしゃくった。「もう知ってるだろう」

「ここに何もないことはな。私が言っているのはきみが持っているかどうかだ。たとえば、上衣のポケットとかに」

ハリーはゲームボーイを取り出してベッドに放った。持ち物のすべてが、そこにちらばった。

カトーが耳が肩に当たって折れ曲がるほど首を深くかしげてハリーを見た。「そのスーツからして、ここに住むんじゃなくて時間借りの客じゃないかと踏んだんだが、いずれにせよ、ここで何をしているんだ？」

「それはいまでもこっちの台詞だと思うがね」

カトーがハリーの腕に手を置き、目を見て、親指と人差し指で生地を触りながら、よく通る声で言った。「息子よ、とてもいいスーツじゃないか。いくらしたんだ？」

ハリーは何か言おうとした。丁重さと、拒絶と、威嚇を組み合わせて。だが、それは無意味だと気がつき、諦めて笑顔を作った。

カトーが笑みを返した。

鏡のようだった。

「お喋りをしている時間はないんだ。これから仕事なんでね」カトーが言った。

「どんな？」

「そうだな。人は仲間の死に関心があるだろう。私はその哀れな者に神の言葉を与えるんだ」

「いまから？」

「私の場合、教会の時間は関係ない。じゃあな」

老人は大袈裟にお辞儀をして部屋を出ていこうとした。ドアをくぐるのを見送っていると き、封を切っていない自分のキャメルがカトーの上衣のポケットから顔を覗かせていることにハリーは気づいた。彼が出ていき、ハリーはドアを閉めた。老人と灰の臭いが部屋に漂っていた。窓を押し開けると、すぐに街の音が満ちた。かすかな、しかし途切れることのない車の唸り、開け放した窓からの意味のない話し声、高く低く鳴りつづける警察車両のサイレン、民家のあいだから哀れな者が上げる苦痛の悲鳴、そのあとにつづくガラスの割れる音、風が枯葉を鳴らす音、女性のヒールが舗道を打つ音。オスロの音だった。

目の端でかすかに何かが動き、ハリーは下を見た。中庭の照明がごみ容器を照らし、茶色の尻尾が見えた。鼠が容器の縁にいて、濡れてきらめく鼻を動かしながらハリーを見ていた。ハリーは自分の思慮深い雇い主、ヘルマン・クロイトの、仕事に関係があるかもしれないし、ないかもしれない言葉を思い出した。「鼠は善でも悪でもない。鼠がやらなくてはならないことをやっているだけだ」

いまはオスロの冬でも最悪の時期だ。氷がフィヨルドに落ち着く前、風が街の通りを吹きすさび、潮っぽくて、凍《い》てつくように寒い。いつもどおり、おれはドロニンゲン通りに立ってスピード、ステソリドとロヒプノールを売っている。足踏みをしないではいられない。爪先の感覚がない。今日の儲けで〈ステーン＆ストレム〉のショウ・ウィンドウで見た、べらぼうに高い〈フリーランス〉のブーツを買いに行くべきだろうか。それとも、プラータで売られていると聞いたアイスを買うべきか。スピードをこっそりくすね――トゥトゥは気づかないだろう――、それを売った金でブーツを買うこともできるかもしれない。いや、とおれは思い直した。ブーツを盗んで、オーディンに渡すべきものを渡すほうが安全だ。だって、おれのほうがオレグよりましだからだ。あいつは凍てつく川のそばで売ることから始めなくちゃならなかった。トゥトゥがあいつに与えた売場は新橋《ニーブルーア》の下だった。あいつは世界じゅうのドラッグ売買現場からいかれた連中が集まっているところで競争していた。アンケル橋から港までのあいだでノルウェー語をちゃんと話せる売人はあいつだけだ。

アーセナルのレプリカ・ユニフォームを着た男が通りを歩いてくるのが見える。例によってにきび面で、鋲《びょう》を打った犬の首輪を着けている、南部出身のビスケンがそこに立った。新参だが、やることは同じだ。人を集めてグループを作る。すでに三人の客がそこで待っている。彼らが何にそんなに怯《おび》えているかはだれにもわからない。警官はこの区域のことをすでに諦めている。彼らが通りから売人を追い払ったとしても、それは見せかけにすぎない。必ずやってみせる、と政治家がふたたび大口を叩いたからにほかならない。

おれが見ていると、堅信式に行こうとしているような服装の男がグループの前を通り過ぎ、アーセナルのユニフォームの男と、ほとんどそれとわからないほどかすかにうなずき合った。男はおれの前で足を止めた。〈フェルネル・ヤコブセン〉のトレンチコートに〈エルメネジルド・ゼニア〉のスーツを着て、髪はシルバー・ボーイズのように横分けにしていて、大男だった。

「おまえに会いたいという人がいる」彼はロシア訛りのある英語で唸るように言った。

例のやつだな、とおれは推測した。以前におれの顔を見たことがあって、おれを男娼だと思い、フェラチオか尻を貸すかしてほしいんだろう。そして、白状しなくちゃならないが、おれも今日みたいな日は仕事を変えることを考える。暖房のきいた車のなかでの、四倍も実入りがいい仕事に。

「お断わりだ」おれは英語で答えた。

「正しい答えは、〝はい、わかりました〟だ」男が言い、おれの腕をつかむと、ついさっき音もなく路肩に停まった黒いリムジンへと、ほとんど持ち上げるようにして引きずりだした。後部座席のドアが開いた。抵抗しても無駄だとわかったから、おれは値段のことを考えはじめた。結局のところ、まったく実入りがないよりは、レイプされても金になるほうがいい。

　後部座席に突き飛ばされ、高級そうな柔らかな音とともにドアが閉まった。外からは見えないようになっていると思われる黒いスモークガラスの窓を通して、西へ向かっていることがわかった。ハンドルを握っているのは、顔にくっついていようと頑張っているすべてのもの——大きな鼻、白い、唇のない鮫《さめ》のような口、安い糊《のり》で貼りつけたように見えるほど飛び出した目——に対して小さすぎる頭を持った小男だった。上等な喪服のような黒のスーツを着て、聖歌隊の少年のように髪を分けていた。男がルームミラーでおれを見て言った。「売れてるか？」

「売れてるって、馬鹿野郎、何のことだ？」

　小男が友好的な笑みを浮かべてうなずいた。頼まれても団体割引はしないことに決めたが、いま小男の目を見て、用があるのはおれの身体じゃないとわかった。ほかの何かだが、それが何なのかはわからなかった。市庁舎の前を通り過ぎ、アメリカ大使館の前を通り過ぎ、王宮公園の横を通り過ぎ、さらに西へ向かって、キルケ通りを過ぎ、ノルウェー放送《NRK》会社を過ぎ、金持ちの住む高級住宅街を通り過ぎた。

リムジンは丘の上の大きな木造建築の前で止まり、喪服の男とおれは門の前に立った。門をくぐり、砂利道を上ってオーク材のドアへたどり着くと、おれはあたりを見回した。敷地はサッカー場ほどの広さがあり、林檎《りんご》と梨の木が何本も植わっていて、砂漠の国の掩蔽《えんぺい》陣地のようなコンクリートの塔があり、鉄格子のついた両開きの、公共の緊急車両用のようなガレージがあった。それら全部が、二メートルから三メートルの高さのフェンスで封じ込められていた。これからどこへ連れていかれるのか、おれはもう薄々わかっていた。リムジン、ロシア訛りのある唸るような英語、〝売れてるか?〟、そして、要塞のような楽しいわが家。

小男と同じスーツを着た、もっと背の高い男が、ロビーでおれのボディチェックをしたあと、小男と一緒に隅へ行った。そこに赤いフェルトのテーブルクロスがかかった小さなテーブルがあり、その上の壁全面に古いイコンや無数の十字架が掛けられていた。二人はショルダーホルスターから拳銃を取り出すと、赤いフェルトの上に置き、それぞれの拳銃の上に十字架を置いた。そのとき、ラウンジへつづくドアが開いた。

「頭領《アタマン》だ」男がおれの進む方向を指し示しながら言った。

老人は少なくとも彼が坐っている革張りのアームチェアと同じぐらいの年齢に違いなかった。おれは老人を見つめた。節くれだった指が黒い煙草を挟んでいた。

大きな煖炉《だんろ》で薪《まき》のはぜる勢いのいい音がして、背中に火がつくほどの近さにいることをおれは確信した。炎の明かりが白いシルクのシャツと年老いた顔をちらちらと照らしていた。

老人は煙草を置くと、薬指にある大きな青い石の指輪にキスをしろというように左手を上げた。

「ミャンマーのサファイヤだ」老人が言った。「六・六カラット、一カラット当たり四千五百ドル」

訛りがあった。どこのものか聞き分けるのは簡単ではなかったが、確かに訛っていた。ポーランドか？　ロシアか？　いずれにしても東のほうの訛りだった。

「いくらだ？」老人が指輪に顎を乗せて訊いた。

何のことを言っているのか、おれは二秒で理解した。

「三万ドルに少し足りないぐらいかな」おれは答えた。

「正確な数字は？」

おれは間を置いた。「二万九千七百なら、ほぼ正確でしょう」

「ドルの交換レートは五・八三だ」

「それなら、約十七万ですね」

老人がうなずいた。「おまえはできると彼らが言っていたぞ」その目はミャンマーのサファイヤより青く輝いていた。

「彼らだって馬鹿じゃないですからね」おれは言った。

「私はおまえの仕事ぶりを見てきた。学ばなくてはならないことはたくさんあるが、ほかの大馬鹿者どもよりは抜け目がないと言えるだろう。客を見て、何に金を払うつもりかを見抜ける」

おれは肩をすくめ、この老人は何に金を払うつもりなんだろうと考えた。

「だが、おまえは売り上げをくすねるとも彼らは言っていたな」

「おれにとって価値があるときだけですよ」

老人が笑った。最初は軽い咳の発作が起こったのかと思った。肺癌か何かを患っているんじゃないのか？　喉の奥がごろごろと、古いモーターボートのエンジンが息を切らせたときのような音を立てていた。やがて、老人は冷ややかな、青いユダヤ人の目をおれに据えると、ニュートンの第二法則でも教えるような口調で言った。「おまえなら次の計算もできるはずだ。もし私からくすねたら、私はおまえを殺す」

汗がおれの背中を流れ落ちていた。それでも、何とか老人の視線を受け止め、見返しつづけた。まるで南極を見つめているかのようだった。何もなかった。凍てつく寒さの不毛の地。だが、老人が何を欲しがっているかはわかった。自分の利益――金。

「あの暴走族ギャングは、おまえがあいつらのために五十グラム売るごとに、さらに十グラムをおまえ自身のために売っていいことにしている。おまえの取り分は十七パーセントだ。おまえが私のために私の商品だけを売ってくれたら、おまえの取り分を現金でくれてやろう。十五パーセントだ。おまえは自分の売り場を通りに持ち、三人でチームを組む。金の担当、ドラッグの担当、そして、見張り担当だ。ドラッグ担当の取り分は七パーセント、見張り担当の取り分は三パーセント。夜半にアンドレイがおまえたちに現金で取り分を払う」老人が背の低いほうの聖歌隊の少年に向かって顎をしゃくった。

通りの売り場。見張り。最高だ。

「決まりだ」おれは言った。「ユニフォームをくれ」

老人が爬虫類《はちゅうるい》の笑みを浮かべ、おれの階級がどこらあたりなのかを教えてくれた。「アンドレイが全部手配する」

おれたちはお喋りをつづけた。老人はおれの両親や友人について尋ね、おれがどこに住んでいるかを訊いた。おれは血のつながらない妹と一緒に住んでいると言い、不必要な嘘はつかなかった。老人がすでに本当のことを知っているような気がしたからだ。一度だけ答えに窮したのは、街の北の教養のある家庭で育ったのに、どうして東オスロの時代遅れの方言を話しているのかと訊かれたときだった。実の父親がイーストエンドの出身だからだと思う、とおれは答えた。それが事実かどうかは神のみぞ知るところだが、昔からおれが想像していたことだった。父は東オスロをうろつきまわり、不運に見舞われ、失業し、酔っぱらい、凍てつくように寒いアパートに流れ着いた。そこは子供を育てるのにいい場所ではなかった。あるいは、ロルフやお上品な隣人の子供たちを苛立《いらだ》たせるためにそんな話し方をしたのかもしれなかった。やがて、そういう言葉遣いが自分を優位に立たせてくれることに気がついた。たとえば、タトゥーのように。人々が怖がり、目を逸《そ》らし、近づかなくなる。おれが自分の人生を長々と話しているあいだ、老人はおれの顔を観察し、サファイヤの指輪でアームレストを叩きつづけた。何度も、繰り返し、執拗に、まるでカウントダウンでもしているかのように。質問が途切れたとき、そこにあるのは指輪がアームレストを叩く音だけだった。おれは沈黙を破らないと爆発してしまうような気がした。

「凄い家ですね」おれは言った。

言うに事欠いてこのおべっかか、とわれながら頬が熱くなった。

「一九四二年から四五年までノルウェーにいたゲシュタポの親玉、ヘルムート・ラインハルトの住まいだったんだ」

「隣人たちに煩わされることもないんでしょうね」

「隣りも私が持っているんだ。ラインハルトの副官が住んでいた。いや、逆だったかな」

「逆？」

「ここではすべてを把握するのが簡単ではないんだ」老人が言い、にやりとトカゲのような笑みを浮かべて見せた。コモドオオトカゲだ。

用心しなくてはならないのはわかっていたが、それでも抵抗できなかった。「一つ、わからないことがあるんです。オーディンはおれに十七パーセントの取り分をくれていて、それはほぼ標準的な基準です。だけど、あなたは三人のチームを作って、合計で二十五パーセントの取り分をおれたちに払おうとしている。なぜですか？」

老人の目がおれの顔の片側をじっと見つめた。「なぜなら、一人より三人のほうが安全だからだよ、グスト。私の売り手の危険は私の危険だ。駒をすべて失ったら、チェックメイトをかけられるのは時間の問題でしかないんだ、グスト」その音の響きを楽しむためだけに、おれの名前を繰り返しているかのようだった。

「でも、儲けが――」

「それはおまえが心配することではない」老人がぴしゃりと言い、そのあと笑みを浮かべて穏やかな口調に戻った。「われわれの商品は、言ってみれば産地直送なんだ、グスト。まずイスタンブールで薄められ、次いでベオグラードで薄められ、最後にアムステルダムで薄められる、いわゆるヘロインより、六倍も純度が高い。それなのに、一グラム当たりの買い値は安い。わかるか？」

おれはうなずいた。「だとすると、ほかの売り手の七倍から八倍に薄められますね」

「もちろん薄めるが、ほかの連中ほどじゃない。われわれが売るのは正しくヘロインと呼ぶことができるものだ。おまえはもうそれをわかっている。だから、取り分のパーセンテージが低くなっても、ほぼ二つ返事でうんと言えたんだ」煖炉の明かりが老人の歯をきらめかせた。「この街で最高の商品を売るとわかっているから、オーディンの粉をそうしていたように、おまえは今度も三倍か四倍までしか薄めないというわけだ。おまえも毎日見ているからわかるだろう、買い手が列をなす売り手の前を通り過ぎて、だれを見つけようとしているかを」

「アーセナルのレプリカ・ユニフォームを着ている売り手ですね」

「おまえの商品が一番だと、客は一日目でわかるんだ、グスト」

そして、老人はおれを部屋から連れ出した。

坐っている膝の上に毛布を掛けていたから、てっきり脚が悪いか何かなんだろうと思っていたが、驚くほど足取りは軽かった。老人は玄関のドアの手前で足を止めた。明らかに、顔を外に出したくないようだった。そして、おれの腕、肘の上に手を置くと、上腕三頭筋をそうっとつかんだ。

「では、また近いうちに会おう、グスト」

おれはうなずいた。老人はまだ何か用があるようだった。私は、おまえの、仕事、ぶり、を、見て、き、た。スモークガラスのリムジンのなかから、おれを見ていたんだな。レンブラントの名画でも鑑賞するようにして。そして、おれは知った——望みを叶える方法を。

「見張り担当はおれの血のつながらない妹にしてください。それから、ドラッグ担当はオレグってやつに」

「いいだろう。ほかに何かあるか？」

「背番号23のユニフォームがいいですね」

「アルシャヴィンか」背の高いほうの聖歌隊の少年が満足そうにつぶやいた。「ロシア人だ」そいつは間違いなくマイケル・ジョーダンを知らなかった。

「では、また」老人が小さく笑い、空を見上げた。「これからアンドレイがおまえにいいものを見せる。それでおまえは仕事を始められる」老人はおれの腕を叩きつづけ、その顔には笑みが貼りつきつづけていた。おれは怖かった。そして、興奮していた。コモドオオトカゲのハンターのように。

二人の聖歌隊の少年は、おれを乗せた車をフログネルヒーレン湾の人気のないマリーナへ走らせた。二人は門の鍵を持っていて、おれたちは冬のあいだドックに入れてある小型ボートのあいだを走り抜けた。そして、桟橋の先端で止まって、車を降りた。おれは静かな黒い水面を見下ろし、そのあいだにアンドレイがトランクを開けた。

「こっちへくるんだ、アルシャヴィン」

おれは彼のところへ行ってトランクを覗き込んだ。

彼はいまも鋲を打った犬の首輪をして、アーセナルのユニフォームを着ていた。ビスケンは昔から醜かったが、いま見ると吐き気を催しそうだった。にきびだらけの顔に何カ所も、血が固まった大きな黒い穴があき、片耳は半分切り落とされ、片目は眼球がなくなってライスプディングのような何かが見えていた。吐き気と動揺からようやく何とか抜け出してよく見ると、ユニフォームの〝EMIRATES《エミレーツ》〟のロゴのMの上にも小さな穴があいているのがわかった。銃弾があけた穴のようだった。

「これはどういうことなんだ？」おれは口ごもった。

「ベレー帽をかぶった警官と話していたんだ」

だれのことを言っているのかは、おれにもわかった。クヴァドラトゥーレン界隈をうろついている囮捜査官がいる――あるいは、いると考えられている。

おれがその死体をしっかり見るのを待ってから、アンドレイが訊いた。「メッセージはわかったな？」

おれはうなずいた。眼球のなくなった目を見つめるのをやめられなかった。こいつら、彼にいったい何をしたんだ！

「ピョートル」アンドレイが相棒を呼び、二人で死体をトランクから出すと、アーセナルのユニフォームを脱がせ、死体を桟橋から落とした。黒い水が音もなく死体を呑み込み、顎を閉じた。ビスケンは行ってしまった。

アンドレイがおれの肩にユニフォームを掛けた。「いまからおまえのものだ」

おれは銃弾があけた穴に指を突っ込み、レプリカ・ユニフォームの背中を見て番号を確かめた。

52。ベントナーだった。

11

午前六時三十分、〈アフテンポステン〉紙の最終面によれば、日の出の十五分前だった。トール・シュルツは新聞を畳むと、隣りの席に置いた。そして、人気のないアトリウムの向こう、正面出入り口のほうへもう一度目をやった。

「何もなければ、出勤は早いと思いますよ」受付にいる、警備会社から派遣されている警備員が言った。

トール・シュルツは未明の列車でオスロへ入り、街が目覚めるのを見ながら、中央駅からグレンランスレイレを東へと歩いた。ごみ収集車の脇を通り過ぎるとき、男たちのぞんざいな缶の扱い方を見て、それは仕事の効率より彼らのやる気のなさを物語っているとシュルツは思った。F16のパイロットのように。パキスタン人らしき八百屋が野菜の箱を店の前まで運んできて足を止め、エプロンで手を拭きながら、愛想よく朝の挨拶をしてくれた。ハーキュリーズのパイロットのように。グレンラン教会の前を通り過ぎて、左へ折れた。一九七〇年代に設計施工された、巨大なガラスのファサードが目の前に聳《そび》えていた。警察本部だった。

六時三十七分、正面入口が開いた。警備員が咳払いをし、顔を上げたシュルツにうなずいて、待ち人がきたことを知らせてくれた。近づいてくる男はシュルツより背が低かった。

跳ねるような足取りで、ノルウェー最大の薬物対策組織の責任者にしては、シュルツが想像していたより髪が長かった。近づくにつれて、魅力的で日焼けした女性のような顔にピンクと白の条が浮いていることがわかった。色素が欠乏している女性客室乗務員がいて、日焼けサロンで焼いた首から胸、そして、陰毛を剃った性器まで白い斑点が散っていたことが思い出された。そのせいで、彼女の肌の残りの部分が、ぴったり貼りついたナイロン・ストッキングのように見えたのだった。

「ミカエル・ベルマンさんですか？」

「そうですが、何か？」男は笑顔で答えたが、足取りは緩めなかった。

「二人だけでお話ができればありがたいんですが」

「申し訳ない、朝の会議の準備をしなくてはならないんですよ。ですが、電話をもらえれば――」

「いまでないと駄目なんです」シュルツは言ったが、自分の口調の強さに驚いてもいた。

「そうですか」オルグクリムの長はすでにＩＤカードをゲートに通していたけれども、ようやく足を止めてしげしげとシュルツを見た。

トール・シュルツはベルマンに近づいた。声は低く抑えたが、二人以外にアトリウムにいるのは依然として警備員だけだった。「トール・シュルツといいます。スカンジナヴィア最大の航空会社のパイロットで、ガルデモン空港経由でノルウェーに密輸されている薬物についての情報を持っています」

「なるほど。で、それはどのぐらいの量ですか？」

「週に八キロです」

シュルツは自分の身体を相手の目が検めているのを感じ取り、そうやって獲得したデータのすべてを脳が整理分析していることを確信した。身振り、服装、姿勢、顔の表情、どういう訳かいまも左手の薬指にある結婚指輪、耳にあいているピアスのついていないピアスの穴、磨いた靴、語彙、しっかりした視線。

「面会を登録してもらいましょうか」ベルマンが警備員へ顎をしゃくった。

トール・シュルツはゆっくりと首を横に振った。「あなたと会ったことは秘密にしておきたいのですよ」

「規則で例外なく登録してもらうことになっているんです。しかし、あなたからの情報がこの警察本部の外へ出ていくことはありません。それは私が保証します」ベルマンが警備員に合図をした。

シュルツは上昇するエレベーターのなかで、警備員が印刷し、襟につけるように言った名札を指で撫でた。

「どうかしましたか？」ベルマンが訊いた。

「いや、何でもありません」シュルツは答えたが、指の動きは止まらなかった。できることなら、そうやって名前を消したかった。

ベルマンのオフィスは驚くほど狭かった。

「大きさは問題ではないんです」ベルマンが言った。その口振りが、相手の反応に慣れていることをほのめかしていた。「いくつもの大きな仕事がここからの指示で成し遂げられてきました」彼は壁の写真を指さした。「ラルス・アクセルセン、強盗課だった時代の課長で、九〇年代にトヴェイタ・ギャングを一掃したんです」

彼は手振りで椅子を勧めると、ノートを取り出した。が、シュルツが睨んでいることに気づいてそれをしまった。

「聞かせてもらいましょうか」

シュルツは息を吸った。そして、話した。まずは離婚から。そうすることが必要だった。理由から始める必要があった。そのあと、日時と場所へ移った。それから、相手と方法へ。最後に、〝バーナー〟のことを話した。

シュルツが話しているあいだ、ベルマンは身を乗り出したまま、注意深く耳を澄ませていた。バーナーのことを話しているときだけ、プロフェッショナルな表情はそのままに、集中の色が消えた。最初の驚きのあと、色素の欠乏した白い染みが赤くなった。その下が発火したかのような、妙な眺めだった。それまでシュルツの目を見つめていた視線が逸れ、シュルツの背後の壁――ラルス・アクセルセンの写真かもしれなかった――を苦々しげに見つめた。

話が終わると、ベルマンがため息をついて顔を上げた。

シュルツはベルマンの目の中に新たな光、強く堅固な光を認めた。

「私自身と、私の職業と、警察を代表してお詫びしなくてはなりません」ベルマンが言った。

「ろくでなしどもを退治できていないことが残念です」

ベルマンは自分自身に向けて言っているに違いない、とシュルツは思った。おれにではなく。毎週八キロのヘロインを密輸していたパイロットにではなく。

「あなたの懸念はよくわかります」ベルマンが言った。「恐れることは何もないと言ってあげられればいいんですが、苦い経験から言うと、こういう腐敗が明らかになったとき、調べは一人の個人にとどまることなく、さらに深いところまで進んでいくものなんです」

「そうでしょうね」

「この話をだれかにしましたか？」

「いや、だれにもしていません」

「あなたがここへきて、私と話していることを、だれかが知っていますか？」

「いや、だれも知りません」

「絶対に誰一人として？」

シュルツは相手を見て歪んだ笑みを浮かべた。思っていることは口にしなかった——だれに話せるというんだ？

「いいでしょう」ベルマンが言った。「あなたが私のところへ持ち込んだこの問題は、重要で、深刻で、この上なくデリケートです。知られてはいけない人間に知られることがないよう、極めて用心深くことを進めなくてはなりません。それはつまり、この問題をもっと上へ持っていかなくてはならないということです。いいですか、あなたがいま話してくれたことは、本来ならあなたを拘束しなくてはならないようなことなんです。しかし、いまそれをやると、あなたと私の両方が表に出ることになります。ですから、状況がはっきりするまで、あなたには自宅にとどまってもらうことにします。いいですね？　私と会ったことをだれにも話さず、外へ出ず、見知らぬ者には玄関を開けず、知らない番号からかかってきた電話には出ない、わかりましたか？」

シュルツはゆっくりとうなずいた。「いつまでそうしていることになりますか？」

「長くて三日というところでしょう」

「了解しました」

ベルマンは何かを言おうとし、思いとどまり、ためらい、ようやく話すことにしたようだった。

「これは私には絶対に理解できないことなんです」彼は言った。「金のために他人の人生を破壊するのを厭《いと》わない人間がいるなんて、どうしてもわからないんです。まあ、あなたが貧しいアフガンの農民ならともかく……機長として給料を得ているノルウェー人なのに……」

トール・シュルツはベルマンと目を合わせた。そう言われる覚悟はできていた。そして、実際にそう言われてみると、ほとんど救われたような気がした。

「それでも、あなたは自分の意志でここへきて、洗いざらい話してくれた。勇気のいることです。あなたがどういう危険にさらされているかはわかっています。これからは、生きていくことは簡単ではありませんよ、シュルツ」

それだけ言うと、ベルマンが立ち上がって手を差し出した。受付で彼を間近に見たときと同じ思いがシュルツの頭をよぎった。ミカエル・ベルマンは戦闘機乗りとして完璧な身長だな。

トール・シュルツが警察本部を出ようとしているとき、ハリー・ホーレはラケルの家の玄関のドアベルを押していた。ドアを開けた彼女はバスローブ姿で、目は眠そうに細く、ついに欠伸をした。

「もう少ししたら、もっとまともな顔と格好になるんだけど」彼女が言った。

「二人のうちのどっちかでもそうなるのはいいことだな」ハリーはなかへ入りながら応じた。

「健闘を祈るわ」彼女が居間のテーブルの上に積み上がっている書類を前にして言った。「全部揃ってる。裁判用の書類。写真。新聞の切り抜き。供述調書。あの人、徹底してるの。わたし、仕事に行かなくちゃ」

彼女が玄関を出てドアが閉まる音が聞こえたとき、ハリーはすでに一杯目のコーヒーを淹れ終え、作業に取りかかっていた。

資料に目を通しはじめて三時間後、いつの間にか忍び込んできた落胆と戦うために休憩しなくてはならなかった。カップを手に窓の前に立ち、ここにきたのは有罪を疑うためであって、無罪を確認するためではないのだと自分に言い聞かせた。容疑は充分だ。一層深まったように思われる。証拠もはっきりしている。そして、おれの殺人事件捜査官としての長年の経験のすべてが、おまえは間違っていると言っている。真相はまったく見えているとおりだということが、驚くほどしばしばあるんだ、と。

さらに三時間が過ぎても、結論は同じだった。別の説明ができる可能性をわずかでも示唆するものは、資料のなかにひとつもなかった。だが、それはここにないだけだと、ハリーは考えることにした。

時差ぼけが抜けていない、寝る必要がある、と自分に言い聞かせて、ラケルが帰ってくる前に引き上げることにした。しかし、本当の理由は、彼女に報告すべきことを資料のなかに見つけられなかったからだ。報告できることがあるとすれば、疑いに固執するのがもっと難しくなったということだけだった。道であり、真実であり、生きることであり、唯一の救出の希望であるところの疑いに。

というわけで、コートをつかんでラケルの家をあとにした。ホルメンコーレンからリースを過ぎ、ソグンを過ぎ、ウッレヴォールを過ぎ、ボルテレッカを過ぎて延々と歩き通し、〈シュレーデルス〉にさしかかった。入ろうかと思わないでもなかったが我慢し、そのまま東方向へと橋を渡ってテイエンを目指した。

〈灯台〉のドアを押し開けたときには、陽はすでに力を失いはじめていた。すべてが記憶と変わっていなかった。淡い色の壁、淡い色のカフェの装飾、最大量の光を取り入れることのできる大きな窓。その光のなか、午後の客がコーヒーとサンドウィッチを前にテーブルを囲んでいた。まるで五十キロ競走をゴールした直後のように皿の上に覆い被さっている者もいれば、聞き取ることができないほどの早口で話に熱中しているジャンキーらしき者もいたし、〈ユナイテッド・ベーカリーズ〉にたむろする中産階級のなかでエスプレッソを飲んでいたとしても、だれも驚かないような者たちもいた。

中古衣料を新たに提供され、それをビニール袋に入れたままの者もいれば、すでに着ている者もいた。それ以外は保険屋か女性臨時教師のように見えた。

ハリーがカウンターへ行くと、救世軍のフード付きジャージを着て笑みを浮かべている太った若い女性が、無料のコーヒーとブラウンチーズ付きの全粒粉パンを差し出した。

「ありがとう、だけど、今日はいらないんだ。マルティーネはいるかな？」

「彼女ならクリニックで仕事をしています」

女性が天井を指さし、上階の救世軍応急処置室を示した。

「だけど、じきに――」

「ハリー！」

ハリーは振り返った。

マルティーネ・エークホフは相変わらず小さかった。笑顔の子猫のようで、小さな顔には不釣り合いなほど大きな口と、小さなとんがった鼻がついていた。瞳は茶色の虹彩の縁に逃げ込んだかのように見え、鍵穴の形になっていた。彼女はかつて、それは虹彩欠損という先天的なものなのだと教えてくれたことがあった。

マルティーネが爪先立ち、精一杯背伸びして長い抱擁《ハグ》をした。その腕をなかなかほどこうとせず、ようやく離れたあとも両手を握ったまま見上げつづけた。顔の傷に気づいたとき、彼女の笑顔に影がよぎるのがわかった。

「でも……ずいぶん痩せたのね」

ハリーは笑った。「ありがとう。だけど、私が痩せているあいだに――」

「わかってるわよ」マルティーネが叫んだ。「わたしは太ったって言いたいんでしょ。だけど、だれだって太るのよ、ハリー。あなた以外はね。でも、太る理由がわたしにはちゃんとあって……」

彼女が黒いラム・ウールのセーターが伸びきっているお腹《なか》を軽く叩いた。

「ふむ。その原因はリカールかな？」

彼女が勢いよくうなずきながら笑った。顔が赤くなり、プラズマ・スクリーンのような熱が放出された。

二人は一つだけ残っている、だれもいないテーブルへ歩いていった。腰を下ろしたハリーは、半球形の黒いお腹が椅子の上に下りていこうとするのを見守った。そこに集まっているたくさんの壊された生と感情の消えた絶望を背景にして、それは不条理に見えた。

「グストのことなんだが」ハリーは言った。「あの件について、何か知らないかな？」

マルティーネが深いため息を漏らした。「知ってるわ。ここにいる全員が知っていることよ。彼はこの共同体の一員だったんだもの。頻繁にやってきたわけじゃないけど、顔はときどき見ていた。ここで働いている女の子はみんな、一人の例外もなく、彼を好きになったわね。とてもきれいな顔をしていたんだから！」

「オレグのことはどうだろう、グストを殺したと言われている男だが？」

「ときどき女の子と一緒にきていたわね」マルティーネが眉を寄せた。「でも、〝言われている〟って、そうじゃないかもしれない何かがあるの？」

「その何かを見つけようとしているんだ。女の子と言ったよな？」

「かわいらしくて、小さくて、色がとても白かった。イングンと言ってたかしら、それとも、イリアムだった？」マルティーネがカウンターのほうを見て訊いた。「ねえ！　グストの血のつながらない妹の名前は何だったかしら？」そして、だれかが答えを返す間もなく思い出した。「そうだ、イレーネよ！」

「赤毛で、そばかすがあったか？」ハリーは訊いた。

「とても色が白かったから、髪があの色でなかったら、透き通ってしまって見えなかったんじゃないかしら。ほんとよ。結局は見えなくなってしまったけどね」

「結局は？」

「そうなの。わたしたち、ずっとそのことを話しているのよ。彼女がここへくるようになってしばらくしてからのことなの。彼女が街を出ていったとか、そういうことがあったかどうか、ここへくる大半の人に尋ねてみたんだけど、だれも彼女がどこにいるかを知らないみたいだった」

「あの殺人事件が起こる前だが、何かなかったかな？」

「あったとすれば、あの日の夜だけだと思う。警察車両のサイレンが聞こえて、たぶんわたしたちの若い教区民のだれかを追いかけているんだろうと思ったんだけど、そのとき、ここにいたあなたの同僚の一人が、電話を受けて飛び出していったのよ」

「明文化はされていないが、囮捜査官がこのカフェで仕事をするのは許されていないはずなんだがな」

「あの人、仕事はしてなかったんじゃないかしら。そこのテーブルに独りでいて、〈日刊左《クラス》翼新《カンペン》聞〉を読んでいたはずよ。自惚《うぬぼ》れるなと言われそうだけど、わたしを見にきてたんじゃないかな」マルティーネがしなを作って掌を胸に当てた。

「きみはいまも孤独な警官を魅了しているわけか」

彼女が笑った。「あなたに関しては、わたしのほうが目をつけたのよ。忘れたの？」

「きみのようなクリスチャンの家庭の娘がか？」

「実を言うと、じっとりまとわりつくような見つめ方だったのよ。妊娠していることが一目でわかるようになったとたんに、見つめなくなったけどね。いずれにせよ、あの日の夜、彼は勢いよくドアを閉めて出ていった。そして、わたしは彼がハウスマンス通りのほうへ向かうのを見ていた。事件の現場はここからほんの数百メートルだった。それから間もなくして、グストが撃ち殺され、オレグが逮捕されたという噂が流れはじめた」

「女の子にとって魅力的で、里親に育てられたこと以外に、グストについて知っていることはないかな」

「〝盗人〟と呼ばれていて、バイオリンを売っていたわ」

「だれの下でそれをしていたんだ？」

「オレグもだけど、アルナブルーの暴走族のロス・ロボスの売人だったみたい。でも、後にドバイに移ったんじゃないかしら。誘われたら、だれだってそうするでしょうね。扱っているのはこの街で売られている最高純度のヘロインだし、それを売るのはドバイの売人だけだもの。いまでもそうだと思う」

「ドバイについて知っていることがあったら教えてくれ。そいつはだれなんだ？」

マルティーネが首を振った。「だれなのかも、何なのかも知らないわ」

「通りでは見えるけれども、その裏は見えないわけだ。知ってるやつはいるのかな？」

「たぶんね。でも、だれも教えてはくれないでしょうね」

だれかがマルティーネの名前を呼んだ。

「ここにいて」マルティーネが大きなお腹を抱えて何とか立ち上がった。「すぐに戻ってくるから」

「実はもう行かなくちゃならないんだ」ハリーは言った。

「どこへ？」

一瞬の沈黙があり、二人ともハリーが具体的な答えを持ち合わせていないことに気がついた。

トール・シュルツは窓際のキッチン・テーブルにいた。陽は低かったが、家並みのあいだの道を歩く人々全員を見るのに充分な明るさは残っていた。が、彼は道を見ることができないまま、ソーセージを挟んだパンをかじった。

旅客機が次々と屋根の上を飛び、着陸し、離陸し、着陸し、離陸していた。

さまざまに異なるエンジン音に耳を澄ませた。それは歴史年表のようだった――古いエンジンは正しく聞こえた。唸りも正確で、明かりも温かく、いい記憶を呼び起こしてくれ、意味を与えてくれて、物事――仕事、時間を守ること、家族、女性を愛撫すること、同僚に認められること――に意味があった時代のサウンドトラックだった。新世代のエンジンはもっと空気を動かしたが、落ち着きがなく、より少ない燃料でより速く飛び、効率がよく、必ずしも必要でないもののための時間が、本質的に必要でないもののための時間が少なかった。冷蔵庫の上の大きな時計へもう一度目をやった。それは怯えた小さな心臓のように、猛烈な速さで時を刻んでいた。七時。あと十二時間。もうすぐ暗くなる。ボーイング７４７のエンジン音が聞こえた。古典的名機の最高のエンジン。唸りが徐々に大きくなり、ついには轟きになって、窓枠を震わせ、テーブルの上で半分空になったボトルとグラスがぶつかって音を立てた。目を閉じた。それは将来を楽観させてくれた音、剝き出しの力を、揺るぎない尊大さを、人生の絶頂にいる男が無敵であることを感じさせてくれた音だった。

そのエンジン音が去り、部屋がいきなり静かになると、静けさが異なっていることに気がついた。空気の密度が変わったかのようだった。

だれかがいるような気がした。

居間のほうを見た。ドアの向こうに、ウェイト・トレーニング用のベンチと、コーヒーテーブルの奥の部分が見えた。寄木張りの床を、居間の見えない部分の影を見た。息を詰め、耳を澄ませた。何も聞こえなかった。聞こえるのは冷蔵庫の上の時計の音だけだった。パンをもう一齧りし、グラスを呷《あお》って、椅子に背中を預けた。大型機が接近していた。背後からやってきているのがわかった。そのエンジン音が、時を刻む時計の音を呑み込んだ。この家と太陽のあいだを通過するに違いないと考えていると、彼とテーブルの上に影が落ちた。

ハリーはウッテ通りからプラートウス通りへ入ってグレンランスレイレへ出ると、頭のなかのオートパイロットに従って警察本部へ向かい、ボーツ公園で足を止めて、刑務所を、頑丈な灰色の壁を見た。

「どこへ?」と、マルティーネは訊いた。

だれがグスト・ハンセンを殺したかについて、何らかの疑いを挟む余地が本当にあるのだろうか?

オスロからバンコクへ飛ぶスカンジナヴィア航空の直行便が、毎日、夜半直前にある。バンコクから香港へは一日に五便だ。いますぐホテル・レオンへ行き、荷物をまとめてチェックアウトすればいい。きっかり五分ですむだろう。エアポート・エクスプレスでガルデモン空港へ行く。スカンジナヴィア航空のカウンターで搭乗券を買う。空港のゆったりとした没個性的なトランジットの雰囲気のなかで食事をし、新聞に目を通す。

　振り返ると、昨日はそこに貼られていたコンサートの赤いポスターがなくなっていた。オスロ通りを進みつづけ、ガムレビーエン墓地のそばのミンネ公園にさしかかったとき、陰から声がした。

「二百持ってないかな？」スウェーデン語だった。

　ハリーが足取りを緩めると、声の主が姿を現わした。コートは長くてぼろぼろで、スポットライトの光のせいで、大きな耳が顔に影を投げていた。

「それは貸してくれってことだよな？」ハリーは財布を出した。

「寄付だ」カトーが手を差し出した。「返ってこない金だと思ってくれ。財布をホテル・レオンに置いてきてしまったんだ」老人の息には蒸留酒の臭いもビールの臭いもなく、煙草の臭いと、子供のころに祖父とした隠れん坊を思い出させる何かがあるだけだった。あのとき、ハリーはクローゼットに隠れた。ずいぶん昔から吊るされている衣服の、甘い黴《か》びた臭いがした。家と同じぐらいの年月、そこでそうしていたに違いなかった。

　ハリーは五百クローネ札を見つけて差し出した。

「ほら」

　カトーが紙幣を見つめ、それを撫でながら言った。「色々聞かせてもらっているよ。きみは警官なんだってな」

「ほう？」

「それに、酒飲みだそうじゃないか。お気に入りは何だい？」

「ジムビームだ」

「ああ、ジムか。私のジョニーの友だちだな。きみ、オレグって子を知ってるだろう」

「あんた、彼を知ってるのか？」

「刑務所は死ぬより辛いんだ、ハリー。死は簡単だよ——魂を解放してくれる。だが、刑務所は魂を食い尽くして、ついには人を人でなくするんだ。亡霊にしてしまうんだよ」

「オレグのことをだれから聞いた？」

「私の教区は広くて、教区民もとても多いんだ、ハリー。そして、私は彼らの話をしっかり聴く。彼らが言っていたが、きみはあのドバイって男を追ってるんだってな」

ハリーは時計を見た。一年のいまごろの便は、普通なら空席がいくらでもある。バンコクから上海へも飛べる。チャン・インがメールで、自分は今週は独りだと教えてくれている。二人でカントリーハウスへ行くこともできる。

「きみが彼を見つけないことを願ってるよ、ハリー」

「おれはそんなことは言ってない——」

「見つけた者は死ぬことになるんだ」

「カトー、おれは今夜には——」

「あのカブトムシのことを聞いたことがあるか、ハリー？」

「いや、だが――」

「きみの顔を穴があくほどじっと見つめる六本脚の昆虫だ」

「おれは行かなくちゃならないんだ、カトー」

「私はこの目で見たんだ」カトーが聖職者の襟《カラー》に顎を埋めた。「イェーテボリ港のそばのオールヴスボルグ橋の下だ。一人の警官がヘロインの売人グループを捜していた。やつら、釘を埋め込んだ煉瓦でその警官の顔を殴ったんだ」

何のことを言っているのか、ハリーはそこで思い当たった。〝ツィウク〟。カブトムシ。

そもそもはロシア人が発明したやり方で、密告者に使われたものだった。まず密告者の片耳を天井の梁の下の床に釘付けする。次いで、六本の長い釘を半分まで煉瓦に打ち込み、その煉瓦をロープにつないで梁にかけ、ロープの先端を密告者にくわえさせる。肝心なのは――そして、象徴的な意味を持つのは――、ロープの先端をくわえているあいだは、密告者は生きていられるというところだ。ハリーは実際にツィウクが行われた結果を見たことがあった。台北の三合会《トライアド》が、淡水地区の裏通りで見つけた哀れな男をその方法で殺したのだ。彼らが使ったのは、突き刺さったときにあまり大きな穴があかない頭を持った釘で、救急救命士が死者から煉瓦を引き剝がそうとしたとき、顔も一緒に持ち上がった。

カトーは五百クローネ札を一方の手でズボンのポケットに突っ込み、もう一方の手をハリーの肩に置いた。

「息子を守りたいのはわかる。だが、もう一人の男についてはどうだ？　彼にも父親がいるんだぞ、ハリー。親が子供のために戦うのは自己犠牲だと世間は言うが、実際は自分を護っているんだ。みんながそうするからそうしているだけだ。それをしていいかどうかという倫理的な葛藤を必要としない、遺伝的な自己中心癖にすぎない。子供のころ、私の父親は聖書を読み聞かせてくれた。息子を犠牲にしろと神に言われて唯々諾々と従ったアブラハムを、私は臆病だと思った。真に無私の父親は父と息子より価値あるものに奉仕するのであればわが子を犠牲にするのを厭わないとわかったのは、大人になってからだ。実際にいたからな」

ハリーは足元に煙草を捨てた。「あんたは間違ってる。オレグはおれの息子じゃない」

「違うのか？　それなら、なぜここにいるんだ？」

「おれは警察官なんだ」

カトーが笑った。「十戒の六番目の戒めだ、ハリー。嘘をつくな」

「八番目じゃなかったか？」ハリーはまだくすぶっている煙草を踏み消した。「おれの記憶だと、その戒めはこう言ってるはずだ――隣人に不利な偽証をしてはならない、それは自分自身について多少の嘘をついてもいいことを意味する。あんた、神学を最後まで勉強してないだろう」

カトーが肩をすくめた。「イエスも私も正式な免許は持ってない。われわれは〝言葉〟の人だ。だが、すべての呪術師、占い師、ペテン師同様、偽の希望と純粋な癒しに触発されることがある」

「あんた、キリスト教徒ですらないんじゃないか？」

「とりあえずはこう言っておこうか――信仰は私に一つもいいことをしてくれていない、疑うことだけを教えてくれた。というわけで、それが私の誓約だ」

「疑うこと、か」

「そのとおり」闇のなかでカトーの歯が光った。「われは問う――神は存在しない、神は設計図を持っていない、それは確かか？」

ハリーは低く笑った。

「私たちはそんなに違わないだろう、ハリー。私は偽の聖職者の襟《カラー》を着けてるし、きみは偽の保安官バッジを着けてる。実際のところ、きみの福音信仰はどのぐらい揺るぎないものなんだ？　自分の道を見つけた者を護り、道を外れた者が罪に従って罰せられるようにすることが？　きみも懐疑主義者なんじゃないのか？」

ハリーは箱を叩いて新しい煙草を取り出した。「残念ながら、この件については疑う余地がないんだ。おれは向こうへ帰るよ」

「そういうことなら、いい旅を祈る。私はこれから礼拝をしなくちゃならないんだ」

車のクラクションが鳴り、ハリーは反射的にそのほうを見た。二つのヘッドライトがハリーの目を眩《くら》ませ、角を曲がっていった。ブレーキランプが闇のなかで煙草の火先のように赤く灯り、パトカーがスピードを緩めて警察本部のガレージへ入っていった。ハリーが目を戻したとき、カトーの姿はすでになかった。まるで夜のなかに溶けてしまったかのようで、聞こえるのは墓地のほうへ向かう足音だけだった。

荷物をまとめ、チェックアウトするためにフロントの前に立つまで、本当に五分しかかからなかった。

「現金で支払っていただく場合は、多少ですが料金を割り引かせてもらっています」フロントの若者が言った。全部が全部新しくなっているわけではないようだった。

ハリーは財布を漁《あさ》った。香港ドル、人民元、アメリカ・ドル、ユーロ。そのとき、携帯電話が鳴った。ハリーはそれを耳に当てながら、すべての紙幣を広げて青年に差し出した。

「もしもし」

「わたしよ。いま何をしているの?」

くそ。彼女には空港に着いてから電話をするつもりだったのに。できる限り簡単で、できる限り冷淡なやり方をするつもりだったのに。辛さをできる限り短時間で終わらせるつもりだったのに。

「チェックアウトしているところだ。二分後にかけ直していいかな?」

「オレグが弁護士と接触したの。あの……ハンス・クリスティアンとね。それを伝えようと思って」

「ノルウェー・クローネでお願いします」フロントの若者が言った。

「オレグは、あなたに会いたいと言ったそうよ、ハリー」

「くそ!」

「もしもし？　ハリー、聞いてる？」

「ビザは使えるか？」

「ＡＴＭへ行って現金を引き出したほうが安く上がりますよ」

「ぼくに会えと？」

「あの子がそう言ってるの。できるだけ早く」

「それは無理だよ、ラケル」

「どうして？」

「どうしてかというと――」

「ＡＴＭならトルブー通りをほんの百メートル下ったところにあります」

「どうしてかというと？」

「ビザで支払う、いいな？」

「ハリー？」

「第一の理由は、それが不可能だからだ、ラケル。彼は面会を許されていないし、二度も無駄足を踏むつもりはない」

「二つ目の理由は？」

「突破口が見つからないんだ、ラケル。資料は全部読んだ。ぼくの――」

「ぼくの、何？」

「ぼくの考えでも、グスト・ハンセンを撃ったのは彼だ」

「ビザは扱っていません。ほかのカードをお持ちではありませんか？　マスターカードとか、アメリカン・エキスプレスとか？」

「持ってない！　ラケル？」

「それなら、ドルかユーロでお願いします。為替レートはそんなによくはありませんが、カードよりはお得です」

「ラケル？　ラケル？　くそ！」

「何か問題でも、ヘル・ホーレ？」

「彼女が電話を切ったんだ。これで足りるか？」

12

おれはシッペル通りで土砂降りの雨を眺めていた。冬はまだそれらしくなかったが、代わりに雨が多かった。だが、だからといって要求が軽減されるわけではなかった。おれとオレグとイレーネの三人は、オーディンとトゥトゥのために丸一週間がかりで稼いでいたよりも多くを、一日で売りさばいていた。おれは一日でざっと六千を稼いだ。アーセナルのレプリカ・ユニフォームを着ているやつが何人いるかも数えていた。あの老人は一週間で二百万クローネ以上を手にしているに違いなかった。しかも、易々《やすやす》と。

毎晩、アンドレイと精算をする前に、おれとオレグは慎重に売り上げを計算し、商品と一緒にアンドレイに渡した。一クローネも行方不明になったことはなかった。そうなったら何が待っているかは、わかっているつもりだった。

オレグは百パーセント信用できた。あいつは品物や金をくすねることを思いつきもしないし、その考え自体を理解しないはずだった。もしかすると、イレーネのことで頭も心も一杯だったのかもしれない。彼女につきまとって機嫌を取る姿はほとんど滑稽だった。あいつが自分に首ったけだってことに、彼女はこれっぽっちも気づいていなかった。なぜなら、彼女の頭には一つのことしかなかったからだ。

おれのことしか。

おれにとって、それは気にするようなことでもなかったし、得になるようなことでもなかった――昔からずっとそうだからだ。

おれは彼女をとてもよく知っていた。どうすれば彼女の小さな心臓をどきどきさせることができるかを、可愛い口に笑みを浮かべさせられるかを、そして――もしおれがそれを望めば――青い目に涙を溜めさせられるかを、正確にわかっていた。彼女を行かせてやることもできた。ドアを開けて、おまえは自由だと言ってやることも。だが、おれは盗人だ。盗人というのは、金に換えられるものは何だろうと手放さないと決まっている。イレーネはおれのものだが、週に二百万はあの老人のものだ。

本当におかしなことだが、おれたちは一日に六千も売り上げているのに、自分がやっているのは、飲み物のグラスに浮いている氷のように透き通ったアンフェタミンで、着ているのもブランドものではなかった。そしてそれが、おれとイレーネが依然としてリハーサル室を塒《ねぐら》にしている理由でもあった。イレーネは何とかやっていた。ドラッグを混ぜた煙草には手を触れようともせず、野菜を食べ、銀行に口座を開いた。オレグは母親と一緒に住んでいたから、金は貯まっていたはずだ。身ぎれいにして、勉強をし、ヴァッレ・ホーヴィンでスケートまで始めていた。

シッペル通りに立って頭のなかで計算をしていると、大雨のなか、おれのほうへやってくる人影が見えた。眼鏡が曇り、薄くなった髪が頭に貼りつき、でぶでぶすのガールフレンドがクリスマスに買ってくれた、お揃いの全天候型ジャケットを着ていた。いや、そのガールフレンドはぶすか、存在しないかだった。それは脚を引きずる歩き方でわかった。〝脚を引きずる〟というのはたぶん差別を排除しようとする政治的公正用語なんだろうが、おれは〝変形足〟と呼んでいるし、〝馬鹿〟や〝黒人《ニグロ》〟も使わせてもらっている。

その彼がおれの前で足を止めた。

問題は――ヘロインを買う連中の種類におれはもう驚かなくなっていたが――、この男が明らかにそのなかのどの種類にも含まれていないことだった。

「いくらだ――」

「四分の一《クオーター》当たり三百五十だ」

「――ヘロイン一グラムをいくらで買うかと訊いているんだがね」

「買う？　おれたちは売る側だぞ、馬鹿野郎」

「それはわかってる。ちょっと調べているだけだ」

おれは男を見た。新聞記者か？　ソーシャルワーカーか？　それとも、政治家か？　オーディンとトゥトゥの下で仕事をしていたとき、こんなふうなやつがやってきて、市議会の〈RUNO〉という委員会の者だと名乗り、〝薬物《ドラッグ》と若者〟に関する会議に出てくれないかと言ったことがあった。〝通りの声〟を聞きたいのだ、と。おれは話の種にそこへ行き、ヨーロッパの各都市の薬物対策や、ドラッグのないヨーロッパにするための国際的な取り組みについての、いつ終わるんだかわからない話を拝聴した。炭酸水とクッキーを出されたときは、涙が出るほど笑わせてもらったよ。しかし、全体的に会議を主導していたのは、一回お手合わせをお願いしたくなるような、脱色した金髪で男みたいな顔をした、胸のでかい、練兵係の軍曹みたいな声の熟女だった。おれは一瞬、でかい胸だけに仕事をさせている訳じゃないんだと思った。会議のあとでおれのところへやってきて、社会福祉事業担当の女性議員の秘書だと自己紹介し、もっと話を聞きたいから、おれの都合のいい日に自宅にこないかと言った。あとでわかったんだが、彼女は淫乱な熟女だった。農場に独り暮らしで、ドアを開けたときはぴったりした乗馬ズボンを穿いていて、厩《うまや》であれをやりたがった。まるでついていた一物をきれいさっぱり取り去った代わりにでかい胸を誂えたかのようなごつい身体つきだった。だけど、二メートル先から関心があるんだかないんだかわからない目で馬の群れに見つめられながら、戦闘機のエンジン音のようなよがり声を上げる女とやるのは妙な気分だった。そのあと、おれは尻のあいだにくっついた藁を払いのけ、千クローネ貸してほしいと頼んだ。彼女はおれが一日に六千稼ぎはじめるまで会いつづけてくれて、セックスとセックスの合間に、秘書というのは議員のために坐って手紙を書くだけではなく、実際の政治にも関わるんだと教えてくれた。いまのわたしは一兵卒かもしれないが、いずれは何事かを為す女でもある。しかるべき人物がそれをわかってくれたときに議員になるんだ、と。彼女の市庁舎についての話からおれが学んだのは、政治家というのは全員——上も下も関係なく——、二つのものを欲しがるということだ。権力とセックス。一番目が権力、二番目がセックス。耳元で

〝大臣〟とささやかれたら、たとえ指を二本立てられて嘲けられたとしても、絶頂に達するということだ。これは冗談なんかじゃない。そして、いまおれの前に立っている変形足の男の顔に、それと同じ吐き気を催す強い願望を見て取ることができた。

「失せろ」

「きみのボスはだれだ？　彼と話がしたい」

おれのボスのところへ連れていけだと？　こいつは頭がどうかしてるのか、それとも、ただの愚か者か？

「失せろと言ってるんだ」

男はそこに立ったまま動こうとせず、全天候型のジャケットのポケットから何かを取り出した。ビニール袋に白い粉が入っていた。──一グラム、いやその半分か。

「これは見本だ。ボスに渡してくれ。値段は一グラム当たり八百クローネ。使い方を間違えるなよ──十回分に分けるんだ。明後日のこの時間にまたくる」

男はビニール袋をおれに渡すと、脚を引きずりながら通りを戻っていった。

普段なら、そこらのごみ箱に放り込んで終わりだった。ろくでもない品物を売るわけにはいかない。評判は大事にしなくてはならなかった。だが、あの頭のおかしい男の目には何かがきらめいていた。何かを知っているようなきらめきがあった。だから、仕事を終えてアンドレイとの精算作業をすませると、オレグとイレーネを連れて麻薬公園《ヘロイン・パーク》へ行った。そして、テスト・パイロットになりたいやつはいないかと訊いた。以前、トゥトゥと一緒にやったことがあった。新しい品物が街に現われたら、どんなドラッグでもいいからほしいとやけくそになっているジャンキーを見つけるんだ。無料《ただ》なら何だろうと喜んで試すやつを。そいつらはそれで死んだって気にしない。なぜなら、いずれにしても死はすぐそこにあるんだから。

四人の志願者が現われたが、一人が二回分を一度にやりたいと言ったので断わり、被験者は三人になった。その三人に一回分を渡してやった。

「足りないよ！」発作を起こしたようなしゃべり方で一人が言った。デザートが欲しければ黙ってろ、とおれは応えてやった。

イレーネ、オレグ、そしておれは、彼らがかさぶたのあいだの血管を探し出し、驚くほど慣れた手際で注射するのを見ていた。

「ああ、凄い」一人が呻いた。

「ううう」もう一人も呻いた。

そして、動かなくなり、完全に静かになった。ロケットが宇宙空間へ飛び出し、通信が途絶えたときのようだった。だが、すでに彼らの目にエクスタシーを見てとることができた——ヒューストン、異状なし。彼らが地上に戻ったとき、あたりは暗くなっていた。旅《トリップ》は五時間以上つづいた。通常のヘロインのトリップの二倍の長さだった。被験者は異口同音にこう言った——こんな凄い経験は初めてだ。もっとくれ、残りを全部、いますぐ、お願いだ。そして、よろよろとおれたちに向かってきた。「スリラー」のミュージックビデオのゾンビのように。おれたちは大笑いしながら逃げ出した。

三十分後、リハーサル室のマットレスに坐って、おれは考えた。普通、ジャンキーが一回で使うのは、通りで売られているヘロインなら四分の一《クォーター》グラムだ。だが、オスロで最も筋金入りのジャンキーたちが、そのさらに四分の一で、初めてやるのと同じぐらいハイになっちまった！　あの男がくれたのは混じりもののまったくないドラッグだった。しかし、正体は何だ？　見た目も、匂いも、手触りもヘロインだが、あれだけの少ない量で五時間もトリップできるのはどういうことなんだ？　正体はわからないが、金脈にぶち当たったのは間違いない。一グラム当たり八百クローネ、三倍に薄めて千四百で売ればいい。一日に五十グラム売れば、三万がポケットにそのまま飛び込んでくる。おれのポケットに、オレグのポケットに、そして、イレーネのポケットに。

おれは事業計画を二人に提示し、数字を説明した。

二人は顔を見合わせたが、おれが期待したほど乗り気ではないようだった。

「だけど、ドバイが……」オレグが言った。

その懸念を打ち消そうと、おれは二人に嘘をついた――あの爺《じい》さんのことなら、騙さない限り危険はない。神に出会ったとか何とか適当な理由をでっち上げて、やめるつもりだと言えばいい。そして、ほとぼりが冷めたら、自分たちだけで小さな商売を始めるんだ。

二人がまた顔を見合わせた。そのとき、おれは不意に気がついた――何かが起ころうとしている。おれが気づいていなかった何かが。

「あの……」オレグが言った。目が泳いでいた。「イレーネとおれは、おれたちは……」

「おまえたちがどうしたんだ?」

オレグは毛虫のようにもじもじと身をくねらせていたが、結局イレーネに目顔で助けを求めた。

「オレグとわたしは一緒に住むことにしたの」イレーネが言った。「わたしたち、お金を貯めて、ベーレルにアパートを借りたの。夏までは仕事をするけど、そのあとは……」

「そのあとは?」

「学校をきちんと卒業して」オレグが言った。「大学へ行く」

「法学部よ」イレーネが言った。「オレグはとても成績がいいの」そして、薄い笑みを浮かべた。馬鹿なことを言ったと思ったときに浮かべる種類の笑みだったが、いつもは白い頬が喜びで赤く火照っていた。

おれに知られないよう、二人で組んでこそこそ立ち回っていやがったのか! どうして気づかなかったんだろう?

「法学部だって?」おれはビニール袋を開けた。まだ一グラム以上残っていた。「司法機関に入りたいやつが行くところじゃないのか?」

二人とも答えなかった。

おれはコーンフレークを食べるときに使っているスプーンを見つけ、腿で拭いた。

「何をするつもりなんだ?」オレグが訊いた。

「お祝いだよ」おれは答え、粉をスプーンに載せた。「それに、爺さんに推薦する前に自分たちで商品を試さないとな」

「じゃ、いいのね？」イレーネが安堵の声で叫んだ。「三人がこれまでどおりでいられるのね？」

「もちろんだよ、愛しい人」おれはスプーンの底をライターの火で炙《あぶ》った。「これはきみの分だ、イレーネ」

「わたしの？　でも、わたし――」

「おれのためにやってくれよ、妹だろ」おれは笑顔で彼女を見た。その笑顔は、彼女が抵抗できないとわかっている笑顔で、おれがそう自覚していると彼女も知っている笑顔だった。

「一人でハイになってもつまらないだろ。何だか寂しいじゃないか」

スプーンのなかで粉が溶けて泡立ちはじめた。丸めたコットンがなかったから、煙草のフィルターを外して濾過しようかと考えたが、溶けた粉はそんな必要がないほどきれいで、粘り気まであった。だから、そのまま数秒冷やして注射器に吸い上げた。

「グスト……」オレグが何か言おうとした。

「過剰摂取しないよう、用心しないとな。たっぷり三人分あるから、おまえもやっていいんだぞ、友だちだろ？　それとも、見ているだけのほうがいいか？」

顔を上げるまでもなかった。あいつのことならよくわかっていた。純粋な心を持ち、恋をすると何も見えなくなり、マストのてっぺんから十五メートル下のオスロ・フィヨルドへ飛び込む勇気という鎧《よろい》を着た男だ。

「いいだろう」オレグが袖をまくりはじめた。「仲間に入れてもらおう」

同じ錨が、今度はやつを水底まで沈ませ、鼠のように溺れさせせるんだ。


ドアを叩く音で目が覚めた。おれの頭は作業中の炭鉱のようで、片目を開けるのすら恐ろしかった。朝の光が窓に打ち付けられた板の割れ目から射し込んでいた。イレーネはマットレスに横になっていた。オレグのプーマのスニーカー、〈スピードキャット〉が、二台のアンプのあいだから突き出ていた。だれだか知らないが、ドアに対して手ではなく足を使いはじめたのがわかった。

おれは起き上がってよろよろとドアのほうへ向かいながら、バンドが練習するという連絡があったかどうかを思い出そうとした。ドアを開けた瞬間、本能的に足をドアに当てて押し戻そうとした。が、無駄だった。後ろへ突き飛ばされ、ドラムの上にひっくり返ってしまった。凄い音がした。シンバル・スタンドとスネア・ドラムを押しのけて見上げると、愛しの血のつながらない兄、ステインの顔があった。

〝愛しの〟は削除だ。

ステインは大きくなっていたが、空軍の髪型と憎悪に満ちた冷ややかな目は変わっていなかった。口を開けて何かを言うのは見えたが、おれの耳のなかではシンバルの音がまだ鳴り響いていた。おれは反射的に手を顔の前に突き出し、近づいてくるステインから自分を護ろうとした。しかし、彼はおれの前を突っ切り、ドラムを飛び越えて、マットレスの上のイレーネのところへ行った。彼女は腕をつかまれ、引きずり起こされて、小さな悲鳴を上げた。

　ステインが妹をしっかりつかまえたまま、さして多くもない彼女の私物をナップサックに押し込んでいった。ドアまで引っ張って行かれたときには、彼女はすでに抵抗を諦めていた。

「ステイン……」おれは何か言おうとした。

　ステインがドアの前で足を止め、待ち受けるようにしておれを見た。だが、おれにはつづけるべき言葉がなかった。

「おまえはこの家族にもう充分なダメージを与えただろう」ステインが言った。

　そして、鉄のドアを叩きつけるように閉めた。空気が震えた。オレグがアンプのあいだから顔を突き出して何かを言ったが、おれの耳はいまだに聞こえないままだった。


　おれは煖炉を背にして立っていて、その熱さで皮膚が火照るのを感じていた。部屋のなかにある明かりは、その炎と古いテーブルランプだけだった。老人は革張りの椅子に坐り、おれたちがシッペル通りからリムジンで連れてきた男を値踏みしていた。男はいまも全天候型のジャケットを着ていて、アンドレイが後ろに回って目隠しを取ってやった。

「では」老人が口を開いた。「私がたっぷり耳にしてきたこの品物を供給しているのはおまえなんだな」

「そうだ」男が答え、眼鏡をかけると、目を細くしてあたりを見回した。

「その品物はどこからきているんだ？」

「おれがここにいるのは、それを売るためであって、情報を提供するためじゃない」

老人は親指と人差し指で顎を撫でた。「そういうことなら、この取引に興味はない。このゲームでは、盗品を引き受けたら必ず最後は死人が出る。死体は厄介ごとになるだけで、いいことは一つもない」

「これは盗品じゃない」

「敢《あ》えて教えてやるが、われわれは供給ルートについてはかなりの目配りをしている。これまでに、この品物を見た者はいない。だから繰り返すが、われわれにとばっちりがこないと確信できるまでは、私は何も買わない」

「おれが目隠しをされてまでここへくることにしたのは、慎重さが必要だということをわかっているからだ。あんたがその意味を理解できればいいんだがな」

男は暑さでレンズの曇った眼鏡をそのままかけつづけた。リムジンのなかでアンドレイとピョートルが男の身体検査をする間、おれは目を、身振りを、声を、手を観察した。孤独しか見つからなかった。でぶでぶすのガールフレンドはいない、いるのはこの男だけ、あるのは素晴らしいドラッグだけだった。

「もしかしたら、あんたは警察官かもしれない」老人が言った。

「こうなのにか？」男が片方の脚を指さした。

「あんたが品物を輸入しているのなら、いままであんたのことがわれわれの耳に入らなかったのはなぜだろうな？」

「それはおれが新参者だからだ。おれには前科がないし、おれのことを知っている者は警察にもこの業界にもいない。おれはいわゆるまっとうな仕事を持っていて、これまでは尋常な生活をしていたんだ」男が慎重に顔を歪めたが、それはたぶん笑みだとおれは気がついた。「尋常でないほど尋常な生活、と言う者もいるかもしれないけどな」

「ふむ」老人は繰り返し顎を撫でつづけ、そのあとおれの手をつかんで椅子の横へ引き寄せると、隣りに立たせて男の顔を見させた。

「私が何を考えているかわかるか、グスト？　彼がこの品物を自分で作ったと考えているんだ。おまえはどう思う？」

　おれは慎重に考えて答えた。「そうかもしれません」

「なあ、グスト、人は化学の天才である必要はないんだ。阿片《オピウム》をモルヒネに変え、さらにヘロインに変える方法は、ネットが詳しく教えてくれる。生の阿片が十キロあるとしようか。そこに煮沸器具と冷蔵庫、少量のメタノールと扇風機が揃っていたら、あら不思議、八・五キロのヘロインの結晶の出来上がりだ。それを薄めて、その一・二キロ分を通りで売るんだ」

　全天候型ジャケットの男が咳払いをした。「もう少し手がかかるけどな」

「問題は」老人が言った。「阿片をどうやって手に入れるかだ」

　男が首を横に振った。

「なるほど」老人がおれの腕の内側を撫でながら言った。「阿片製剤《オピエイト》じゃなくて、阿片《オピ》様合成麻薬《オイド》か」

男は答えなかった。

「彼が言ったことを聞いたか、グスト?」老人が男を指さした。「彼が製造しているのは百パーセント人工合成のドラッグだ。自然の助けもアフガニスタンの助けも必要ない。単純な化学反応を使って、キッチン・テーブルですべてを作るんだ。それだと最初から最後まで自分の目が行き届くし、危ない橋を渡って密輸しないですむ。そして、少なくともヘロインと同じぐらいの効果を持つ。われわれは頭のいい男を仲間にしたぞ、グスト。そういう種類の冒険心には敬意を払わないとな」

「敬意、ですか?」おれはもごもごとつぶやいた。

「どのぐらいの量を作れる?」

「そのときの条件によるが、週に二キロかな」

「それを全量引き受けよう」老人は言った。

「全量?」その声は平板で、本心からの驚きは含まれていなかった。

「ああ、あんたが作ったもの全部だ。そして、事業の提案をさせてもらってもいいかな、ヘル……」

「イプセン」

「イプセン?」

「まずいか?」

「いや、全然かまわんよ。彼は偉大な芸術家だ。私としてはあんたを共同経営者と考えたいんだ、ヘル・イプセン。垂直的統合ってやつだよ。二人でマーケットを支配し、価格を設定する。どうだ？」

イプセンが首を横に振った。

老人は首をかしげ、唇の薄い口元に笑みを浮かべて訊いた。「なぜだ、ヘル・イプセン？」

小男の背筋が伸びた。オールシーズン着られるだぶだぶの、世界でだれよりも退屈な人用のジャケットのなかで、大きくなったかのようだった。「あんたに専売権を与えたら、ヘル……」

老人が両手の指を合わせた。「私のことは好きなように呼んでくれてかまわないよ、ヘル・イプセン」

「おれとしては買い手を一人に限定したくないんだ、ヘル・ドバイ。危なっかしすぎるからな。それに、あんたが強引に価格を下げることが可能になる。一方で、買い手の数をあまり増やしたくもない。警察の手がおれのところまで伸びてくる危険性が高くなるからな。おれがあんたのところへきたのは、あんたは目に見えないと言われているからだ。だが、おれはあんたのほかにもう一人買い手が欲しい。それで、もうロス・ロボスと接触した。わかってもらえるといいんだがな」

老人が機関車が蒸気を吐き出すように笑った。「よく聞いて憶えておけ、グスト。この御仁は薬剤師であるだけじゃなくて実業家でもあるぞ。そういうことなら、ヘル・イプセン、いいだろう」

「価格だが……」

「あんたの言い値でかまわない。いずれわかるだろうが、ヘル・イプセン、この業界では値段のことで押し問答して時間を無駄にはしないんだ。人生は短く、死はすぐそこにある。今度の火曜に最初の品物を持ってきてもらうということでいいかな？」

部屋を出ていく途中で、老人が手助けを求めるような仕草をした。彼の爪がおれの腕を引っ掻いた。

「輸出についてはどう考えているんだ、ヘル・イプセン？　いいかな、ノルウェーからのドラッグの輸出について、当局は何もチェックしていないんだがね？」

イプセンは答えなかった。だが、おれはそれが見えた。彼が欲しがっているものが。変形足の男が片足に体重をかけて立っているとき、薄くなりはじめた頭髪の下の額に滲《にじ》んで光っている汗のなかにそれを見た。曇りが取れた眼鏡の向こうの目に、シッペル通りで見たのと同じきらめきがあった。見返りだよ、父さん。彼は見返りが欲しかったんだ。それはいままで受け取ったことのないもの――尊敬、愛、賞賛、受容、金では買えないはずのすべてだ。もちろん買えるんだけどね。そうじゃないか、父さん？　人生は自分だけのものだ。だけど、ときとして自分で自分の借金を取り立てなくちゃならなくなる。そのせいで地獄の業火に焼かれなくちゃならないのなら、天国にはほとんど住人がいなくなる。そうじゃないか、父さん？

ハリーは道路の脇に坐って眺めていた。滑走路へ向かってタキシングしていく飛行機を、滑走路からタキシングして戻ってくる飛行機を。

十八時間後には上海にいるはずだった。

ハリーは上海がとても気に入っていた。食べ物も、黄浦江《ファンプー》沿いに外灘《バンド》を和平飯店へ歩くのも好きだった。オールド・ジャズ・バーで昔のジャズ・ミュージシャン独特の奏法のスタンダードを聴くのも、彼らがそこで一九四九年の革命以来、はっきりわかる休みなしに演奏をつづけていたのだと考えるのも好きだった。上海が好きだった。上海にあるものが好きだった、ないものも好きだった。だが無視していた。

無視できる能力。それは素晴らしい性質だが、ハリーは生まれついてそれを賦与されておらず、この三年で訓練して獲得したのだった。必要がないなら壁に頭を打ちつけないことだ。

実際のところ、きみの福音信仰はどのぐらい揺るぎないものなんだ？　きみも懐疑主義者なんじゃないのか？

十八時間後には上海だ。

十八時間後には上海にいられるだろうか？

くそ。

彼女が二度目の呼出し音で電話に出た。

「何の用？」

「今度は切らないでくれよ、いいな?」

「こうして話してるじゃないの」

「聴いてくれ、きみはあのニルス・クリスティアンにどのぐらいの影響力を持っているんだ?」

「ハンス・クリスティアンよ」

「ぼくが信じられないぐらい馬鹿げたことをするから、それを手助けしてくれときみが頼んだら、一も二もなくうんと言うぐらいか?」

13

一晩じゅう、雨が降っていた。ハリーはボーツェン、オスロ管区刑務所の前に立っていた。そこから見える公園は、落ちたばかりの葉が何層にも重なって、まるで濡れた黄色い防水シートに覆われているようだった。空港からラケルの家へ直行したあと、あまり眠っていなかった。ハンス・クリスティアンがきていたが、さして抵抗もせずに帰っていった。ラケルと二人でお茶を飲んでから、オレグの話をした。以前はどんなふうだったか、いまはどんなふうか。だが、どんなふうになる可能性があったかは話さなかった。ラケルは早い時間に、オレグの部屋で寝てもいいと言ってくれた。ハリーはオレグのベッドに入る前に、彼のコンピューターを使って探し物を見つけた。イェーテボリ港のオールヴスボルグ橋の下で死体で見つかった警察官の、昔の記事。それでカトーが話してくれたことが事実だとわかった。さらに、常に扇情的な〈ヨーテボルグス・ティーニンゲン〉紙の記事を見つけた。死んだ男は、犯罪者が自分に不利な証拠を消すために利用する人物だと定義されるバーナーだったという噂が載っていた。ほんの二時間前、ラケルが熱いコーヒーとささやきで起こしてくれた。彼女は常にそうだった。ささやきでオレグとハリーに一日を始めさせるのだ。そのほうが夢から現実への移行が穏やかであるかのように。

ハリーは監視カメラを覗くと、ブザーが低い音で鳴るのを聞いてドアを押し開け、素速くなかに入った。そして、みんなにわかるようにブリーフケースを掲げ、傷のないほうの頰が見えるように顔を横に向けながら、IDカードをカウンターに置いた。

「ハンス・クリスティアン・シモンセン……」刑務官が顔を上げずにつぶやき、彼女の前のリストに目を走らせた。「ああ、ありました。オレグ・ファウケに接見ですね」

「そうだ」ハリーは言った。

別の刑務官にともなわれて通路を抜け、刑務所の中央の開放式の柱廊を渡った。この秋はずいぶん暑かったとか、新しいドアを開けるときは鍵を探し出すのが面倒だとか刑務官が話すのを聞きながら休憩室を突っ切っていると、卓球台の上に二本のラケットと、ページを開いたままの本が一冊置いてあるのが見えた。キチネットには全粒粉パンが一切れとパン切りナイフ、様々な種類のパンに塗るものが出しっぱなしになっていた。が、収容者の姿はなかった。

白いドアの前で足を止め、刑務官が鍵を開けた。

「いつもこの時間はドアが開いているんじゃなかったかな」ハリーは言った。

「ほかはそうなんですが、この収容者は再勾留でしてね」刑務官が言った。「外へ出られるのは一日に一時間だけなんです」

「だったら、ほかの収容者はどこにいるのかな?」

「さあ、どこでしょう。またテレビでアダルト・チャンネルでも観ているんじゃないですか」

ハリーはなかに入るとドアのそばに立ち、刑務官の足音が聞こえなくなるのを待った。留置房は普通の種類で、三平方メートル、寝台と戸棚、机と椅子、本棚とテレビがあった。机に向かっていたオレグが、顔を上げて驚いた。

「おれに会いたかったんだろ」ハリーは言った。

「面会は認められていないんじゃなかったかな」オレグが言った。

「これは面会じゃない。被告側弁護人の接見だ」

「被告側弁護人？」

ハリーはうなずいた。そういうことか、とオレグの目が言っていた。賢い子だ。

「でも、どうやって……」

「おまえがやったと疑われているタイプの殺人は、重警備刑務所の適用外だ。だから、そんなに難しくないんだよ」ハリーはブリーフケースから白いゲームボーイを取り出してオレグに放った。「ほら」

オレグがディスプレイを撫でた。「どこで見つけたの？」

ハリーはオレグの硬い顔に笑みらしきものが浮かぶのが見えたような気がした。「バッテリー付きのビンテージ・モデルだ。香港で見つけた。今度会ったときにテトリスで勝負して、おまえをやっつけてやろうと思ってな」

「ぼくがあんたにやっつけられるなんてあり得ないね！」オレグが笑った。「ゲームでも、潜水でも」

「あれはフログネルのプールだったかな？　確かおれが一メートル前にいた――」

「それを言うなら、一メートル後ろだよ。お母さんが証人だ」

ハリーは何も壊さないようにじっと坐って、オレグの明るい顔を見る喜びに浸った。

「それで、おれに話したいこととは何だ、オレグ？」

オレグの顔にふたたび雲がかかり、ゲームボーイをいじって、裏返してはまた裏返した。まるで電源スイッチを探しているかのようだった。

「必要なだけ時間をかけていいぞ、オレグ。だが、最初から始めるのが一番簡単な場合がしばしばある」

オレグが顔を上げてハリーを見た。「信用して大丈夫かな？　何があっても？」

ハリーは口を開こうとして思い直し、うなずくにとどめた。

「ぼくのために手に入れてもらわなくちゃならないものがあるんだ……」

ハリーは心臓にナイフを突き立てられて捻《ひね》り上げられたような気がした。その先に何がつづくかはわかっていた。

「ここで手に入るのはヘロインとスピードだけだ。でも、ぼくはバイオリンが必要なんだ。助けてもらえるかな、ハリー？」

「それがおれに会いたかった理由か？」

「面会禁止を出し抜けるのはあんただけだ」オレグが重苦しい暗い目でハリーを見つめた。片方の目の下が小さく痙攣《けいれん》し、必死だということを露わにしていた。

「おれにそんなことができないのは知ってるだろう、オレグ」

「もちろん、できるさ！」その声が留置房の壁に強く、甲高く響いた。

「おまえに売らせていた連中はどうなんだ——そいつらがなんとかできないのか？」

「売る？　何を？」

「ごまかすんじゃない！」ハリーはブリーフケースの蓋を殴りつけた。「ヴァッレ・ホーヴィンのおまえのロッカーにアーセナルのレプリカ・ユニフォームがあったぞ」

「こじ開けたのか……？」

「これも見つけた」ハリーは家族写真を机に立てかけた。「この写真の少女だが——いま、どこにいるか知ってるか？」

「だれだ……？」

「イレーネ・ハンセン。おまえのガールフレンドだ」

「どうして……？」

「〈灯台〉で一緒にいるところを見られてる。さらに、ロッカーには香水の匂いのするセーターと、二人分のジャンキー・キットが一組あった。麻薬を分かち合うのは、夫婦が一緒に寝るより親密なんじゃないか？　それに、おまえのお母さんが教えてくれたしな。おまえたちが一緒にいるところを街で見かけたって、幸せな馬鹿みたいだったたってな。おれの診断では、恋の病だな」

　オレグの喉仏が上下した。

「どうなんだ？」ハリーは訊いた。

「彼女がどこにいるかなんて知らないよ！　いいかい？　いきなり消えてしまったんだ。兄貴がまた連れ戻しにきたのかもしれない。どこかの矯正施設にいるのかもしれないし、飛行機でこのろくでもない生活から脱出したのかもしれない」

「あるいは、もっと悪いことになっているかもしれない」ハリーは言った。「最後に彼女に会ったのはいつだ？」

「憶えてない」

「おまえはその時間まで憶えてるよ」

　オレグが目を閉じた。「百二十二日前だ。グストが殺されるはるか前だよ。それがこの件と何か関係があるのか？」

「これですべてが嵌《は》まるところへ嵌まったぞ、オレグ。人殺しはシロイルカだ。行方不明者はシロイルカだ。シロイルカを二度見たら、それは同じシロイルカなんだ。ドバイについて何か知ってることはないか？」

「アラブ首長国連邦の大都市だけれども、首都ではなくて――」

「おまえがあいつらをかばう理由は何だ、オレグ？　おれに話せないことは何なんだ？」

　オレグがゲームボーイの電源スイッチを見つけて左右に動かしたあと、裏のバッテリー・

カバーを外した。そして、机の横の金属のごみ箱の蓋を開けてバッテリーを捨て、ゲームボーイの本体をハリーに放って返した。

「死んだ」

ハリーはゲームボーイを見つめ、ポケットに入れた。

「バイオリンを持ってきてくれないんなら、あいつらが持っている薄めたやつをやるしかない。聞いたことがあるだろう、フェンタニルとヘロインだよ」

「フェンタニルは過剰摂取死の元だぞ、オレグ」

「そうとも。だから、そのときは母さんに言うんだな、自分のせいだって」

ハリーは応えなかった。オレグの挑発はあまりに哀れで腹も立たず、両腕で包んでしっかり抱き締めてやりたくなっただけだった。目にこみ上げる涙を見るまでもなく、オレグは心身ともにあがいていた。彼の飢えの苦しみ——肉体的な苦しみ——が、ハリーは手に取るようにわかった。そして、そこにはそれしかない。倫理も、愛も、思慮もない。快感と恍惚と平安を求める、猛烈で果てしない欲望があるだけだ。ハリーはこれまでに一度だけ、ヘロインの注射を受け容れる寸前まで行ったことがあった。だが、運よく一瞬頭がはっきりしてくれたおかげで、そうならずにすんだ。アルコールはまだそれに——ハリーを殺すことに——成功していないが、ヘロインは成功するという確信のおかげだったのかもしれない。あるいは、その恍惚感を凌駕《りょうが》する経験がなく、想像もできなかったがゆえに最初の一回で虜《とりこ》になってしまったという話をしてくれた娘のおかげかもしれなかった。あるいはまた、いったん身体と頭をきれいにするために矯正施設に入ったウップサールの友人のおかげかもしれなかった。彼がそこに入ったのは、心身ともにすっきりして出てきたあとで一発やれば、最初のときと同じ効き目が期待できるのではないかと考えたからだった。彼はこうも言っていた――生後三カ月の息子の腿の予防接種の痕を見たとき、自分は泣き出した。なぜなら、それが引鉄になって薬物が欲しくてたまらなくなり、すべてを犠牲にして病院からプラータへ直行してしまったからだ、と。

「取引をしよう」ハリーは言った。自分の声が掠れているのがわかった。「おれはおまえの欲しいものを手に入れてやる、おまえは知っていることをすべて話す、どうだ?」

「いいじゃないか!」オレグが言った。ハリーはオレグの瞳孔が開くのを見た。重度のヘロイン使用者のなかには、注射針が血管に刺さる前に脳のある部分が活動しはじめ、溶かした粉が血管に入っているあいだに早くもハイになる者がいると、何かで読んだことがあった。いま話しているのはオレグの脳のその部分であり、それが本当であれ嘘であれ、「いいじゃないか!」という答え以外発しないこともわかっていた。

「だが、それを通りで買うことはしたくない」ハリーは言った。「隠し場所にバイオリンはないのか?」

オレグが一瞬ためらったように見えた。「隠し場所へはもう行ったんだろう」

ハリーはふたたび思い出したが、ヘロインの使用者に聖域はないというのは嘘で、隠し場所は聖域だった。

「いい加減にしろよ、オレグ。おまえのことだ、ほかのジャンキーが近づけるところにドラッグを隠しているはずがないじゃないか。もう一つの隠し場所はどこだ。予備の隠し場所は？」

「予備の隠し場所なんかない」

「おまえのものを失敬するつもりはないんだ」

「ほかに隠し場所なんかない——そう言ってるだろう！」

嘘だとハリーはわかっていたが、それは重要ではなかった。そこにバイオリンがないことを示しているだけだった。

「明日、またくる」ハリーは立ち上がり、ドアをノックして待った。だが、だれもやってこなかった。結局、自分で取っ手を回してみることになった。ドアが開いた。確かにここは重警備刑務所ではなかった。

ハリーはきた道を引き返した。通路にも、休憩室にもだれもいなかった。食料はそこにそのまま置いてあったが、パン切りナイフは片付けられていた。通路を歩きつづけてドアを開け、その区画を出て柱廊に入った。驚いたことに、そこも開いていた。

鍵がかかっていたのは受付へつづくドアだけだった。ガラスの向こうの刑務官にその事実を告げると、彼女は片眉を上げ、頭上のモニターを一瞥した。「いずれにしても、ここから先へはだれも行けませんよ」

「私を別にして、ならいいんだがね」

「はい？」

「何でもない」

百メートル近くを歩いて公園を抜け、グレンランスレイレへと向かっているときに閃《ひらめ》いた。だれもいない部屋、開け放しのドア、パン切りナイフ。ハリーは凍りついた。心臓が凄まじい速さで打ちはじめ、頭がくらくらした。鳥の啼き声が聞こえた。草の匂いがした。ハリーはいきなり向きを変え、刑務所へと走り出した。恐怖で口が乾き、心臓が全身にアドレナリンを送り出した。

14

バイオリンはろくでもない小惑星のようにオスロに衝突した。オレグはおれに、隕石と流れ星と、おれたちの頭にいつぶつかってもおかしくないほかのすべてのものとの違いを説明してくれた。そして、これは地球をぺしゃんこにしかねない、巨大で醜い小惑星……くそ、おれが何を言っているかはわかるよな、父さん——笑わないでくれ。おれたちは八分の一グラムを、四分の一グラムを、一グラムを、そして、五グラムを、朝から晩まで売っていた。ダウンタウンは天地がひっくり返った。おれたちは値段を上げた。行列はさらに長くなった。またもや値段を上げた。行列の長さは相変わらずだった。もう一度値段を上げた。地獄の蓋が開いたのはそのときだった。

コソボ系アルバニア人のギャングどもが、証券取引所の裏で、おれたちのチームに強奪を働いた。エストニア人の二人の兄弟が見張りなしで商売をしているところを野球のバットとブラスナックルで襲い、金とドラッグを奪って、二人の腰を砕いてくれた。二日後の夜、ベトナム人のギャングがプリンセンス通りを襲った。アンドレイとピョートルがその日の売り上げを回収する十分前だ。標的はドラッグ担当の男で、金担当も見張り担当もそれに気づきもしなかった。「さあ、それで?」というような感じになった。

その疑問への答えは二日後に出た。

朝の早いオスロの勤め人が仕事に向かう途中、東洋人らしき男がサンネル橋から逆さまに吊るされているところを目撃することになった。男の服装はまともじゃなく、拘束衣を着せられ、猿轡《さるぐつわ》を嚙まされていた。足首に巻かれたロープは男の頭がぎりぎり水面下になる長さで、少なくとも腹筋が力尽きたら、水面の上に顔を出していることは不可能だった。

同じ日の夜、アンドレイはおれとオレグに拳銃を渡してくれた。ロシア製の拳銃だった。アンドレイはロシアのものしか信用しなかった。ロシアの煙草を喫い、ロシアの携帯電話を使う。これは冗談でも何でもないんだ、父さん。〈グレッソ〉だよ。アフリカン・ブラックウッドで作られている、高級で高価な携帯電話だ。もちろん防水仕様で、信号を出さないから、警察が追跡できない。そして、拳銃も絶対にロシア製だ。〈オデッサ〉ってブランドで、〈スチェッキン〉の廉価版だって、アンドレイはおれたちがその二つのブランドについて何でも知っているかのように説明してくれたよ。とにかく、オデッサのいいところは連射ができることなんだ。アンドレイもピョートルも、ほかの何人かも、みんな使っているマカロフ弾の九ミリ×十八ミリ弾を弾倉に二十発収められる。アンドレイはおれたちに弾薬箱を渡し、装塡の仕方、安全装置のかけ方、不格好なその拳銃の撃ち方を教えてくれた。しっかり握って、自分で思っているより少し下を狙わなくちゃ駄目だ。大概の者は頭を狙うことを考えるが、そうではなくて、その下のどこでもいいから上半身を狙うんだ。〝C〟の横のレバーを捻れば連射ができるようになる。引鉄にちょっと力を加えただけで、三発から四発が発射される。だが、十中八九、拳銃を見せるだけで充分だ。それは保証してやる。アンドレイが帰ったあと、オレグが言った――フー・ファイターズのCDジャケットの拳銃みたいだけど、おれはだれも撃つつもりはない。おれもおまえもごみ箱に捨てたほうがいい。それなら、とおれは応えた。おまえのもおれが持っていてやるよ。

新聞は大騒ぎしていた。ギャングの抗争だ、通りで血が流れる、まるでロサンジェルスだ、などなど。野党の政治家たちは対犯罪政策の失敗、対薬物政策の失敗、市議会議長の失敗、市議会の失敗を言い立てた。中央党の頭のおかしいある議員は、こんなことを言っていた――オスロは失敗した街であり、地図から消してしまうべきである、なぜなら国の恥なのだから。攻撃の矢面に立たされたのはオスロ警察の本部長だったが、案の定、あるソマリア人が真っ昼間に、プラータの近くで親類を二人、至近距離から射殺し、しかしだれも逮捕されなかったとき、オルグクリムの部長が辞表を提出した。議会で社会福祉事業を担当している女――警察委員会の委員長でもあった――が、犯罪、薬物、警察は国が最優先すべき問題ではあるけれども、自分はオスロ市民が絶対安全に街を歩けるようにするのが自らの義務だと考えると言った。まあ、人気取りだ。その女の後ろに秘書が立っていた。おれの古い友だち、淫乱な熟女だ。いかにも真面目でビジネスライクな顔をしているけれども、おれには乗馬ズボンを足首まで下ろした好き者にしか見えなかった。

ある晩、アンドレイが早い時間に現われ、今日は仕事は終わりにして、一緒にブリンデルンへ行こうと言った。

アンドレイの運転する車が老人の屋敷の前をそのまま通り過ぎたとき、おれの頭にひどく嫌な考えが浮かびはじめた。が、幸いなことに、アンドレイは隣りの屋敷——もちろん、こちらも老人が所有していた——の前で車を止め、おれを連れてなかへ入った。その屋敷は外から見るほどがらんとはしていなかった。壁紙が剝がれはじめている壁とひび割れた窓枠を別にすれば、家具調度が整えられ、暖房がきいていた。老人は床から天井まである本棚を備えた部屋に坐っていて、例のクラシック風の音楽が床に置いてある大型スピーカーから流れていた。おれはその部屋に一つしかない椅子に腰を下ろし、アンドレイは退出してドアを閉めた。

「私のためにやってほしいことがあるんだ、グスト」老人が言い、おれの膝に手を置いた。

おれは閉じられたドアへ目を走らせた。

「いま、われわれは戦争をしている」老人が立ち上がり、本棚へ行って、染みのついた茶色のカバーの分厚い本を取り出した。「これはキリストが生まれる六百年前に書かれたものだ。私は中国語が読めないから、このフランス語版しか持っていない。二百年以上前に、ジャン・ジョセフ・マリー・アミオというイエズス会修道士が翻訳したものだ。オークションで、十九万で競り落とした。これは戦争で敵をいかにして欺くかを教えていて、戦争という領域で世界で最も引用されてもいる著作物だ。スターリン、ヒトラー、ブルース・リーの聖典でもあった。だけど、知ってるか？」老人がそれを本棚に戻し、別の一冊を手に取った。「私はこっちのほうが好みなんだ」そして、それをおれに放って寄越した。

薄くて、青いカバーが掛かっていて、新しく見えた。『チェス入門』というタイトルだった。

「セールで六十クローネだ」老人が言った。「われわれはチェスで王の入城《キャスリング》と呼ばれるやり方をする」

「キャスリング、ですか？」

「キングを横に動かして城《キャスル》と場所を入れ替え、守備を固める。同盟を形成するんだ」

「城とですか？」

「市庁舎を城と考えるんだ」

おれは考えた。

「市議会だ」老人が言った。「社会福祉事業を担当している女の議員に、イサベッレ・スケイエンという秘書がいる。市の対薬物政策を動かしているのは、事実上、その秘書だ。私の情報源に調べさせたが、彼女は非の打ち所がなかった。聡明で、手際がよくて、この上なく野心的だ。その情報源によれば、彼女がいまだに秘書に甘んじているのは、そのライフスタイルのせいで、新聞が目をつけて見出しにするのも時間の問題にすぎないからだそうだ。羽目を外して遊び、思ったことは何でもずばずば口にして、オスロの東と西に恋人がいるらしい」

「凄いですね」おれは言った。

老人が目でおれに警告してからつづけた。「彼女の父親は中央党のスポークスマンだったが、国政に参入しようとして弾き出された。情報源が言うには、イサベッレは父親の夢を引き継いでいて、社会党の人気が最も高いという理由で、父親が農業者と作った小さな党を離れた。要するに、イサベッレ・スケイエンはよく言えば柔軟で、自分の野心のためにはすべてをそれに合わせられるということだ。さらに言えば、独身で、家族の農場に借金は一切ない」

「それで、おれたちはこれからどうするんですか？」おれは自分がバイオリンの管理責任者の一人ででもあるかのようにして訊いた。

なかなか魅力的な発言だとでもいうような笑みを老人が浮かべた。「彼女を脅して交渉のテーブルに着かせ、同盟を組むよう誘う。その脅しを、グスト、おまえにやってもらう。おまえはいま、そのためにここにいるんだ」

「おれがですか？　おれが女政治家を脅すんですか？」

「そのとおりだ。おまえがやった女政治家だよ、グスト。自分の地位と立場を利用し、かなりの社会的問題を抱えているティーンエイジャーを性的に搾取している議会の雇われ人だ」

最初、おれは自分の耳を疑ったが、それは老人がジャケットから写真を取り出し、おれの前のテーブルに置くまでだった。車のスモークガラス越しに撮影されたかのようで、一人の若者がトルブー通りでランドローバーに乗り込むところが写っていた。ナンバープレートも読み取ることができた。若者はおれで、車はイサベッレ・スケイエンのものだった。

背筋を寒気が走った。「どうして知っているんだ……?」

「私の可愛いグスト、私は常におまえを見ていると言っただろう。おまえにやってほしいのは、直通番号——知らないはずはないよな——でイサベッレ・スケイエンと接触し、メディアにリークする準備はできているという、いま私がおまえに教えた物語を伝えることだ。そして、私とおまえと三人で極秘に会いたいと頼むんだ」

老人が窓のところへ行き、その向こうのどんよりとした空を見た。

「彼女は必ず時間を取ってくれるはずだ」

15

香港の三年間で、ハリーはこれまでの人生のすべてを合わせたより多く走っていた。それでも刑務所の入口までの九十メートルに十三秒かかり、その間、いくつもの筋書きが頭に浮かびつづけた。テーマは同じだった――手後れだ。

ベルを鳴らして待つあいだ、ドアを揺さぶりたい誘惑を何とか抑えた。ようやくブザーが鳴り、受付へ走った。

「忘れ物ですか」刑務官が訊いた。

「そうだ」ハリーは答え、鍵のかかったドアを通してくれるのを待った。「警報を鳴らしてくれ！」そう叫ぶと、ブリーフケースを捨てて走った。「オレグ・ファウケの留置房だ」

足音が人気のない柱廊に、がらんとした通路に、人も物もなさすぎる休憩室に谺した。息は切れていなかったが、頭のなかでは吐く息吸う息が唸りを上げていた。

オレグの絶叫が聞こえたのは、最後の通路を出たときだった。留置房のドアが半分開いていて、そこへたどり着くまでの数秒は、足が充分に速く動いてくれないように感じられた。悪夢を見ているときのように、雪崩から逃げているときのように。

留置房に飛び込んだ瞬間、ハリーは状況を理解した。

机が横倒しになり、紙と本が床に散らばっていた。部屋の奥でオレグが戸棚を背にして立っていた。黒のスレイヤーのTシャツが血に濡れていた。ごみ箱の金属の蓋を自分の前にかざして、口を開き、絶叫を繰り返していた。手前に〈ジム・テック〉のタンクトップの背中が見え、その上に汗に濡れたがっちりと太い首があり、その上にてかてか光る頭蓋があり、さらにその上にパン切りナイフを握った手が高々とかざされていた。ナイフがごみ箱の蓋を打ち、金属と金属がぶつかる音が響いた。部屋の明かりの変化に気づいたに違いなく、次の瞬間、男がくるりと身体を回転させてハリーに向き直った。そして、ナイフを低い位置に下ろし、切っ先をハリーに向けた。

「出ていけ！」男が吼《ほ》えた。

ハリーはナイフを見ようとする誘惑を回避し、足に焦点を合わせた。男の後ろでは、オレグがずるずると床に滑り落ちていた。マーシャル・アーツの名人と較べると、ハリーの攻撃技は恨めしいほどに少なく、二つしかなかった。そして、ルールも二つしかなかった。一つ、ルールはない。二つ、先制攻撃あるのみ。動きは自動的で、その二つの技を覚え、練習し、繰り返してきた男のそれだった。ハリーは一歩前に出た。ナイフを使えるだけの距離を取るために、男は後退せざるを得なかった。男がナイフを突き出したときには、ハリーはすでに腰を捻り、右脚を上げていた。そして、ナイフを持った腕が伸び切るより早くハリーの足が振り下ろされ、男の膝頭の上にしたたかに命中した。人間の身体はそういう角度からの暴力に対して充分防御できるように作られていないから、すぐさま大腿四頭筋が抵抗できなくなり、膝関節の靭帯がそのあとにつづいたと思うと、膝蓋《しつがい》が脛骨《けいこつ》の前に押し下げられたために膝蓋腱も巻き添えを食った。

男が大声を上げて床に転がり、ナイフを捨てて両手で膝を押さえた。膝蓋骨がまったく別のところに移動していることに気づいて、その目が皿のように大きくなった。

ハリーはナイフを蹴飛ばすとふたたび足を上げ、教えられたとおり、敵の腿の筋肉を踏み潰し、二度と立てないようなひどい内出血を起こさせてとどめを刺そうとした。だが、その仕事はもう完了していると判断して、足を下ろした。

廊下をこっちへ走ってくる足音と、鍵束が鳴る音が聞こえた。

「こっちだ！」ハリーは叫び、悲鳴を上げている男をまたいでオレグのところへ行った。

ドアから息を切らした喘《あえ》ぎが聞こえた。

「そいつを連れ出して、医者を呼んでこい」ハリーは悲鳴に負けじと大声で言った。

「これはいったいどういうことだ——」

「いまはそんなことはどうでもいい——医者だ」ハリーはスレイヤーのＴシャツを引き裂き、出血している傷口を探した。「医者が診るのはこっちが先だぞ、そいつは膝をやられただけだ」

ハリーは悲鳴を上げている男が引きずられていく音を聞きながら、血塗れの両手でオレグの顔を挟んだ。

11月26日発売

チンギス紀 九 日《にち》輪《りん》

北方謙三

モンゴル族を統一し、ケレイト王国を滅ぼしたテムジン。ナイマン王国との戦いの最中にジャムカの奇襲に遭い、とっさに吹毛剣《すいもうけん》を抜くも、すさまじい斬撃を受けて落馬し……。ついに草原の王〝チンギス・カン〟が誕生する圧巻の第九巻！

本体1,600円
08-771737-2

るん（笑）

【電子書籍版も同時配信】

平熱は38度で、病気の原因はクスリを飲むこと…？
す…？　日本ＳＦ大賞を２度受賞した期待

「オレグ、聞こえるか？　オレグ？」

オレグが白目を剝いた。唇から漏れ出る言葉はほとんど聞き取れないぐらい小さかった。

ハリーは胸が締めつけられた。

「オレグ、大丈夫だ。急所は外れてるからな」

「ハリー——」

「もうすぐクリスマス・イブだ。あいつら、おまえにモルヒネをくれるぞ」

「黙れよ、ハリー」

ハリーは黙った。オレグが目を開けた。熱っぽい、必死の光があった。声は掠れていたが、いまははっきり聞き取ることができた。

「あいつに最後まで仕事をさせるべきだったんだ、ハリー」

「何の話だ？」

「ぼくにこれをさせなくちゃ駄目なんだよ」

「これとは何だ？」

答えはなかった。

「何をするんだ、オレグ？」

オレグがハリーの頭の後ろへ手を伸ばし、自分のほうへ引き寄せてささやいた。「あんたには止められないんだ、ハリー。すべてはもう始まっていて、走り出している。邪魔をしたら、もっと多くが死ぬことになる」

「だれが死ぬことになるんだ？」

「相手が大きすぎるよ、ハリー。あんたはそれに呑み込まれることになる。全員が呑み込まれるんだ」

「だれが死ぬんだ？　おまえはだれを護ってるんだ、オレグ？　イレーネか？」

オレグが目を閉じた。唇はほとんど動かなくなり、そしてまったく動かなくなった。十一歳のときみたいだ、とハリーは思った。長い一日のあとで眠りに落ちたばかりのオレグのようだ。そのとき、オレグが口を開いた。

「あんただよ、ハリー。あいつらはあんたを殺すつもりだ」


ハリーが刑務所を出たところへ、救急車が到着した。以前はどうだったかを考えた。以前のこの街はどうだったか、以前の自分の人生はどうだったか？　オレグのコンピューターを使ったとき、おれは〝サーディーン〟と〝ロシアン・アンカー・クラブ〟も探した。彼らの復活を示唆するようなものは何も見つからなかった。大体において、復活など望みすぎなのかもしれない。人生は多くを教えてくれるわけではないのかもしれない。教えてくれるとすればたった一つ、後戻りする道などないということだけだ。

ハリーは煙草に火をつけた。最初の一服をするより早く、脳はニコチンが血流に混じってくれるお祝いを始めていて、巻き戻されようとしている音が聞こえた。このあと、夕方から夜にかけて聞こえつづけるとわかっている音、留置房で最初にオレグの口から出た、ほとんど聞き取れないぐらいかすかな言葉が。

「お父さん」

第二部

16

母鼠は金属を舐めた。しょっぱかった。冷蔵庫がいきなり音を立てて彼女を驚かせた。教会の鐘はいまも鳴っていた。彼女は人間のジャケットの袖を駆け上がった。ぼんやりと煙の臭いがした。煙草の臭いでも、焚《た》き火の臭いでもなかった。衣服のなかにあった気体状の何かの臭いだったが、洗い落とされて、その衣服の深部の糸のあいだにわずかな空気分子が残っているだけだった。遠くから、警察車両のサイレンが聞こえた。

すべてはそういう小さな判断の積み重ねだったんだ、父さん。それらは重要じゃないとおれは思っていた。今日はここにあり、明日は行ってしまう、と。でも、積み重なるんだ。そして、そうとわかったときには川になっていて、人を押し流してしまう。川は人が行こうとしているところへ連れていく。そして、そこがおれの行こうとしているところだ。ろくでもない七月。だけど、おれは行きたくないよ、父さん。

おれたちが母屋のほうへ曲がると、イサベッレ・スケイエンが入口に立っていた。ぴっちりした乗馬ズボンを穿き、腰に手を当て両脚を大きく広げて。

「アンドレイ、おまえはここで待っていろ」老人が言った。「ピョートル、おまえは周辺を検めるんだ」

おれたちはリムジンを降りて牛小屋のほうへ、蠅の唸りのほうへ、遠くに聞こえるカウベルのほうへ歩き出した。彼女は老人としっかり握手をし、おれを無視して、なかでコーヒーを一杯どうかと言った。〝一杯〟は文字通りの〝一杯〟のようだった。

廊下に何頭もの最高血統の馬の写真、優勝カップの写真、何だかわからないものの写真が掛かっていた。老人は歩きながらその写真を見て、イギリスのサラブレッドかと訊き、細い脚と印象的な胸を褒めた。それは馬のことだろうか、彼女のことだろうか、とおれは訝った。しかし、それは功を奏した。イサベッレの表情が少し柔らかくなり、素っ気なさが減じた。

「話は居間でどうです」老人が言った。

「キッチンにしましょう」声に冷ややかさが戻っていた。

おれたちは腰を下ろし、彼女がコーヒーポットをテーブルの真ん中に置いた。

「われわれの分を注いでくれ、グスト」老人が言い、窓の向こうを見た。「いい農場ですね、フル・スケイエン」

「ここに〝フル〟はいません」

「私が育ったところでは、農場を経営できる女性はみな〝フル〟付きで呼ばれていたんです。未亡人だろうと、離婚していようと、未婚だろうとね。敬称だと思っていたんですがね」

そして、満面の笑みで彼女を見た。目と目が合い、二秒ほど音が消えて、のろまの蠅が外へ出ようとして窓にぶつかった音だけが聞こえた。

「ありがとうございます」彼女が言った。

「よかった。とりあえず、写真のことは忘れましょう、フル・スケイエン」

イサベッレが椅子の上で身体を強ばらせた。おれが電話をして、彼女とおれの写真をメディアに持ち込むことができるとほのめかしたとき、最初、彼女は笑い飛ばそうとした。確かにわたしは若い男を連れ込んでいる独り身の好き者よ——それが何なの？　わたしは市議会議員の一介の秘書にすぎず、ここはノルウェーよ。偽善行為はアメリカ大統領選挙では問題でしょうけど、ノルウェーではそうじゃないわ。それで、おれはレベルを一段階上げた。あんたは金を払ってる、おれはそれを証明できる。売春とドラッグは、あんたがあの女性議員の代理としてメディアで攻撃している問題だろう、違うか？

二分後、この会談の場所と時間が決まった。

「政治家の私生活について、メディアは遠慮なしに書きますからね」老人が言った。「しかし、今日の話はそういうことではなくて、仕事の提案なんですよ、フル・スケイエン。お互いの利益になるいい提案かもしれないし、もとより脅迫などではありません。どうでしょう？」

イサベッレが眉をひそめ、老人はにこやかに笑った。「仕事の提案と言っても、もちろん、金がらみを意味するものではありません——たとえこの農場の経営がうまくいっていないとしても、それでは贈賄になりかねない。私が申し出ようとしているのは、純粋に政治的な取引です。保証しますが、決して表に出ることはありません。しかし、市庁舎で毎日行なわれていることです。そして、それは市民の関心の向かう先でもある、そうですね？」

イサベッレはうなずいたが、警戒している様子は変わらなかった。

「これはあなたとわれわれのあいだだけに留めておかなくてはならない取引です、フル・スケイエン。この取引は、まずはこの街の利益になります。しかし、もしあなたに政治的野心があるのなら、あなた個人の利益にもなる可能性がある。私はそう見ています。この取引がうまくいけば、市庁舎の最高位への道がぐっと短縮されることはもちろんだし、国政への参加も言うまでもありません」

コーヒーを飲もうとしていた彼女の手が途中で止まった。

「道義に反することをあなたにお願いするなど、私は考えたこともありません、フル・スケイエン。われわれの共通の利益があるところを指し示して、正しいと私が考えていることをあなたにしてもらいたい、それだけです」

「正しいとあなたが考えていることをわたしがする？」

「市議会は難しい局面にさしかかっています。先月の不幸な抗争のはるか以前から、運営委員会の目標はオスロをヨーロッパ最悪の薬物の都市リストから外すことでした。あなたたちはドラッグ取引、若者の依存症、なかんずく過剰摂取死を削減することになっていた。いまのところ、その三つのうちの一つとして達成できていないようです。違いますか、フル・スケイエン？」

彼女は答えなかった。

「必要なのは、この問題を根こそぎきれいに解決するヒーロー、あるいは、ヒロインです」

イサベッッレがゆっくりとうなずいた。

「彼女がやらなくてはならないのは、ギャングとカルテルの一掃です」

イサベッッレが鼻を鳴らした。「ありがとうございます、でも、それはヨーロッパのすべての都市が試みていることです。でも、ギャングはすぐにまたはびこるようになるんです。雑草のようにね。需要があれば、必ず新たな供給が生まれるんです」

「そのとおり」老人が言った。「まさに雑草のようにね。見たところ、あなたはストロベリーを栽培しておられるようだが、フル・スケイエン、根覆《マルチ》いは使っているんですか？」

「ええ、ストロベリー・クローバーを使っています」

「そのマルチを提供しましょうか」老人が言った。「アーセナルのレプリカ・ユニフォームを着たストロベリー・クローバーを」

イサベッッレが老人を見た。彼女の強欲な頭脳が最高速度で働きはじめたのがわかった。老人は満足しているようだった。

「根覆いとは、わが愛しのグスト」老人が一息にコーヒーを飲んで言った。「人が植えて育つことを認められている雑草のことだ。ほかの雑草が生えてくるのを妨げるためにな。ストロベリー・クローバーは、ほかの雑草に較べて性質《たち》がいいんだ。わかるか？」

「たぶん」おれは答えた。「雑草はどうしたって生えてきますからね、であれば、ストロべリーを駄目にしない雑草を植えるのはいい考えですね」

「そういうことだ。いまの話を市議会にたとえるなら、オスロをきれいにするという考えがストロベリーで、危険なヘロインを売って、街を無政府状態にしているギャングすべてが雑草だ。そして、われわれとバイオリンがマルチというわけだ」

「それで？」

「まずは雑草を取り除かなくちゃならない。そうなって初めて、ストロベリー・クローバーを放っておいてもよくなる」

「それで、ストロベリーにとってそんなにいいストロベリー・クローバーとは、実際には何なのかしら？」イサベッレが訊いた。

「われわれはだれも撃ち殺したりはしません。だれにも知られないように動きます。過剰摂取死の恐れのないドラッグを売るんですよ。ストロベリー畑を独占すれば、値段を上げられる。値段をどんどん上げていけば、金のない若い者は手を出せなくなる。その結果、依存症の若者の数が減っていく。けれども、われわれの儲けの総額が減ることはない。そして、公園や繁華街にジャンキーが溢れることはなくなる。要するに、オスロが観光客にとって、政治家にとって、有権者にとって、楽しんだり喜んだり満足したりできるようになるということです」

「わたしは社会福祉事業委員会に属しているわけじゃないわ」

「いまはね、フル・スケイエン。しかし、雑草を取り除くのは委員会ではないんです。そういう仕事をするのは、彼らの秘書です。日常の小さな事柄すべてについて判断し、行動に移しているのは、実はあなたたち秘書ですよね。もちろん、あなたたちは議会が方針を修正すればそれに従うけれども、日々警察と連絡を取り合い、たとえば、クヴァドラトゥーレンにおける活動や冒険的企てについて相談するのはあなたたちだ。もちろん、あなたは自分の役割をもう少しはっきりさせなくてはならないでしょうが、あなたはその分野について確かな才能を持っておられるようだ。このオスロにおける対薬物政策についてのインタビューや、薬物の過剰摂取による死についての意見を見る限りね。そして、成功が事実になった暁には、メディアもあなたの党の同僚も知ることになる」老人の顔にあのコモドオオトカゲの笑みがにやりと浮かんだ。「今年最大のストロベリー市場で、誇り高き勝者の裏の頭脳がだれだったのかをね」

三人とも一言も発せず、身じろぎもしなかった。蠅は砂糖壺を見つけて、脱出の試みを放棄していた。

「この会話はありませんでした」イサベッレが言った。

「もちろんです」

「あなたたちとわたしは会ったこともありません」

「残念ですが、そのとおりです、フル・スケイエン」

「それで、どういうやり方を考えていらっしゃるのかしら……除草の方法だけど？」

「われわれは手助けを申し出ることができます。この業界には、ライバルを排除するために密告をする長い伝統があります。ですから、必要な情報をあなたに提供します。あなたはそれを社会福祉事業委員会に提出し、警察委員会にも伝えるよう示唆するんです。ですが、あなたが信頼できる人間が警察内部にいる必要があります。おそらくそれは、この成功物語の一員であることで利益を得ることのできる者でしょう。たとえば――」

「それがこの街の最大の利益である限りは実用主義的でいられる人物、かしら？」イサベッレがカップを掲げて乾杯の仕草をした。「居間でゆっくり話しましょうか」

セルゲイがベンチに仰向けになると、彫師《タトゥーイスト》は黙って図柄を検討した。

セルゲイが時間どおりに小さな店に着いたとき、タトゥーイストは少年の背中に大きな龍をデザインしているところだった。少年は俯《うつぶ》せになって歯を食いしばり、その隣りでは、明らかに母親と思われる女性が少年を励ましながら、そんなに大きな図柄でなくてはならないのかと訊いていた。作業が終わると母親が支払いをし、プレベンやクリストッフェルよりかっこいい刺青《タトゥー》を手に入れて満足かと、店を出ながら息子に訊いた。

「あんたの背中にはこっちのほうが合ってるな」タトゥーイストが図柄の一つを指さした。

「馬鹿《トゥボイ》が」セルゲイはロシア語でつぶやいた。

「何だって？」

「すべて、その図柄とまったく同じでなくちゃ駄目なんだ。毎回教えてやらなくちゃならないのか？」

「わかったよ。だけど、今日じゅうに全部は無理だぞ」

「いや、無理じゃない――完成させるんだ。料金は倍払う」

「急いでるってことか？」

セルゲイは素っ気なくうなずいた。アンドレイが毎日、電話で情報を更新してくれていた。だが、今日、電話があったとき、セルゲイはアンドレイの言ったことへの準備ができていなかった。

〝必要な行ない〟が必要になった。

逃げられないことはわかっているな？　逃げられない？　だれが逃げたいと言った？

もしかすると、セルゲイはとたんにたじろいだ。おれは逃げることを考えていたのかもしれない。なぜなら、アンドレイに教えられていたからだ。オレグ・ファウケを殺すために雇った囚人を警官が無力化したことを。まあ、いいだろう、その囚人はノルウェー人にすぎず、これまでナイフで人を殺したことがなかったんだから。しかし、それは今度の殺しがこの前のように簡単にはいかないことを意味している。あの売人は子供だったし、撃ち殺すのは簡単だった。今回の相手は警官で、気づかれずに近づき、こっちの都合のいい場所へ行ってくれて、油断しきってくれるときを待たなくてはならないんだから。

「興ざめなことを言うつもりはないが、あんたがすでに入れているタトゥーはあまり出来がよくない。線ははっきりしていないし、色もぼやけている。手を加えて、ちょっとばかり見映えよくさせることもできるぜ？」

　セルゲイは答えなかった。おまえなんぞに出来映えの何がわかるというんだ。線がはっきりしていないのは、たまたま服役していたタトゥーイストが、先端を尖《とが》らせたギターの弦を電気剃刀《かみそり》につけて針の代わりに使わなくちゃならなかったからだし、色がぼやけているのは溶かした靴底を小便と混ぜてインクの代わりにしたからだ。

「これだ」セルゲイは図柄を指さした。「早くしろ！」

「ほんとに拳銃を彫るのか？　まあ、決めるのはあんただが、おれの経験では、人が見たらショックを受けるぞ。何しろ、暴力の象徴だからな。警戒されるだけだ」

　ロシアの犯罪者のタトゥーのことを、こいつは明らかに何も知らない。猫の図柄が、窃盗罪で一度の有罪判決を受けた事実を意味することも。塔《キューポラ》が二つついた教会の図柄が、二度の有罪判決を受けた事実を意味することも。胸の火傷の痕が、タトゥーを消すために直接肌にマグネシウム・パウダーを擦り込んだせいでできたものだということも。おれに彫りつけられている女の性器のタトゥーは、おれが刑務所で二度目のお勤めをしているときに、カード・ゲームで負けた金をおれが払わないと思ったジョージアの〝黒い種《ブラック・シード》〟ってギャングの一人がやってくれたものだってことも。

　それに図柄の拳銃はマカロフで、それがロシアの警察の制式拳銃であり、このおれが、セルゲイ・イワノフが、警官を殺したことを意味するのも知らない。

　こいつは何も知らない。そして、知らないほうがいい。蝶々や漢字や色とりどりの龍といった、カタログに載っているタトゥーが何かの表明だと考える、栄養の足りた若いノルウェー人どもにそれを彫ってやっていればいいのなら、何も知らないほうがみんなのために一番いい。

「始めてもいいかな？」タトゥーイストが訊いた。

セルゲイは躊躇した。こいつの言ったとおり、おれは急いでいる。だが、急ぐ理由は何だ？　その警官を殺したあとでいいんじゃないのか？　それができない理由は、殺したあとに捕まってノルウェーの刑務所へ送られたら、ロシアと違ってそこにはタトゥーイストがおらず、必要なタトゥーを入れられないからだ。

だが、その質問にはもう一つの答えがある。

警官を殺す前にタトゥーを入れるのは、心の奥底でおれが怖がっているからではないのか？　あまりに怖くて、そのせいで任務を完遂する自信がないんじゃないのか？　だから、いま入れるのではないのか？　退路を断つべく後ろの橋をすべて燃やし、撤退の可能性を完全に消して、警官を殺すしか道が残らないようにするために？　自分の肌に嘘を彫って生きていけるシベリアのウルカは一人もいない——言うまでもないことだ。それに、おれは幸せだった。幸せだったとわかっている。それなら、こういう考えは何だ？　どこから出てきているんだ？

どこから出てきたかはわかっている。

あの売人だ。アーセナルのレプリカ・ユニフォームを着たガキだ。

あいつが夢に出てきはじめているんだ。

「始めてくれ」セルゲイは言った。

17

「お医者さまの話だと、オレグは数日中にも自力で立てるようになるんじゃないかって」ラケルが言った。彼女はお茶のカップを手にして冷蔵庫に寄りかかっていた。

「それなら、どこかへ移してやらなくちゃならないな、だれの手も届かないところへ」ハリーは言った。

彼はキッチンの窓際に立ち、街を見下ろしていた。午後のラッシュアワーが始まり、幹線道路では車が列をなして、土蛍の幼虫のようにのろのろと動いていた。

「警察はそういう、証人を保護するための場所を持ってるんじゃないの?」ラケルが言った。ラケルは取り乱さなかったし、いまも落ち着いていた。オレグがナイフで襲われたと聞いても、半ば予期していたことだというような、諦めに似た冷静さを保っていた。しかし、その顔には憤りもあった。彼女が戦っているときの顔だった。

「どこかの刑務所ということになるだろうが、それについては、明日、検事と話してみるよ」ハンス・クリスティアン・シモンセンが言った。ラケルの電話ですぐにやってきて、シャツの両脇に汗の染みを作ってキッチンのテーブルに着いていた。

「公式なルートを迂回《うかい》できないか？」ハリーは言った。

「どういう意味かな？」弁護士が訝った。

「ドアはすべて鍵がかかっていなかった。少なくともひとり看守が関わっていなくちゃ、そんなことはあり得ない。それがだれかを特定できない限り、全員にその可能性があると考えなくちゃならん」

「ちょっと考えすぎなんじゃないか」

「考えすぎが命を救うんだ」ハリーは言った。「どうだ、できるか、シモンセン？」

「やってみることは可能だ。オレグがいまいるところについてはどうなんだ？」

「いまはウッレヴォール病院にいて、おれが信頼している警察官が二人で面倒を見ているよ。それからもう一つ、オレグを襲ったやつもあの病院にいるが、これからは接触が禁止されると思われる」

「通信も面会もか？」シモンセンが訊いた。

「そうだ。そいつが警察や弁護士にどういう供述をしているかを知りたいんだが、あんたにそれを頼めるかな」

「それはもっと難しいぞ」シモンセンが頭を掻いた。

「たぶん、やつは何もしゃべってないだろうが、ともかくやってみてくれ」ハリーはそう言うと、コートのボタンを留めた。

「どこへ行くの？」ラケルが彼の腕を取って訊いた。

「情報源のところだ」ハリーは答えた。

午後八時、世界一勤務時間の短い国の首都では、ラッシュアワーはとうの昔に終わっていた。トルブー通りの端で階段に立っている若者は、背番号23、アルシャヴィンのレプリカ・ユニフォームを着て、大きすぎるサイズのエアジョーダンの白いスニーカーを履いていた。〈ジルボー〉のジーンズはアイロンが当てられて強ばり、自立するのではないかと思われた。完璧なギャングスタ・ラップの服装、どこからどこまでもリック・ロスの最新ビデオのコピーで、ハリーの推測では、ズボンの下は薄いボクサーショーツ、ナイフの傷も弾傷もないが、暴力礼賛の刺青《タトゥー》があるはずだった。

ハリーは若者に近づいた。

「バイオリン、四分の一《クオーター》」

少年がハリーを見下ろしたままうなずいた。

「どうした？」ハリーは訊いた。

「少し待ってくれ、兄弟《ブラズ》」若者にはパキスタンの訛りがあり、まだ母親のミートボールを食べているときに生粋のノルウェー人の家庭に託されたのではないかと思われた。

「おまえさんたちのチームが揃うまで待ってる時間はないんだ」

「落ち着け《チラックス》よ、すぐだから」

「百、上乗せする」

若者が値踏みする目でハリーを見た。彼が何を考えているか、ハリーはざっとではあるが見当がついた。変なスーツを着た醜い実業家で、節度を持ってドラッグをやり、同僚や家族に見つかるのを死ぬほど恐れている。値段を吊り上げてくれと言ってるも同然の男。

「六百」若者が言った。

ハリーはため息をついてうなずいた。

「イドラ」若者が歩き出した。

ついてこいという意味だろう、とハリーは解釈した。

角を曲がり、開いている門をくぐって裏庭に入った。ドラッグ担当の男はおそらく北アフリカ出身と思われる色の黒い男で、積み上げた木製のパレットに寄りかかり、アイポッドで音楽を聴きながら、そのビートに合わせて頭を上下させていた。イヤフォンの片方が耳から外れて垂れ下がっていた。

「四分の一《クオーター》だ」アーセナルのレプリカ・ユニフォームのリック・ロスが言った。

ドラッグ担当の男が深いポケットから何かを取り出し、見えないように掌を下にして、ハリーの掌の上に置いた。ハリーは渡されたものを見た。粉は白かったが、黒い小さな小片が混じっていた。

「訊きたいことがあるんだ」ハリーは袋を上衣のポケットにしまいながら言った。

二人が身構え、ドラッグ担当のほうが片手を背中へ回した。ズボンのベルトに小口径の拳銃が挟んであるようだった。

「この女の子を見たことはないか？」ハリーはハンセン一家の写真をかざした。

二人はそれを一瞥し、首を横に振った。

「だれでもいい、手掛かりをくれたら五千払う。噂でも何でもいい」

二人は顔を見合わせた。ハリーは待った。二人が肩をすくめ、ふたたびハリーを見た。彼らがこの質問を許したのは、以前に同じ経験をしていたからかもしれなかった。オスロのジャンキー・コミュニティで父親が娘を捜したことがあったのだが、残念ながら、そのときのジャンキーたちは、見返りとして金を巻き上げるだけの物語をでっち上げる想像力も、冷酷さも持ち合わせていなかった。

「いいだろう」ハリーは言った。「ドバイによろしく伝えて、彼が関心を持つかもしれない情報をおれが持っていると教えてやってくれ。オレグに関する情報だ。ホテル・レオンを訪ねて、ハリーを呼んでくれればいいからとな」

次の瞬間、それが飛び出した。そして、ハリーは正しかった——ベレッタのチーター・シリーズのようだった。九ミリ、短銃身、えぐい仕事をする名器。

「おまえ、バオシか？」

中東系ノルウェー人が使う言葉。警察。

「違う」ハリーは銃口を見るといつも起こる吐き気を呑み込もうとしながら否定した。

「嘘をつくな。おまえはバイオリンなんかやらない——囮捜査官だ」

「嘘じゃない」

ドラッグ担当のほうがうなずき、リック・ロスはハリーに近づくと、上衣の袖を引き上げた。ハリーは拳銃から目を離そうとした。リック・ロスが低く口笛を鳴らした。「こいつ、やってるみたいだぞ」

ハリーは普通の縫い針をライターの炎で炙り、その針で前腕の四カ所か五カ所に深い傷をつけた。そして、そこにアンモニウム石鹸を擦り込んで赤みを増し、最後に肘の血管に穴をあけて内出血させて、目立つ痣を作ったのだった。

「どっちにしろ、嘘はついてるさ」ドラッグ担当の男が両脚を開いて踏ん張り、両手で拳銃のグリップを握った。

「どうして？　見ろよ、ポケットに注射器とアルミ箔も入ってるぞ」

「こいつは怯えてないからな」

「そりゃいったいどういう意味だ？　よく見ろよ」

「怯え方が足りないんだよ。おい、バオシ、いますぐ注射器を見せろ」

「どうしたんだ、レイジ？」

「黙れ！」

「チラックス、なぜそんなに怒るんだ？」

「自分の名前がレイジだってことを、おまえがばらしたのが気にくわないんじゃないか？」

ハリーは言った。

「おまえも黙れ！　いまここで打て、さっき渡した粉を使え」

ハリーは粉を溶かしたことも、注射をしたことも、少なくとも素面《しらふ》のときはなかった。だが、阿片はやったことがあるから、どうすればいいかはわかっていた。粉を液状にし、注射器に吸い上げる。そんなに難しくはないんじゃないか。ハリーはしゃがみ、粉をアルミ箔に移した。粉がいくらか地面にこぼれた。こぼれた粉を指を舐めて集め、歯茎に擦り込んで浸透させようとした。警察官として試したほかの粉より苦かった。だが、別の味もあった。ほとんどそれとわからないほどのアンモニアのような味。いや、アンモニアじゃない。いま思い出した——熟れすぎたパパイヤの匂いをよみがえらせてくれる味だ。ハリーはライターをつけた。このぎこちなさは拳銃で頭を狙われているせいだと思ってほしかった。

二分後、注射器が満たされ、準備が整った。

リック・ロスはギャングスタ・ラップのかっこよさを取り戻し、袖を肘までまくり上げ、脚を広げ、腕を組んで顎を突き出していた。

「やれ」彼は命令した。そして、よせと言うようにいきなり両手を前に突き出した。「おまえのことじゃないぞ、レイジ！」

ハリーは二人を見た。リック・ロスの剝き出しの前腕には一つの注射痕もなかった。レイジはもう少し用心深そうだった。ハリーは拳を握った左手を二度肩のところまで上げ、前腕を振ってから、規定通り、三十度の角度で針を突き刺した。そして、未経験者には熟練者に見えることを願った。

「ううむ」ハリーは呻いた。

針が本当に血管に刺さったのか、それとも、皮膚の下にわずかに入っただけなのかを見分けられない者には充分に熟練者に見えるはずだった。

ハリーは白目を剝き、膝を突いた。

快感に酔う振りに騙される者には充分に熟練者に見えるはずだった。

「ドバイに伝えるのを忘れるなよ」ハリーはささやくような声で言った。

そして、よろめきながら通りへ出ると、身体を揺らして西へ、王宮のほうへ向かった。

ドロニンゲン通りまできて、ようやく背筋を伸ばした。

プリンセンス通りで、遅れてきた効き目が現われた。ドラッグの成分が血液を見つけ、その血液が毛細血管経由で脳に到達するのに時間がかかるからで、針から動脈へ直行する快感が遠くで谺しているかのようだった。だが、ハリーは涙がこみ上げるのがわかった。二度と会えないと覚悟していた恋人と再会しようとしている感じだった。耳に満ちているのは妙なる音楽ではなく、妙なるきらめきだった。それがなぜバイオリンと呼ばれているかが、いきなり、はっきり腑《ふ》に落ちた。


夜の十時、オルグクリムのオフィスは明かりが消え、廊下には人気がなかった。だが、トルルス・ベルンツェンのオフィスでは、コンピューターの画面が青い光を投げ、警察官が机の上に足を投げ出していた。彼はマンチェスター・シティが勝つほうへ千五百賭け、それを失おうとしているところだった。しかしいま、シティがフリーキックを獲得した。距離は十六メートル、キッカーはテベス。

ドアが開くのが聞こえ、右手の人差し指が反射的にエスケープ・ボタンを押した。だが、遅かった。

「その視聴料が私の予算から出ているのでなければいいがな」

ミカエル・ベルマンが、一つしかない椅子に腰を下ろした。自分たちが育ったマングレルーの訛りをミカエルが変えたのは出世したからだ、とトルルスは気づいていた。ときどきその訛りがよみがえることがあるとすれば、トルルスと話すときだけだった。

「新聞は読んだか？」

トルルスはうなずいた。ほかに読むところがないので、犯罪面とスポーツ面を繰り返し読んでいた。議員秘書のイサベッレ・スケイエンのことが大きく扱われていた。彼女はプレミアや社交行事でカメラの被写体になりはじめていて、〈ヴェルデンス・ガング〉紙は〝通りの清掃者〟というタイトルで彼女の紹介記事を大きく載せていた。それによると、彼女はオスロの通りをきれいにする政策の陰の設計者だと称揚され、同時に、国政に打って出ようとしていると評価されていた。いずれにせよ、彼女が舵《かじ》を取っている委員会は前へ進んでいた。支持に転じる敵対者の数が増えるにつれて彼女の襟ぐりが深くなっているようにトルルスには見えたし、写真の笑顔もすぐに彼女の背中ぐらい大きくなるに違いなかった。

「本部長からの極秘情報なんだが」ベルマンが言った。「彼女はおれを彼の後釜に据えたいと司法大臣に要請したそうだ」

「くそ！」トルルスは声を上げた。テベスの蹴ったボールがクロスバーを叩いたのだった。

ミカエルが立ち上がった。「ところで、おまえも知りたいだろうから教えるが、今度の土曜、ウッラとおれは何人かうちへ招待するつもりなんだ」

トルルスは、ウッラの名前を聞くといつも胸に突き刺さる痛みを感じた。

「新しい家、新しい仕事、わかるだろ。それに、おまえはテラスを造るのを手伝ってくれたしな」

手伝った？　おれが全部やったんじゃないか。

「だから、おまえが忙しくなかったら……」ミカエルが画面を手振りで示した。「招待するよ」

トルルスは礼を言い、招待を受けた。ミカエルとウッラの誇示する幸せを指をくわえて見ているのけ者という立場は、子供のころから変わっていなかった。自分がだれで、どう感じているかを隠さなくてはならない夜がまたやってくる。そして、おれはそれを受け容れる。

「もう一つ」ミカエルが言った。「受付の面会簿から削除してくれと頼んだ男を憶えているか？」

トルルスは瞬きもしないうちにうなずいた。ミカエルが電話をしてきてこう言った――トール・シュルツなる人物が訪ねてきて、ドラッグの密輸に関する情報をくれ、その一味は〝バーナー〟を抱えていると教えてくれた。そのトール・シュルツの身の安全が懸念されるから、面会簿からその名前を削除してほしい。万一そのバーナーが警察本部で仕事をしていて、記録を見られる立場にいた場合の用心だ。

「何度か電話をしたが、出ないんだ。それで、ちょっと気になってる。おまえ、間違いなく〈セキュリタス〉にあの名前を削除させて、だれにも知られないようにしたんだろうな」

「間違いありません、本部長」トルルスは答えた。シティは守りに転じ、ボールを弾き出した。「ところで、あの空港のうるさい検査官ですが、あれからまた何か言ってきましたか？」

「いや、何も言ってきてない」ミカエルが答えた。「じゃがいも粉に違いないと信じたんじゃないかな。どうして？」

「ささやかな好奇心ですよ、本部長。新居の龍によろしく伝えてください」

「その言葉を使うのはやめてもらいたい、いいな」

トルルスは肩をすくめた。「あんたが彼女をそう呼んだんじゃないか」

「おれが言ってるのは〝本部長〟のほうだ。まだ何週間も先のことなんだからな」


運用管理部長はため息をついた。管制官から電話があって、ベルゲン便が遅れると伝えてきたのだが、その理由が、機長が現われず、電話にも出ず、仕方がないから急いで別の機長を呼び出さなくてはならないというものだったのだ。

「いま、シュルツは辛いときだからな」運用管理部長は言った。

「電話にも出ないんですよ」管制官が言った。

「そんなことになるんじゃないかと思ってたよ。自由時間に一人旅にでも出てるのかもしれないぞ」

「ええ、私もそう聞きました。だけど、いまは自由時間ではないんです。危うく欠航になるところでしたよ」

「言っただろう、彼はいま、苦難の道を歩いているんだ。私が話してみよう」

「われわれ全員が苦難の道を歩いているんです、ゲオルグ。規則上、正規の報告書を提出しなくちゃなりません――わかりますか？」

　運用管理部長はしばらく返事をしなかったが、結局、諦めた。「もちろんだ」

　電話を切ったあと、運用管理部長の頭にあの場面がよみがえった。ある日の午後、バーベキュー、夏。カンパリ、バドワイザー、研修生がテキサスから直接持ち込んだ膨大な量のステーキ。だれにも見られず、エルセとこっそり寝室へ移動する。彼女の低い呻き声は、外で遊んでいる子供たちの歓声や、進入してくる飛行機の音、開け放した窓の外の暢気《のんき》な笑い声に消されてだれにも聞こえない。飛行機がやってくる、飛行機が出ていく。昔ながらの空を飛ぶ話のあとの、シュルツの響くような笑い声。そして、シュルツの妻の低い呻き声。

18

「バイオリンを買ったんですか？」

ベアーテ・レンが信じられないという目でハリーを見つめた。彼女は自分のオフィスの隅に坐っていた。ハリーは明るい朝の光のなかから陰に移動させた椅子に坐り、ベアーテが渡してくれたマグを両手で包んでいた。上衣は椅子の背にかかっていて、顔はべったりと汗に覆われていた。

「まさか……？」

「おまえさん、気は確かか？」ハリーは湯気の立つコーヒーをゆっくりと飲みながら言った。「アルコール依存の人間は、そういうことはできないんだ」

「よかった。そう言ってもらわないと、下手な注射を打ったんだと思うところでしたよ」ベアーテが指さした。

ハリーは自分の前腕を見た。スーツを別にすれば、下着のパンツを三枚と、靴下一足、半袖シャツ二枚しか替えがなかった。必要なものはオスロで買おうと思っていたのだが、これまでその時間がなかった。今朝は二日酔いのような状態で目を覚まし、習慣から、危うくトイレへ行って吐くところだった。注射針を刺したところが、レーガンが再選されたときのアメリカの形と色に変わっていた。

「これを分析してくれないか」ハリーは言った。

「なぜですか？」

「オレグの件でおまえさんたちが撮った現場検証写真に、おれがいま持っているのと同じようなビニール袋が写っていたからだ」

「はい？」

「おまえさんたちのカメラは恐ろしく性能がいいからな、あの写真に写っている袋の中身が純白だということがわかる。いまおれが持ってるビニール袋に入っているのは、茶色が混じってる。その正体を知りたいんだ」

　ベアーテが引き出しから拡大鏡を出し、ハリーが〈鑑識雑誌〉の表紙に散らした粉の上に屈み込んだ。

「そうですね」ベアーテが言った。「わたしたちが持っているサンプルは確かに純白でしたけど、実はこの数カ月、押収されたものが一つもないんです。ですから、これは興味深いですね。先日、ガルデモン空港警察の警部から同じような電話があったことを考えると尚更ね」

「何だって？」

「機長の手荷物から粉の入った袋が出てきたんですが、じゃがいも粉だと結論されたんだぞうで、警部はどうしてそういう結論になったのか不思議がっていました。粉に茶色の粒が混じっているのを、彼は自分の目で見たんだそうです」

「彼はその機長がバイオリンを密輸入していたんじゃないかと疑っていたのか？」

「国境ではバイオリンは一つも押収されていませんから、彼はたぶん実物を見たことがないはずです。純白のヘロインは稀なんですよ。ここへやってくるヘロインの大半は茶色ですからね、警部はたぶん、二つが混じっているんだと考えたんでしょう。ところで、その機長は持ち込もうとしたんじゃなくて――持ち出そうとしていたんです」

「持ち出す？」

「ええ」

「どこへ？」

「バンコクです」

「じゃがいもの粉をバンコクへ持ち出そうとしていた？」

「魚の団子にかけるためにホワイトソースを作るノルウェー人がいたりして」ベアーテが下手な冗談に頰を染めて微笑した。

「ふむ。何かがまったく違うな。イェーテボリ港で死体で見つかった囮捜査官のことをスウェーデンの新聞で読んだばかりなんだが、彼には〝バーナー〟じゃないかという噂があると書かれていた。オスロでは、そういった噂はなかったか？」

ベアーテが首を横に振った。「ありません。むしろ、逆です。犯罪者を捕まえることに熱心すぎるぐらい熱心で有名でした。彼は殺される前、大物がかかったんで、自分一人で釣り上げるというようなことを言っていたそうです」

「一人で」

「それ以上は言いたくなさそうで、そもそも自分以外を信用していなかったようです。何だかあなたみたいですよね、ハリー？」

ハリーは微笑して立ち上がり、上衣の袖に腕を通した。

「どこへ行くんですか？」

「古い友人を訪ねるんだ」

「あなたにお友だちがいるとは知りませんでした」

「まあな。実はクリポスの局長に電話をしたんだ」

「ヘイメンにですか？」

「そうだ。グストが殺される前に携帯電話で話した相手のリストをもらえないかと訊いてみた。そうしたら、返事はこうだった——第一に、すぐに解決するような簡単な事件だったから、そういうリストを作るまでもなかった。第二に、仮に作ったとしても、おまえのような……何だったかな……」ハリーは目を閉じ、指を折って数えた。「アル中で、裏切り者の、辞めさせられた警察官には絶対に渡さない、だ」

「だから言ったんですよ、あなたに古いお友だちがいるなんて知らなかったって」

「というわけで、これからほかを当たらなくちゃならんのだよ」

「わかりました。この粉は今日じゅうに分析します」

ハリーはドアの手前で足を止めた。「おまえさん、最近はイェーテボリとコペンハーゲンでバイオリンが現われてると言ったな。それはオスロのあとでってことか？」

「そうです」

「普通は逆じゃないか？　新種のドラッグはまずコペンハーゲンに登場し、それから北へ広がっていくんじゃなかったか？」

「たぶんそうだと思いますけど、なぜそんなことを？」

「いや、いまはまだよくわからない。おまえさんが言った、その機長の名前は何だったかな？」

「わたし、言ってませんよ。シュルツ、トール・シュルツです。ほかに質問は？」

「ある。あの囮捜査官は正しかったと考えたことはないか？」

「正しかった？」

「口を閉ざして、だれも信用しなかったことがだ。彼はどこかにバーナーがいるとわかっていたのかもしれんぞ」

　ハリーはフォルネブのテレノル本社の受付を見回した。大聖堂のように広くて風通しがよかった。十メートル向こうのデスクで二人の男が入館証を受け取り、これから訪ねようとしている人物にゲートで迎えられていた。テレノルは明らかに手続きを厳しくしていて、少々強引にでもクラウス・トルキルセンのオフィスへ行こうとするハリーの計画は実行不可能に思われた。

彼は状況を値踏みした。

トルキルセンがハリーの訪問を喜ばないのは間違いないはずだった。かつて猥褻物《わいせつぶつ》陳列罪で捕まり、雇い主には何とか秘密にすることができたものの、何年か前からハリーにその前科につけ込まれて、情報を提供するようプレッシャーをかけられていた。ときには、通信会社が法律的に許される限界を超えることさえあった。それでも、警察官のＩＤカードが与えてくれる権威なくしては、たぶんハリーはなかにさえ入れず、トルキルセンに会うことも叶わないはずだった。

エレベーターへつづく四つのゲートの右側が、団体を通すためにほかより広くなっていた。ハリーはすぐさま決断してその団体へと急ぎ、列のなかほどに割り込んだ。列はゲートを開けている係員のほうへのろのろと進んでいた。ハリーの隣りは中国人らしい容貌の小男だった。

「こんにちは《ニーハオ》」

「はい？」

ハリーは訪問者の名札を見た――〝Yuki Nakazawa〟。

「ああ、日本の方でしたか！」ハリーは笑い、小男の肩を旧知の友人であるかのように何度も叩いた。ユーキ・ナカザワがためらいがちな笑みを浮かべた。

「いい天気ですね」ハリーは言った。いまも男の肩に手を置いたままだった。

「そうですね」ナカザワが言った。「会社はどちらです?」

「テリアソネラです」

「素晴らしい会社じゃありませんか」

テレノルの担当者の前を通り過ぎようとしたとき、ハリーは彼が自分たちのほうへやってこようとしているのを目の隅で捉え、彼が何を言うかも大体想像がついた。そして、その想像は的中した。

「申し訳ありませんが、お客さま。名札のない方はお通しできないことになっております」

ユーキ・ナカザワがびっくりした顔で男を見た。


トルキルセンは新しいオフィスを与えられていた。間仕切りの少ないオープン・プラン・オフィスを何百メートルも歩いたような気がしたあと、ようやく、見憶えのある大きな体格を、ガラスの檻《おり》のなかに認めた。

ハリーはそのままなかに入った。

目当ての男はハリーに背中を向け、電話を耳に当てて坐っていた。窓に唾が飛び散ってへばりついているのが見えた。「すぐにあのろくでもないSW-2サーバーを立ち上げて動かすんだ!」

ハリーは咳払いをした。

くるりと椅子が回った。クラウス・トルキルセンはますます太っていた。驚くほど上等な仕立てのスーツは弛《たる》んだ贅肉を部分的には隠すことに成功しているかもしれないが、尋常ならざる顔に広がった強い恐怖は何をもってしても隠すことができなかった。目、鼻、口が、顔という大海のなかの小島の上にてんでんばらばらに集まっているという形容がふさわしいぐらい、その顔は尋常でなかった。その目がハリーの襟を見た。

「ユーキ……ナカザワ？」

「クラウス」ハリーは笑顔で両腕を伸ばし、彼を抱擁《ハグ》しようとした。

「ここでいったい何をしてるんです？」トルキルセンがささやいた。

ハリーは腕を下ろした。「おれもおまえさんに会えて嬉しいよ」

そして、机の縁に腰掛けた。いつも腰掛けているところだった。侵入し、優位に立てるところを見つける。簡単かつ効果的な支配の方法だった。トルキルセンが息を呑み、額に大きな汗の玉が浮かんで光っているのがわかった。

「トロンハイムの携帯電話網が」トルキルセンが電話を示してぼやいた。「先週にはサーバーを立ち上げて運用が始まっていたはずなんです。もうだれも信用できませんよ。時間がないんです。何の用ですか？」

「グスト・ハンセンの五月以降の携帯電話通話記録が欲しいんだ」ハリーはペンを取ると、黄色い付箋紙に名前を書いた。

「私はもう管理職で、現場の仕事はしていないんです」

「そうかもしれんが、番号ぐらいは手に入れられるだろう」

「あなたにその権限があるんですか？」

「あったらここにこないで、警察に要請しているさ」

「それなら、検察当局があなたに権限を与えなかった理由は何ですか？」

昔のトルキルセンにはこんな質問をする度胸はなかった。いまはしたたかさが増して、自信もあるようだ。出世したからか？　それとも、ほかに何かあるのか？　ハリーは机の上の写真立ての裏を見た。自分にはだれかがいることを思い出させてくれる類いの写真、だ。犬でないとしたら、女性だ。子供が一緒に写ってるってことだってあり得る。これはたまげた。かつての露出狂が自力で女を捕まえたか。

「おれはもう警察の仕事をしていないんだ」ハリーは言った。

トルキルセンがしたりげな笑みを浮かべた。「しかし、いまでも通話に関する情報は欲しい、と？」

「たくさんは必要ない、この携帯電話のものだけでいいんだ」

「なぜ私がそんなことをしなくちゃならないんです？　こういう種類の情報を漏らしつづけていたことがばれたら、私は馘ですよ。それに、私がシステムに侵入したことを突き止めるのは難しくないんです」

ハリーは答えなかった。

トルキルセンが苦い声で笑った。「わかってます。昔と同じ、卑劣な脅迫ですよね。規則に触れようが触れまいが、もし教えなかったら、私に逮捕歴があることが同僚の耳に入るようにするんでしょう」

「そんなことはしないさ」ハリーは言った。「だれにも話さない。これは純粋なお願いなんだ、クラウス。個人的なことなんだよ。以前の恋人の息子が無実の罪で終身刑になるかもしれないんだ」

トルキルセンの二重顎がびくんと動いたと思うと、その肉がぶるぶると波打ち、震えが喉を下り、より大きな身体に吸収されて消えていくのがわかった。ハリーは今日まで、トルキルセンをクリスチャン・ネームで呼んだことがなかった。トルキルセンがハリーを見た。瞬きし、集中した。汗の玉がぎらりと光り、大脳の計算機が足し算をし、引き算をして――ようやく――結論に達した。トルキルセンが両腕を広げて椅子にもたれた。その重さで椅子が軋《きし》んだ。

「申し訳ない、ハリー。力になりたいのは山々だが、いまはそういう同情をする余裕がないんです。わかってもらえるといいんですが」

「もちろんだ」ハリーは顎を掻いた。「まったくよくわかるよ」

「ありがとうございます」トルキルセンが見るからに安堵した様子で立ち上がろうとした。自らが先導して、ガラスの檻と自分の日常からハリーを追い出そうとしているのだった。

「いいだろう」ハリーは言った。「教えてくれないんなら、おまえさんが猥褻物陳列罪の前科があることを知るのは同僚だけじゃなくて、奥さんもそこに加わることになるな。子供はいるのか？　いるよな？　一人か、それとも、二人か？」

トルキルセンがどすんと椅子に崩れ落ち、信じられないという目でハリーを見た。昔の震えているクラウス・トルキルセンだった。「たったいま言ったじゃないですか……だれにも話さないって……」

ハリーは肩をすくめた。「申し訳ない。だが、いまのおれにはそういう同情をする余裕がないんだ」


夜の十時十分、〈シュレーデルス〉のテーブルは半分埋まっていた。

「仕事場へはきてほしくなかったんですよ」ベアーテが言った。「ヘイメンが電話をしてきて、あなたが電話の通話記録を欲しがっていることを教えてくれました。あなたがわたしに会いにきたことを知って、グストの件に関わるなと警告してきたというわけです」

「まあ」ハリーは言った。「おまえさんがここへこられたのはよかったよ」そして、店の反対側でビールを注いでいるリータと目を合わせ、指を二本立てた。リータがうなずいた。この店へくるのは三年ぶりだったが、彼女は昔の常連のサインをいまも憶えていた——連れにはビールを、アルコール依存者にはコーヒーを。

「お友だちは通話記録の件に協力してくれたんですか？」

「大いに協力してくれたよ」

「で、何がわかったんです？」

「グストは最終的に金が尽きたんじゃないかな。何度か番号が使用停止になっていた。自分の携帯電話はあまり使っていないが、オレグとは数回、短い会話をしている。血の繋がりのない妹のイレーネには結構電話しているが、死ぬ数週間前でいきなり終わっている。それ以外は、ほとんどが〈ピザ・エクスプレス〉だ。このあと、ラケルのところに行って、ほかの名前もグーグルで検索してみるつもりだ。おまえさんのほうはあの粉の分析から何かわかったか？」

「あなたが買った物質は、バイオリンの初期段階のサンプルとほぼ同一の物質です。あれなら、わたしたちも検証したことがあります。でも、化学成分に小さな違いがありました。それから、茶色の小片が混じっていました」

「それは？」

「反応性の薬物成分ではなくて、飲みやすくしたり、味をよくしたりするための、ただの錠剤のコーティング剤です」

「それを製造者まで遡って追跡することは可能か？」

「理論上は可能です。ですが、調べたところ、製薬会社は自分たち独自のコーティング剤を作るのが一般的だとわかりました。それはつまり、世界じゅうに何千ものコーティング剤が存在することを意味します」

「では、そこから前へ進むことはできないということか？」

「コーティング剤からは無理です」ベアーテが言った。「でも、内側に錠剤の名残りがまだ残っている小片がいくつかあって、その成分はメタドンでした」

リータがコーヒーとビールを運んできて、ハリーが礼を言うと退《さ》がっていった。

「メタドンは液体で、瓶に入っているんじゃないのか？」

「瓶に入っているのは、薬物依存症患者の、いわゆる薬剤補助リハビリテーションに使われるメタドンです。それで、聖オーラヴ病院に問い合わせてみました。あそこは阿片様《オピ》合成麻薬《オイド》と阿片製剤《オピエイト》の研究をしていて、メタドン錠剤は痛みの緩和ケアに使われると教えてくれました」

「バイオリンには含まれているのかな？」

「その製造過程で希釈されたメタドンが使われる可能性はあるそうです」

「それだけでは、バイオリンは簡単には作れないってことしかわからんな。しかし、それがどうわれわれの助けになってくれるんだ？」

ベアーテがビールのグラスを両手で包むようにして持った。「メタドン錠剤を作っているところが非常に少ないんです。そして、その一つがこのオスロにあるんです」

「〈ＡＢ〉か？　〈ニコメッド〉か？」

「〈ラディウムホスピタル〉です。あそこは自前の研究所を持っていて、激痛治療のためのメタドン錠剤を作っています」

「癌だな」

ベアーテがうなずき、片手でグラスを口へ運びながら、もう一方の手で、テーブルに置いた何かを取り上げた。

「〈ラディウムホスピタル〉のものか？」

　ベアーテがまたうなずいた。

　ハリーはその錠剤を手に取った。丸くて小さく、茶色のコーティングにRの文字が捺《お》してあった。

「いいことを教えてやろうか、ベアーテ」

「何でしょう」

「ノルウェーに新しい輸出品ができたんじゃないかな」


「ノルウェーのだれかがバイオリンを作って輸出しているって、どういうことなの？」ラケルが訊いた。彼女はいま、オレグの部屋のドア枠に腕組みをして寄りかかっていた。

「その可能性を示唆する、少なくともいくつかの事実があるんだ」ハリーはトルキルセンにもらったリストに載っている次の名前をキイボードに打ち込みながら言った。「その一つ目、波紋はオスロから外に向かって広がっている。バイオリンがオスロに現われるまで、国際刑事警察機構《インターポール》も、それを見たこともなければ聞いたこともなかった。そして、ようやくいま、スウェーデンとデンマークの通りでも見つけられるようになった。その二つ目、バイオリンにはメタドンの錠剤を切り刻んだものが含まれている。そして、その錠剤は誓ってノルウェーで作られている」そして、〈検索〉をクリックした。「その三つ目、ガルデモン空港で逮捕されたパイロットが、バイオリンの可能性があるものを持っていた。もっとも、そのあとですり替えられたけどね」

「すり替えられた？」

「そういうときのために、警察のなかにバーナーがいるんだ。問題は、その機長がバンコクへ行こうとしていたことだ」

香水が香り、彼女がドアのところから動いて、自分の肩の後ろに立っていることがわかった。コンピューターの画面から発せられる光だけが、暗い部屋の唯一の明かりだった。

「〝フォクシー〟。それ、だれ？」耳元で彼女の声がした。

「イサベッレ・スケイエン。市議会議員の秘書で、グストが電話をした相手の一人だ。あるいは、彼女が彼に電話をしたというほうが正確かな」

「この献血者のTシャツは、彼女にはサイズが小さすぎるんじゃないの？」

「たぶん、市民に献血を促すのも政治家の仕事なんだろう」

「ただの議員秘書でしょう、それで本当に政治家と言えるのかしら？」

「いずれにせよ、自分の血液型はＡＢ型Ｒｈマイナスで、そういう血液型の人間が献血をするのは市民としての義務だ、と彼女は言っている」

「確かに稀な血液型ではあるわね。長いことその写真を見ているのは、それが理由なの？」

ハリーは笑みを浮かべた。「たくさんのヒットがあったんだ。馬のブリーダーとか〝通りの清掃者〟とかな」

「薬物がらみの犯罪者を根こそぎ摘発したことで知られてるわね」

「根こそぎってことはないだろうけどな。彼女とグストにどういう共通の話題があり得たのか、それがわからないんだ」

「まあ、社会福祉事業委員会の反薬物運動の責任者だから、全般的な情報を集めるのに使ったのかもしれないわよ」

「夜中の一時半にか？」

「そうなの⁉」

「彼女に訊いてみるほうがいいな」

「そうね。きっとあなたはそれが気に入ると思うわよ」

ハリーは彼女のほうへ顔を向けた。彼女の顔はあまりにも近く、焦点を合わせるのも苦労するほどだった。

「本気で言ってるのか、マイ・ラブ？」

ラケルは低く笑った。「いいえ、全然。彼女は安っぽそうね」

ハリーはゆっくり息を吸った。ラケルは動かなかった。「なぜぼくが安っぽいのは好きじゃないと思うんだ？」彼は訊いた。

「そして、なぜあなたはささやき声なの？」彼女の唇がハリーの唇のすぐそばで動き、言葉と一緒に出てくる空気の流れを感じることができた。

長い二秒間、聞こえるのはコンピューターのファンの唸りだけだった。そのとき、ラケルがいきなり背筋を伸ばし、心ここにあらずといった遠くを見る目になったと思うと、熱を冷まそうとするかのように頰に両手を当てた。そして、背中を向けて出ていった。

ハリーは椅子に背中を預け、目を閉じて、小声で悪態をついた。キッチンで彼女が動き回る音が聞こえた。ハリーは何回か呼吸をし、たったいまあったことをなかったことにした。考えをまとめようとし、そのあと、作業をつづけた。

残りの名前を検索した。出てきたのは十年前のスキー大会の結果とか、家族の集まりの報告とかで、それ以外はそういうことすらなかった。もはや存在しないか、現代社会のほとんどすべてを照らし出す投光照明から身を引き、人目につかない隠れ場所で再登場できる機会を待っているか、何も待っていない者たちだった。

ハリーは壁を、そこに貼られた、頭に羽根飾りを着けた男のポスターを見た。〝ヨンシー〟と下のほうに書いてあった。アイスランドのシガー・ロスというバンドに関係があるという、ぼんやりとした記憶があった。この世のものでないような音と、容赦ない裏声の歌い方。メガデスやスレイヤーとはかけ離れていたが、オレグの好みが変わった可能性はもちろんあった。あるいは、影響されたか。ハリーは頭の後ろで手を組んだ。

イレーネ・ハンセン。

ハリーは通話記録を見たとき驚いた。グストはほとんど毎日イレーネと電話で話していたのに、突然それをやめてしまっていた。以降、彼女に電話をしようともしていなかった。まるで仲違《なかたが》いでもしたかのようだった。それとも、電話ではイレーネを捕まえられないと、グストが知ったのかもしれなかった。しかし、そのあと、撃たれる数時間前、グストは固定電話から彼女の自宅へ電話し、話をしていた。それは一分十二秒つづいていた。ハリーはそれを奇妙だと思い、なぜそう思うかを考えた。その考えが始まったところへ戻って答えを見つけようとし、イレーネの自宅の固定電話にかけてみた。だれも出なかった。イレーネの携帯電話にもかけてみた。この番号は料金未払いで一時的に使えなくなっている、と自動音声が教えてくれた。

金か。

金で始まり、金で終わったのか。ドラッグは常にそうだ。ハリーはベアーテが教えてくれた名前を思い出そうとした。手荷物に粉が入っていて逮捕されたパイロット。警察官の記憶力はいまだ健在だった。ハリーは番号案内サービスに〝トール・シュルツ〟と打ち込んだ。

携帯電話の番号が現われた。

ハリーはペンを探して、オレグの机の引き出しを開けた。〈マスターフル・マガジン〉を持ち上げたとき、その下のプラスティックのクリアファイルに入った新聞の切り抜きが目に留まった。すぐに、若いときの自分の顔だとわかった。クリアファイルを手に取り、そこに入っている切り抜きを読んだ。ハリーが関わった事件で、ハリーの名前や写真が登場しているものばかりだった。昔の心理学雑誌のインタビューもあって、ハリーはそこで連続殺人に関する質問に——記憶では、さして苛立ちもせずにというわけにはいかなかったが——答えていた。ハリーは引き出しを閉め、あたりを見回した。何かを殴る必要があると感じた。コンピューターの電源を切ると、小さなスーツケースに荷物を詰め、玄関ホールへ下りてスーツの上衣を着た。ラケルが出てきて、その上衣の襟の目に見えない埃を払った。

「ずいぶん奇妙よね」彼女は言った。「何年もあなたを見ていなくて、忘れかけていたのに、またあなたがここにいるんだものね」

「そうだな」ハリーは応えた。「いいことなのかな？」

ラケルの顔にちらりと笑みがよぎった。「わからないけど、いいことでもあり、悪いことでもあるんじゃないかしら。わかる？」

ハリーはうなずき、彼女を引き寄せた。

「あなたはこれまでわたしに起こったなかで最悪のことで」彼女が言った。「最高のことなの。いまでも、ここにいるだけで、ほかのすべてを忘れさせてくれる。でも、それがいいことだという確信はないわ」

「わかってる」

「それは何？」ラケルがスーツケースを指さした。

「ホテル・レオンに行くよ」

「でも――」

「明日、また話そう。おやすみ、ラケル」

ハリーは彼女の額にキスをしてドアを開け、秋の暑い夕刻へ踏み出した。

フロントの若者は宿泊記録用紙の再記入を求めたりはせず、この前と同じ三〇一号室のキイを差し出した。壊れたカーテンレールの修理が終わっているのならその部屋でいい、とハリーは言った。

「また壊れていたんですか？」若者が言った。「この前は長期滞在のお客さんがやったんですよ。残念なことに、癇癪持ちだったんです」そして、ハリーに鍵を渡した。「その人も警察官でした」

「長期滞在の客？」

「常連のお客さまの一人で、あなたたちが〝囮捜査官〟と呼んでいる工作員です」

「ふむ。そいつの覆面はあまり出来がよくなさそうだな、何しろ、きみに見破られるぐらいだからな」

若者が微笑した。「倉庫へ行って、カーテンレールがあるかどうか見てきます」そして、去っていった。

「〝ベレー帽をかぶった警官〟はきみにとてもよく似ていたよ」深い声のスウェーデン語が聞こえ、ハリーは振り返った。

カトーが辛うじてロビーと呼べるスペースにある椅子に坐り、ゆっくりと首を横に振っていた。少しやつれたようだった。「本当によく似ていたんだ、ハリー。とても熱心で、とても忍耐強くて、とても頑固で、とても運が悪い。もちろん、きみほど背が高くないし、目は灰色だったけどな。だが、同じ警察官の目で、同じように孤独な目だ。そして、きみは彼が死んだのと同じ場所で死ぬことになる。この国を離れるべきだったんだ、ハリー。あの便に乗るべきだったんだ」そして、長い指を動かした。それが何を意味するのかはわからなかったが、表情はとても悲しげで、いまにも泣き出すんじゃないかとハリーが思うほどだった。彼がよろよろと立ち上がり、ハリーは戻ってきた若者を見た。

「彼が言ってることは本当なのか？」

「だれが言ってることですか？」若者が訊いた。

「彼だよ」ハリーは振り返ってカトーを指さそうとしたが、すでに姿がなかった。階段近くの暗がりに入りこんだに違いなかった。

「きみの言った囮捜査官はここで死んだのか？　私の部屋で？」

若者がハリーを見つめてから答えた。「違います、行方不明になって、そのあと、オペラハウスの近くの水辺で死体で発見されたんです。申し訳ないんですが、カーテンレールはありませんでした。でも、このナイロンコードでどうでしょう？　カーテンの穴にくぐらせて、端をレールの留め具に結わえつけるというのは？」

ハリーはゆっくりとうなずいた。

夜中の二時、ハリーはまだ起きていて、最後の一本になった煙草をつけた。床にはカーテンと細いナイロンコードがそのまま置いてあった。中庭の向こうに、一人の女性の姿があった。音のないワルツを、パートナーなしで踊っていた。ハリーは街の音に耳を澄ませ、天井へ螺旋状に上っていく煙を眺めた。煙が描く弧と、それが作るでたらめな図形を観察し、そこにパターンを読み取ろうとした。

19

老人とイサベッレの話し合いの二カ月後、ようやく清掃作業が始まった。

最初にやられたのはベトナム人グループだった。新聞によれば、警察は同時に九カ所に踏み込み、ヘロインを売買している場所を五カ所見つけ、三十六人のベトナム人を逮捕した。その一週間後、今度はコソボ系アルバニア人が一網打尽にされた。警察は精鋭部隊の〈デルタ・フォース〉に、ロマの族長がだれにも知られていないと油断していたヘルスフィールのアパートを襲わせた。そのあとが、北アフリカ人とリトアニア人だった。オルグクリムを率いる、ハンサムなモデルタイプでまつげの長い男が、匿名の情報提供があったのだと新聞で言っていた。それからの数週間で、石炭のように黒い肌のソマリア人から乳白色の肌のノルウェー人まで、路上のあらゆる売人が捕らえられて収監された。だが、アーセナルのレプリカ・ユニフォームを着ているおれたちからは一人の逮捕者も出なかった。おれたちの活動範囲が広がり、客の数も増えていることがはっきりわかった。老人はだれにも雇われていない通りの売人を何人か雇ったが、取引のやり方は変えなかった。オスロのダウンタウンのヘロイン取引は、以前より目に見えなくなっていた。なぜなら、バイオリンのほうがはるかに儲けが出るので、ヘロインの輸入量を減らしたからだ。バイオリンは高価だから、ジャンキーのなかにはモルヒネに切り替えようとする者もいたが、ほぼ例外なく戻ってきた。

イプセンが作るのが間に合わないほどの売れ行きになっていた。

ある火曜日、十二時半に売り切れてしまい、携帯電話を使うのは厳禁だったから――老人はオスロをボルティモアと同じだと考えていた（ボルティモアでは警察が携帯を盗聴して捜査していた事件があった）――、おれは駅まで行き、公衆電話を使ってロシア製の携帯電話のグレッソにかけた。忙しいとアンドレイは言っていたが、彼ならどうすればいいか知っているはずだった。オレグ、イレーネ、そしておれは、シッペル通りの客を手で追い払い、凍えながら階段に坐っていた。一時間後、脚を引きずってやってくる人影が見えた。イプセン本人で、ひどく腹を立て、怒鳴ったり悪態をついたりしていた。が、イレーネを見たとたん、嵐が過ぎ去ったかのように静かになった。そして、おれたちのあとから裏庭に入り、小分けにした包み百個が入っているビニール袋を差し出した。

「二万だ」彼が手を突き出した。「これは現金決済だ」おれは彼を脇へ連れていき、今度売り切れたときはこっちから出向いてもいいと言った。

「あんまり人にきてほしくないんだがな」彼が言った。

「一袋二百は余計に払えるかもしれないんだけど」おれは言った。

彼が疑わしげにおれを見た。「自分たちだけで商売を始めようとしてるのか？　おまえのボスがどう言うと思う？」

「これはおれとあんたのあいだだけの秘密です」おれは言った。「大した話じゃない。おれの友だちや知り合いのために、十袋か二十袋よけいに欲しいというだけのことですよ」

イプセンがいきなり笑い出した。

「女の子を連れていきます」おれは言った。「イレーネという子です」

彼が笑うのをやめておれを見た。また笑おうとしたが、できなかった。いま、すべてが彼の目に大きな文字で書かれていた。孤独、強欲、憎悪、そして、欲望。ろくでもない欲望。

「金曜の夕方」彼が言った。「八時だ。彼女はジンを飲むか？」

おれはうなずいた。飲む、たったいまからだが。

イプセンは住所を教えてくれた。

二日後、老人から昼食に招かれた。一瞬、イプセンがご注進に及んだんじゃないかと思った。彼のあの表情を憶えていたからだ。老人は寒いダイニングルームの長テーブルでピョートルに給仕してもらいながら、国内とアムステルダムからのヘロインの仕入れをやめて、これからは何人かのパイロットを使ってバンコクから輸入するだけにしたと言った。そして、数字の話をし、おれが理解したことを確認し、いつもの質問をした。バイオリンには近づいていないだろうな？　そのあと、薄暗がりのなかでおれを見つめていたが、やがてピョートルを呼び、おれを家まで送るよう指示した。おれは車のなかで、老人がインポかどうか、ピョートルに訊いてみようかと考えた。

イプセンが住んでいるのは、エーケベルグの建物のなかにある、典型的な独身男のアパートだった。大きなプラズマ・スクリーン、小さな冷蔵庫、装飾が一切ない壁。彼はジンを注ぎ、それを気の抜けたトニックで割り、レモンのスライスはなしで、氷を三つ入れた。イレーネはかわいらしい笑みを浮かべてそれを見ながら、話はおれに任せた。イプセンは馬鹿のような笑みを浮かべてイレーネに見とれていたが、それでも、涎《よだれ》が垂れそうになるたびに何とかそれをこらえて呑み込み、ろくでもないクラシック音楽をかけた。おれは包みを受け取り、二週間後にまたくることで意見の一致を見た。イレーネと一緒に。

やがて、薬物の過剰摂取による死者数が減少しているという初めての報告が出た。だが、バイオリンを初めてやったやつらが、数週間しか経っていないのに、目が据わり、禁断症状でそうとはっきりわかるほどに身体を震わせながら列を作っている事実は書かれていなかった。やつらは皺くちゃの百クローネ札を握り締めておれの前に立ち、そこで値段が上がっていることを知って泣き出すのだった。

三度目にイプセンを訪ねたとき、彼はおれを隅へ引っ張っていき、次はイレーネを一人でこさせてほしいと言った。おれの答えはこうだった――それはかまわないが、その場合は包みを五十個に増やし、一包み当たりの値段を百クローネにしてもらいたい。イプセンはうなずいた。

イレーネにうんと言わせるのは難しかった。今度ばかりは、昔のやり方が通用しなかった。必死で説得するしかなかった。これはおれのチャンスなんだ、おれたちのチャンスなんだと説明しなくてはならず、いつまでもリハーサル室のマットレスを寝床代わりにしていたいのかと訊かなくてはならなかった。ようやく、彼女は曖昧に言った――そういうわけではないけど、でも……。だから、おれは答えた――そんなことをする必要はない、寂しい年寄りに優しくしてやるだけでいいんだ、イプセンはたぶん、そっちのほうのお楽しみはもうできないんじゃないかな。彼女はうなずいたあとで、オレグには黙っていると約束してほしいと言った。イレーネがイプセンのアパートへ向かうと、おれはひどく気持ちが落ち込んだ。それで、一包みのバイオリンを希釈し、残ったものを煙草に混ぜて吸った。そのあと、だれかに揺すられて目が覚めた。イレーネがおれの寝ているマットレスの横に立って泣いていた。あまりの激しさに涙がおれの顔に滴り落ち、それが目に入って痛かった。イプセンがちょっかいを出そうとし、それを振りきって逃げてきたのだった。

「包みは手に入ったのか？」おれは訊いた。

絶対にしてはいけない質問だった。イレーネは完全に泣き崩れた。だから、すべてを元通りにできるいいものがあるんだとおれは言った。そして、注射器の準備を整え、彼女が濡れた目を大きく開いて見つめるなか、肌理《きめ》の細かい白い肌の下の青い血管を見つけて針を刺した。そして、彼女の身体がひくひく痙攣するのを感じながら、液を注入していった。イレーネの口が開いて快感の絶頂が静かに訪れ、彼女の目に青い膜がかかった。

イプセンは薄汚ない年寄りかもしれないが、化学は知っていた。

自分がイレーネを失ったこともわかった。包みは手に入ったかとおれが訊いたときの彼女の表情がそう言っていた。元通りにはなり得ない、と。その夜、おれはイレーネが至福の無意識状態に滑り込んでいくのを見ながら、自分が大金持ちになるチャンスが消えたことを知った。

老人は大金を儲けつづけていたが、それでも、もっと多くを、もっと早く手にしたがっていた。捕まえなくてはならない何か、すぐにも清算しなくてはならない借金でもあるかのようだった。でも、金を必要としているようには見えなかった。家は同じで、リムジンはきれいにしているけれども変えようとしなかったし、手下も二人――アンドレイとピョートル――のままだった。おれたちには依然としてロス・ロボスという競合相手がいて、彼らも通りでの販売作戦を拡大していた。刑務所を出てきたベトナム人やモロッコ人を雇い、オスロのダウンタウンだけでなく、コングスヴィンゲルからトロムセー、トロンハイム、そして――噂では――、ヘルシンキでもバイオリンを売っていた。オーディンは老人よりも儲けているかもしれないが、二人はマーケットを共有し、縄張り争いは起こらず、ともにとても大きな富を手にしつづけていた。きちんと機能する脳を持った実業家なら、だれであれ充分に満足するはずの状況だった。

青く晴れ渡った空に、二つだけ雲があった。

一つは間抜けな帽子をかぶった囮捜査官だった。当面、アーセナルのレプリカ・ユニフォームを着ている連中は最優先すべき標的でない、と警察が指示していることはおれたちも知っていたが、いずれにせよ、〝ベレー帽をかぶった警官〟はおれたちの周りを嗅ぎ回っていた。もう一つはロス・ロボスがリッレストレムとドラムメンで、オスロより安い値段でバイオリンを売りはじめたことだった。それは客が鉄道を使ってそっちへ流れることを意味していた。

ある日、おれは老人に呼ばれ、ある男にメッセージを届けるよう命じられた。届ける相手はトルルス・ベルンツェンという警官で、密かにやらなくてはならなかった。どうしてアンドレイかピョートルにやらせないのか、おれは理由を訊いた。老人の説明は、警察の手が自分に伸びる可能性のある連絡員は使いたくないというものだった。それが自分の根本方針の一つであり、正体がばれる恐れのある情報をたとえ持っているとしても、おまえはアンドレイとピョートル以外で自分が信頼している唯一の存在なんだ、と。そう、おれは多くの点で信頼されていた。〝薬物男爵〟、〝盗人〟を信頼するの図か、とおれは思った。

そのメッセージはリッレストレムとドラムメンの問題についてオーディンとの話し合いを設定したというもので、二人は木曜の午後七時に、マイヨルストゥーエンのキルケ通りにあるマクドナルドで会うことになっていた。子供たちのための内々のパーティをするという名目で、二階全部を貸し切ってあった。その場面を想像するのは簡単だった。風船、飾りリボン、紙の帽子、道化師。誕生パーティの客の顔を見たとたんに、道化師の顔が凍りつく。指という指に飾り鋲のついた指輪をし、人殺しも厭わない目をした、筋骨隆々の暴走族、筋金入りのコサック二人、そして、フレンチフライをあいだに挟んで対峙《たいじ》しようとするオーディンと老人。

トルルス・ベルンツェンはマングレルルーのアパートに独りで住んでいたが、ある日曜の早朝、おれが立ち寄ったときは留守だった。ベルンツェンの部屋のドアベルが鳴らされるのを聞いたんだろう、隣りの部屋の住人がベランダから顔を突き出し、トルルスならミカエルのところでテラスを造っていると大声で教えてくれた。その隣人が教えてくれた住所へ向かいながら、マングレルルーは恐るべきところに違いない、とおれは思っていた。間違いなく、みんながみんなを知っている。

ヘイエンホールには以前、行ったことがあった。マングレルルーのビヴァリー・ヒルズで、クヴェーネルダーレン、ダウンタウン、そして、ホルメンコーレンを望むどでかい戸建てが並んでいる。おれは道路に立ち、建築中の家の骨組みを見下ろした。正面では、何人かの男が上半身裸で缶ビールを手にし、テラスになるはずのところのひどい有様を指さして笑っていた。おれはすぐに、そのなかの一人を見分けることができた。ハンサムでモデルタイプの、まつげの長い男。オルグクリムの新任の部長だ。男たちがおれに気づいてお喋りをやめた。理由はわかっていた。連中はみな、一人の例外もなく警官で、おれという敵の臭いを嗅ぎつけたんだ。油断は禁物だった。老人に確かめてはいなかったが、トルルス・ベルンツェンは警察のなかにいるおれたちの味方で、イサベッレ・スケイエンに見つけるように言っておいた男ではないかと思い当たった。

「何か？」まつげの長い男が訊いてきた。腹筋が石畳のようにくっきりと割れていた。いったん引き下がり、今日のもっと遅い時間にベルンツェンを見つけるという手もあった。だから、なぜあんなことをしたのか、自分でもわからない。

「トルルス・ベルンツェンという人にメッセージを届けにきたんですが」おれははっきりと、大きな声で言った。

そこにいる全員が、ビールの缶を置いて、がに股で体を左右に振るように歩く男を見た。彼はおれに向かって近づいてきて、だれにも声が聞こえないところまできてようやく足を止めた。金髪で、がっちりした顎は半分引き出されて斜めになっている引き出しのようだった。豚のような小さな目に、憎悪に満ちた疑いが光っていた。愛玩動物であったなら、純粋に審美的見地から安楽死させられているはずだった。

「おまえがだれかは知らないが」ベルンツェンがささやいた。「見当はつく。会いにくるにしても、こういうやり方はやめてくれ。わかったか？」

「わかりました」

「さっさと用を片付けろ」

おれはオーディンと老人の話し合いと時間のことを伝え、手下全員を連れていくとオーディンが言っていることを付け加えた。

「あいつはいつだってそうだ」ベルンツェンが唸るように言った。

「最近、オーディンが大量のヘロインを入手したという情報があるんです」おれは言った。テラスにいる連中は関心をビールへ戻しはじめていたが、オルグクリムの部長だけは、ちらちらとおれたちのほうを見ていた。おれは小声で、細かいこともすべて、漏れなく伝えることに集中した。「それはアルナブルーのクラブに隠されていて、二日の内に運び出されることになっています」

「警察が踏み込んで、何人か逮捕者が出るかもしれんな」ベルンツェンがまた唸るように言った。おれはそのときようやく気づいたんだが、本人は笑っているつもりだったんだ。

「以上です」おれは言い、引き上げようとした。

道路をわずか数メートル引き返したとき、だれかが叫ぶ声が聞こえた。それがだれなのかは、振り返るまでもなくわかった。見つめられているときに、すぐにそれを見て取ったんだ。要するに、それがおれの特技なんだ。彼がやってきて、おれは足を止めた。

「きみはだれだ？」彼が訊いた。

「グスト」おれは目にかかっている前髪を掻き上げ、顔がよく見えるようにしてやった。

「あなたは？」

一瞬、おれを見る顔に驚きが走った。答えにくい質問のようだったが、やがて、小さな笑みが浮かんだ。「ミカエルだ」

「やあ、ミカエル、どこで鍛えているんです？」

彼が咳払いをした。「きみはここで何をしているんだ？」

「言ったでしょう、トルルス・ベルンツェンにメッセージを届けにきたんですよ。そのビール、一口もらっていいですか？」

彼の顔にある奇妙な白い染みが、いきなり輝きはじめたように思われた。ふたたび口を開いたとき、声が腹立たしげに強ばっていた。「用が済んだのなら、さっさと帰ってもらえないかな」

彼の目がおれの目を睨んだ。凄まじい怒りを含んだ目だった。ミカエル・ベルマンは驚くほどハンサムだったから、おれは彼の胸に手を当てたい気分だった。その手の下の、陽に温められて汗ばんだ肌に触りたかった。おれの厚かましさにショックを受けて反射的に緊張する筋肉を、おれにつままれて硬くなる乳首を、自分の立派な名前と評判を救うために放たれたパンチの素晴らしい痛みを感じたかった。ミカエル・ベルマン。おれは欲望を感じた。おれだけのろくでもない欲望を。

「では、失礼します」おれは言った。

その日の夜、頭に浮かんだことがある。それは父さん、あんたには絶対にできなかったと思われる——どうしてそう思うかというと、成功していたら、おれは捨てられずにすんだはずだからだ、そうだろ？——ことを成功させる方法だ。どうすればおれが完全なものになれるか、どうすれば人間になれるか、どうすれば大金持ちになれるか、だ。

20

太陽がフィヨルドの上でぎらぎらと強烈に光り、ハリーは女性用サングラスの奥の目を細めずにはいられなかった。

オスロはビョルヴィーカで美容整形をしているだけでなく、フィヨルドに突き出している、かつては平べったい胸の退屈だった新しい地区にも豊胸手術を施しつつあった。その驚異の手術が行なわれているところはチューヴホルメンと呼ばれ、いかにも高級そうに見えた。高級なフィヨルドの景色を見ることのできる高級なアパート、高級なボート係留所、高級な商品を扱う高級な貴金属店、名前を聞いたこともないジャングルから持ってきた材料を使った寄木張りの床自体が、壁に飾った作品よりも見事なアート・ギャラリー。フィヨルドの最も有名な先端の乳首は、世界一物価の高い街の名を東京がオスロへ譲る原因になったほど金のかかるレストランだった。

ハリーがそこに入っていくと、ヘッドウェイターがにこやかに迎えた。

「イサベッレ・スケイエンを探しているんだ」ハリーは言い、店内を見渡した。超満員のようだった。

「ご予約いただいているお客さまのお名前はご存じでしょうか？」席は何週間も前から予約で一杯なのだと教える笑顔で、ヘッドウェイターが訊いた。

ハリーが市庁舎の社会福祉事業委員会へ電話をしたときに応対した女性は、最初、イサベッレ・スケイエンは昼食に出ているとしか教える気がないようだった。だが、だから電話をしているんだ、いま〈コンチネンタル〉で彼女を待っているんだとハリーが言うと、うろたえて、昼食をとる店は〈ショーマガシーネ〉だと口走ったのだった。

「知らない」ハリーはヘッドウェイターに言った。「探させてもらってもかまわないかな？」

ヘッドウェイターがためらい、ハリーのスーツを見た。

「いや、いいんだ」ハリーは言った。「見つかったから」

そして、ヘッドウェイターが最終判断するより早く、彼の前を通り過ぎた。

ネットで探し出した写真で、彼女の顔も体型もわかっていた。いま、彼女はダイニングホールのほうを向き、両肘を突いてカウンターに寄りかかっていた。おそらくだれかを待っているのだろうが、むしろ舞台に立っているように見えた。テーブルに着いている男たちを見てわかったのだが、たぶん、その両方だった。ほとんど筋肉質と言っていいがさつな顔が、斧《おの》の刃のような鼻で二つに断ち割られていた。そして、そうであるにもかかわらず、女たちが〝優雅〟と呼ぶかもしれない、ある種伝統的な魅力を備えてもいた。目に厚い化粧がされて、青く冷たい虹彩の周囲を星が取り巻き、それが彼女を獲物を狙う狼のように見せていた。そのせいで、髪は滑稽なほどに対照的だった。金髪の人形のような長い髪が、男のような顔の左右でかわいらしい花飾りのようにセットされていた。だが、これほどまでに人目を惹いているのは、彼女の身体だった。

　とても背が高く、アスリートのように引き締まり、肩も尻も張りつめていた。ぴったり貼りついた黒のズボンが、筋肉質の太い腿を強調していた。胸は金で買ったものだろう、とハリーは判定した。よほど巧妙にできているブラか、単にいい印象を作り出すブラで支えているに違いない。グーグルで検索した結果、リッゲの農場で馬を育てていること、二度離婚していて、二度目の相手が四度大儲けをし、三度それを失っている金融業者であること、彼女自身が全国射撃大会の出場経験があること、献血者であること、政治の世界の同僚を〝尋常でない弱虫〟と罵倒してトラブルになっていること、映画や芝居の初日にカメラマンに喜んでポーズを取る以上に喜ぶことがあること、が明らかになった。要するに、人の金を当てにする女だった。

　ハリーは彼女の視界に入るように移動した。そして、店の真ん中まできても、彼女の目は彼から離れなかった。それが自分の権利だとでも言うように。彼女の前に立ったとき、少なくとも二十四の目が自分の背中に集中していることが、ハリーははっきりとわかった。

「イサベッレ・スケイエンさんですね」ハリーは言った。

　彼女は短い懺悔《ざんげ》でもしようとするかのように見えたが、考え直したらしく、首をかしげてこう言った。「こういう値段の高すぎるオスロのレストランって、そういうものなんじゃありませんか？　みんなが有名人なんですもの。だから……」彼女は〝ら〟を発音しながら、ハリーの爪先から顔を上げた。「あなたは?」

「ハリー・ホーレです」

「知っているような気がするけど、テレビに出演なさったことはありません?」

「大昔にね。これの前です」ハリーは顔の傷を指さした。

「ああ、そうでした、連続殺人犯を捕まえた警察官ね?」

これを演じる方法は二つあった。ハリーは直接的なほうを選んだ。

「そうでした」

「それで、いまは何をしていらっしゃるの?」関心がなさそうに訊きながら、視線をハリーの肩の向こう、店の入口へと彷徨わせた。そして、赤い唇を強く結び、目を二度大きく見開いた。ウォーミングアップだった。よほど重要な昼食に違いなかった。

「服と靴です」ハリーは言った。

「わかります、いいスーツですもの」

「いいブーツですね、〈リック・オウエンス〉ですか?」

彼女がハリーを見直した。彼を再発見したようだった。何か言おうとしたとき、目がハリーの背後の動きを捉えた。「昼食の相手がきました。もしかしたら、また会えるかもしれませんね、ハリー」

「ふむ。いまお話ができるんじゃないかと期待していたんですが」

彼女が笑って身を乗り出した。「そんなふうに言ってもらえるのは嬉しいんですけど、十二時だし、わたしは裁判官のように真面目で、昼食の相手もきていますからね。どうぞよい一日を」

彼女は踵を鳴らして去っていった。

「グスト・ハンセンはあなたの愛人でしたか？」

ハリーの声は低かったし、すでに二・五メートル離れていたが、それでもイサベッレ・スケイエンの身体が強ばった。まるで踵の音や周囲の声、店内に流れているダイアナ・クラールの低い歌声を遮断し、鼓膜に伝えてくれる周波数を見つけたかのようだった。

彼女が振り返った。

「あなたは同じ晩に四回、彼に電話をしています。最後は一時三十四分でした」ハリーはカウンターのストゥールに腰掛けた。イサベッレ・スケイエンが二・五メートルを引き返し、ハリーの上に聳えた。ハリーは『赤ずきん』を思い出した。もっとも、〝赤ずきん〟は彼女ではなかったが。

「用件は何なんです、ハリー？」彼女が訊いた。

「グスト・ハンセンについてあなたが知っていることを全部知りたいんです」

斧の刃のような鼻の孔《あな》が膨らみ、巨大な胸が反り返った。ハリーは彼女の肌の毛穴が大きくて黒いことに気がついた。齣《こま》割り漫画の点描のようだった。

「わたしはこの街で薬物に依存している人々を死なせないことに関心を持っている数少ない者の一人であり、グスト・ハンセンを憶えている数少ない一人でもあります。わたしたちは彼を失いました。悲しいことです。あの一連の電話は、彼の携帯電話の番号がわたしの電話に登録してあるからです。わたしたちは社会福祉事業委員会に彼を招いていたんですよ。わたしには彼に似た名前の仲のいい友人がいるので、かけ間違えることがときどきありました。ありうることでしょう」

「最後に彼と会ったのはいつですか?」

「いいですか、しっかり聴いてください、ハリー・ホーレ」彼女は歯を食いしばるようにして、〝ホーレ〟を強調して言うと、ハリーの上にあった顔をもっと近づけてつづけた。「わたしの理解が正しければ、あなたは警察官ではなくて、衣料品と靴の仕事をしているだれかです。あなたに話す理由が見つかりません」

「問題は」ハリーはカウンターに背中を預け、彼女を見上げて言った。「私がだれかと話したくてたまらないことなんです。だから、あなたでなければ、新聞記者ということになるでしょう。有名人のスキャンダルといったような話なら、彼らはいつでも大歓迎してくれますからね」

「有名人?」彼女は言い、にこやかな笑みをハリーにではなく、ヘッドウェイターの隣りで手を振り返しているスーツの男に向けて浮かべた。「わたしはただの議員秘書ですよ、ハリー。新聞に中途半端な写真が載ったって、有名人にはなれませんよ。見ていてごらんなさい、あっという間に忘れられてしまいますから」

「新聞はあなたを有望新人と見ていると、私は確信しているんですがね」

「そうですか？　そうかもしれないけど、最低最悪のタブロイド新聞だって、何らかの確実な証拠は必要でしょう。でも、あなたはそれを持っていない。電話のかけ間違いなんて……」

「あり得ることです。しかし、あり得ないのは……」ハリーは深呼吸をした。彼女の言うとおりだ。おれは彼女に関して何も持っていない。だから、直接的に演じるのはいい考えではなかったんだ。「同じ殺人事件で、AB型Rhマイナスの血液が、偶然にも二カ所から出てくることです。その血液型を持っているのは二千人に一人なんですよ。ですから、グストの爪のあいだに残っていた血液の型がAB型Rhマイナスだと鑑識報告が明らかにし、あなたの血液型も同じだと新聞が言ったら、老いぼれ刑事は事実を考え合わせて結論に達する以外にないんです。私がやらなくてはならないのは、DNA鑑定を依頼することだけなんです。そうすれば、グストが死ぬ前に爪を立てた相手がだれなのか、百パーセント確実なことがわかるはずです。それが新聞の見出しになったら、平均以上の興味を惹くことになると思いませんか、イサベッレ・スケイエン？」

イサベッレ・スケイエンが瞬きを繰り返した。まぶたが口を動かそうとしているかのようだった。

「どうなんです、社会党のなかにも私の話を聞いてくれるかもしれない、あなたの対立候補になりそうな人物がいるんじゃないですか？」ハリーは目を眇《すが》めた。「その候補者の名前を教えてもらえませんか」

「あとでなら、お喋りしてもいいですよ」イサベッレ・スケイエンが言った。「でも、その前に、一切他言はしないと誓ってもらわなくてはなりません」

「いつ、どこで？」

「電話番号を教えてください、仕事が終わったら、わたしのほうから電話します」

外へ出ると、フィヨルドは依然として眩《まぶ》しくきらめいていた。ハリーはサングラスをかけ、ブラフが成功したことを祝うために煙草をつけた。港の縁に坐って一服一服を愉《たの》しみ、世界一裕福な労働者階級が桟橋に係留している無意味で高価な玩具に執拗に集中して、頭から離れようとしない不快を感じることを拒否した。そのあと、煙草をもみ消し、フィヨルドへ唾を吐いて、リストに載っている次の人物を訪ねる準備をした。


ハリーは約束を取り付けてあることを〈ラディウムホスピタル〉の受付の女性に確認し、面会申請書を受け取った。名前と電話番号は書き込んだが、勤務先は空欄のままにした。

「私的なご面会ですか？」

ハリーは首を横に振った。これが優秀な受付の職業的習慣であることをハリーは知っていた。そういう受付は、形勢を見極め、出入りする人々や、働いている者たちの情報を収集している。その組織全員の内幕を知る必要がある刑事なら、受付へ直行すると決まっていた。

彼女が通路の一番奥のオフィスを指さした。そこへ向かう途中、ハリーはいくつもの閉じられたガラスのドアの前を通り過ぎた。その向こうは広い部屋で、白衣を着た人々が作業をし、作業台にはフラスコや試験管立てが雑然と並んで、鉄製のキャビネットに大きな南京錠がついていた。薬物依存の人間にとっては黄金郷《エル・ドラド》だろうな、とハリーは推測した。

　受付の女性が教えてくれたオフィスの前で足を止め、念のために、ドアに記されている名前――スティーグ・ニーバック――を確認してからノックをした。一度目が終わるか終わらないかのうちに、向こうから声が響いた。「どうぞ！」

　ニーバックは机の向こうに立って電話を耳に当てていたが、手振りでハリーに椅子を示した。三度の〝イエス〟と二度の〝ノー〟、一度の〝まあ、どうでもいい〟、そして、一度の心からの笑いのあと、電話を切り、きらきら光っている二つの目を、例によって脚を投げ出してだらしなく椅子に坐っているハリーに据えた。

「ハリー・ホーレ。あなたは私を忘れているかもしれないが、私はあなたを憶えていますよ」

「私はずいぶん大勢を逮捕していますからね」ハリーは言った。

　二度目の心からの笑いだった。「ウップサールで同じ学校に通っていたんですよ、私のほうが二学年下でしたがね」

「下級生は上級生を憶えているものですからね」

「まあ、おっしゃるとおりではあるけれども、学校時代のあなたを憶えているわけではなくて、あなたがテレビに出たとき、あなたがあの学校の卒業生で、トレスコーの友人だとだれかが教えてくれたんです」

「ふむ」ハリーは爪先を見つめ、私的な領域の話題に興味がないことを示した。

「結局、あなたは刑事になったわけですか。いまはどの殺人事件を捜査しているんです？」

「薬物関連の死を調べています」ハリーはできる限り事実に近い話をしようとした。「私が送ったものは見てもらえましたか？」

「見ましたよ」ふたたび受話器を上げて番号を打ち込み、相手が出るのを待つあいだ、ニーバックは耳の後ろを忙しく掻きつづけた。「マルティン、いまこっちへこられるか？　そうだ、あの検査のことだ」

ニーバックが受話器を置き、沈黙が三秒つづいたあとで微笑した。間を埋める話題を見つけようと頭のなかを探しているに違いないと思ったが、ハリーは沈黙をつづけた。ニーバックが咳払いをした。「あなたは砂利道を下ったところの黄色い家に住んでいましたよね。私は丘の上の赤い家で育ったんです。ニーバック家はご存じですか？」

「ええ」ハリーは嘘をつき、子供のころのことはほとんど憶えていないことを自分自身に示した。

「いまもあの家を所有しているんですか？」

ハリーは脚を組んだ。そのマルティンとやらがくる前にこの話を終わらせるのは無理だと覚悟したのだった。「父が数年前に死んだんです。なかなか売れなかったんですが——」

「亡霊ですね」

「はい？」

「売りに出す前に亡霊を追い払うことが大事なんです、違いますか？　私も去年母を亡くしたんですが、家はいまも空き家のままです。結婚はしているんですか？　お子さんは？」

ハリーは首を横に振り、自分が主導権を握ることにした。「しかし、あなたは結婚しておられる。私にはわかるんですよ」

「どうして？」

「その指輪」ハリーはニーバックの手へ顎をしゃくった。「私が昔持っていたのと同じです」

ニーバックが指輪をしているほうの手を上げて微笑した。「昔持っていた？　それは別れたという意味ですか？」

ハリーは内心で悪態をついた。人はいったいなぜ下らん無駄話をするんだ？　別れた？　もちろん、別れたさ。愛しているあの人と別れた。愛している人々と別れた。ハリーは咳払いをした。

「お待たせしました」ニーバックが言った。

ハリーは振り返った。青い研究衣を着た猫背の男が、入口で、眇めるようにしてハリーを見ていた。髪は黒く、長い前髪が雪のように白い秀でた額にかかっていた。目は深く窪《くぼ》んでいた。ハリーはやってくる足音も聞き取ることができなかった。

「こちらはマルティン・プラン、われわれの最も優秀な科学者の一人です」ニーバックが紹介した。

ハリーは『ノートルダムの鐘』のカジモドを連想した。

「で、どうだった、マルティン？」ニーバックが訊いた。

「あなたたちがバイオリンと呼んでいるものはヘロインではなく、レヴォルファノールに似た薬物です」

ハリーはその名前を記憶した。「で、それは？」

「高性能オピオイドです」ニーバックが答えた。「超強力な鎮痛剤ですよ。モルヒネの六倍から八倍というところですか。ヘロインの三倍以上です」

「本当ですか？」

「本当です」ニーバックが答えた。「そして、効果の持続時間はモルヒネの二倍です。八時間から十二時間ですね。レヴォルファノールはわずか三ミリグラムの投与で完全な麻酔薬になります。注射であれば、その半分ですみます」

「ふむ。ずいぶん危険なもののようですね」

「想像するほど危険ではありません。純粋なオピオイドを控えめに使う分には、身体を破壊することはありません。依存こそが、危険なんです」

「そうですか。ヘロイン依存者はばたばた死んでいますからね」

「確かにそのとおりですが、それは主に二つの理由からなんです。一つ目は、混ざると毒物同然になる物質が混ぜられていることです。たとえば、ヘロインがコカインと――」

「スピードボールになるわけだ」ハリーは言った。「ジョン・ベルーシが――」

「彼の魂に平安あれ。ヘロインが死に至る二つ目の一般的な原因は、それが呼吸を阻害することです。限界を超えて摂取すると、簡単に息が止まってしまうんですよ。そして、耐性が上がるにつれて摂取量が増えていくんです。しかし、それがレヴォルファノールの面白いところで、あれは呼吸を阻害することがほとんどないんですよ。そうだな、マルティン？」

猫背の男が目も上げずにうなずいた。

「ふむ」ハリーはマルティン・プランを見た。「ヘロインより強力で、効果も長くつづき、過剰摂取死の恐れもほとんどない。ジャンキーにとっては夢のような物質ですね」

「依存性と」マルティン・プランがつぶやくように言った。「値段です」

「はい？」

「それを投与している患者を見ているとわかるんですが」ニーバックがため息をついた。「彼らはこんなふうに依存症になってしまうんです」そして、パチンと指を鳴らした。「しかし、癌患者にとっては、依存症は重要な問題ではありません。われわれはそのタイプの鎮痛剤を増やし、カルテに従って投与しています。痛みを取り除ければいいのであって、その後の影響を気にする必要はありませんからね。それに、レヴォルファノールは作るのにも輸入するのにも金がかかるんです。だから、通りで見ることがないのかもしれません」

「あれはレヴォルファノールじゃありません」

ハリーとニーバックはプランを見た。

「変更が加えられています」プランが顔を上げた。ハリーはその目がたったいまスイッチが入ったかのようにきらめくのを見た気がした。

「どうやって？」ニーバックが訊いた。

「それを突き止めるには時間がかかると思いますが、塩素分子の一つがフッ素分子と交換されていました。それなら、作るのにそんなに金はかからないかもしれません」

「何てことだ」ニーバックが言った。「ドレセルのことを言っているのか？」

「可能性はあります」プランがほとんどそれとわからないぐらい薄い笑みを浮かべた。

「くそ！」ニーバックが吐き捨て、両手で頭の後ろをかきむしった。「そうだとしたら、天才の仕事だぞ。あるいは、出会い頭のまぐれ当たりかもしれんが」

「申し訳ない、私には何のことだかわからないんですがね」

「いや、失礼」ニーバックが言った。「ハインリッヒ・ドレセルです。一八九七年にアスピリンを発見した人物で、後に、ジアセチルモルフィンの改良に取り組んだんです。そんなに大変なことじゃありません、こっちの分子と、あっちの分子を入れ替えると、あら不思議、人体の別の受容体《レセプター》にくっつくようになるんです。そして、十一日後、ドレセルは新薬を発見しました。つい最近まで、といっても一九一三年ですが、鎮咳剤として売られていました」

「その薬の名前は？」

「〝勇敢な女性〟のもじりだったはずです」

「〝ヒロイン〟ですか」ハリーは言った。

「正解です」

「表面に塗布されていたものについてはどうでした？」ハリーはプランに訊いた。

「被覆材と呼ばれています」プランが訂正した。「それが何か？」顔はハリーに向いていたが、目は別のところ、壁を見ていた。出口を探している動物のようだな、とハリーは思った。あるいは、序列が上の生き物にまっすぐに見つめられることを嫌う家畜のような動物か。それとも、平均をわずかに上回って内気なただの人間か。しかし、それ以外に気になるところがあった。背を丸めた立ち方だった。

「いや」ハリーは言った。「鑑識が言うには、バイオリンに混じっていた茶色い粒は、元々錠剤だったものを細かく刻んだものなんだそうです。その……被覆材が、あなた方〈ラディウムホスピタル〉が作っているメタドン錠剤に使われているものと同じだとのことなんですがね」

「それで？」プランが素っ気なく訊き返した。

「あなた方が作っているメタドン錠剤を入手できるだれかが、ノルウェー国内でバイオリンを作っている可能性は考えられませんか？」

スティーグ・ニーバックとマルティン・プランがちらりと目を交わした。

「最近、われわれはほかの病院へもメタドン錠剤を提供していますから、少数ですけれども、それを手に入れられる人間はいるでしょう」ニーバックが言った。「しかし、バイオリンを作るには高度な化学の知識が必要です」その口が開いたり閉じたりして空気を吐き出した。

「どう思う、プラン？　ノルウェーの科学界にそういう物質を発見する能力があるかな？」

プランが首を横に振った。

「偶然の可能性はどうでしょう？」ハリーは訊いた。

プランが肩をすくめた。「もちろん、ブラームスが偶然『ドイツ・レクイエム』を書いた可能性はあるでしょうね」

沈黙が落ちた。ニーバックでさえ、付け加えるべきことがないようだった。

「では」ハリーは立ち上がった。

「多少でもお役に立てたならいいんですが」ニーバックが机の向こうからハリーに手を差し出した。「トレスコーによろしく伝えてください。彼はいまもハフスルン電力会社で夜勤をしていて、オスロに電気を供給しつづけているんですよね？」

「まあ、そんなところです」

「彼は昼の明かりが嫌いなんですか？」

「面倒ごとが嫌いなんですよ」

ニーバックが曖昧な笑みを浮かべた。

外へ出る途中、ハリーは二度足を止めた。一度目は、ずっと明かりが消えていてだれもいない研究室を調べるために。二度目は、マルティン・プランの名札が掛かっているドアの前で。ドアの下から明かりが漏れていた。慎重にノブを押し下げてみたが、鍵がかかっていた。

レンタカーに戻って最初にしたのは、携帯電話をチェックすることだった。ベアーテ・レンから一本電話がかかっていたが、イサベッレ・スケイエンからは何もなかった。ウッレヴォール・スタディアムの近くまできたとき、街を出るには最悪の時間帯だと気がついた。労働時間が最短の国は、早くも帰宅のラッシュアワーが始まっていた。カーリハウゲンまで五十分かかった。

セルゲイは運転席に坐り、指でハンドルを叩いていた。理屈の上では、彼の仕事場はラッシュアワーの車の流れに都合のいい側だった。だが、今日は夕方の勤務で、街を出ようとする渋滞にはまって動きが取れなくなっていた。カーリハウゲンへ向かう車は、冷えはじめた溶岩のようにのろのろとしか進まなかった。あの警官のことはグーグルで調べてあった。昔のニュースを検索し、殺人事件を検索し、オーストラリアでの連続殺人事件が目に留まった。どうしてそれが気になったかというと、その日の朝、〈アニマルプラネット〉でオーストラリアの番組を観ていたからだ。内容はもっぱらノーザンテリトリー準州のクロコダイルの知性、餌になる動物の習慣をどうやって学ぶのかについてだった。人間が藪《やぶ》でキャンプをした場合、普通は翌朝目覚めると、川から分かれて行き止まりになる分流《ビラボング》へ水を汲《く》みに行く。そのときは襲われることはない。クロコダイルは水のなかで見ているだけだ。人間がもう一晩そこでキャンプをし、次の日の朝も同じことを繰り返しても大丈夫だ。三日目もそこに泊まり、同じ道を歩いて水を汲みに行くと、そこにクロコダイルの姿はない。次の瞬間には、藪から飛び出し、餌を捕らえて水中に引きずり込んでいる。

その警官はネット上の写真を見る限りでは不安そうで、写真を撮られるのが、あるいは、見られるのが、好きではないのかもしれない。

電話が鳴った。アンドレイだった。彼はすぐに用件に入った。

「あいつはホテル・レオンに泊まってる」

南シベリアの方言は実際はマシンガンのように歯切れのいい早口だったが、アンドレイはそれを和らげ、淀みなく流れるような話し方に変えて、住所を二度、ゆっくり、そして、はっきり口にした。セルゲイはその住所を頭に叩き込んだ。

「わかった」彼は言った。意気込んでいるように聞こえてほしかった。「やつの部屋の番号を尋ねて、それが廊下の突き当たりでなければ、そこで待つことにする。突き当たりでな。そうすれば、やつがエレベーターに乗るために、あるいは、階段を使うために部屋を出たとき、おれに背を向ける形になるはずだからな」

「それは駄目だ、セルゲイ」

「駄目?」

「ホテルのなかは駄目だ。あいつはそこでおれたちを待ち受けているはずだ」

セルゲイはまず驚いた。「待ち受けている?」

彼は車線を変え、レンタカーの後ろについた。そのあいだにアンドレイが、その警官が二人の売人に接触して頭領《アタマン》をホテル・レオンに招いたことを教えてくれた。確かに罠《わな》の可能性があった。どこか別の場所でセルゲイに仕事をさせるよう、アタマンはアンドレイにはっきり命じていた。

「別の場所って、どこだ?」

「ホテルの前の通りで待て」

「だけど、実行する場所はどこなんだ？」

「それはおまえが選べばいい」アンドレイが答えた。「だが、おれの好みは待ち伏せだ」

「待ち伏せ？」

「常に待ち伏せだよ、セルゲイ。それと、もう一つ……」

「何だ？」

「やつは踏み込んでほしくない領域へ踏み込みはじめている。つまり、これが緊急を要する問題になりつつあるということだ」

「どういう……意味だ？」

「必要な時間ならいくらかけてもかまわないが、必要でない時間はかけるな、とアタマンが言っている。明日よりは今日のほうがいい、一日でも早いほうがいいんだ。わかったか？」

　電話が切れたとき、セルゲイはまだ渋滞のなかにいた。人生でこんなに孤独を感じたことはなかった。

　ラッシュアワーはピークに達し、シェースモー・ジャンクションの直前まで渋滞は解消されなかった。そのころにはハリーは一時間も車のなかにいて、ラジオのすべてのチャンネルを当たっていた。どのチャンネルも趣味が合わず、結局ノルウェー放送《NRK》会社のクラシック音楽番組を聞くしかなかった。二十分後、ようやくガルデモンの出口が見えた。今日、十回以上、トール・シュルツに電話をかけたが応答がなかった。航空会社で捕まえた彼の同僚は、シュルツの所在はわからないが、空を飛んでいないときは大抵自宅にいると言い、ハリーがネットで調べた住所で間違いないと確認してくれた。

暗くなりはじめたころ、ハリーは標識を見て正しいところにいるはずだと推論し、舗装されたばかりの道路の両側に並ぶ、どれも同じような小さな家々のあいだをゆっくりと進んでいった。そこから漏れる明かりで、トール・シュルツの家の番号を何とか読み取ることができた。その家は真っ暗だった。

ハリーは車を駐め、顔を上げた。黒い空に銀色が見えた。飛行機。音もなく獲物を狙う鳥のようだった。航空灯の明かりがさっと屋根を照らしたと思うと、飛行機はハリーの後ろへ消えていった。そのあとに、ウェディングドレスの長い裾を引きずるように音が残った。

ハリーは玄関へ向かうと、ドアのガラスに顔を押し当ててベルを鳴らし、待った。もう一度鳴らした。一分、待った。

そのあと、ガラスを蹴破ってなかへ手を差し込み、掛け金を外してドアを開けた。ガラスの破片をまたいで、そのまま居間へ入った。

最初に気になったのは、闇の濃さだった。明かりがついていない部屋の普通の暗さよりも濃かった。カーテンが閉まっていた。フィンマルクの軍の駐屯地で白夜の明かりを遮断するために使われている種類の分厚い遮光カーテンだった。

次に気になったのは、自分一人ではないという感覚だった。経験でわかっていたが、そういう感覚はほぼ常に、何かが実際にそこに存在しているという印象をともなっていた。ハリーはそれが何であるかを知ろうと集中し、自然の反応――心臓の鼓動が速くなり、いまきた道を引きかえしたいという衝動――を抑え込んだ。耳を澄ませたが、どこかで、たぶん隣室だろう、時計の針が進む音しか聞こえなかった。臭いを嗅いでみた。時間が経っている、鼻を突く臭い。しかし、それ以外の何かがあった。はっきりとはしないけれども、馴染《なじ》みのある何か。目を閉じた。ハリーは通常、やってくる前にそれを感じることができた。長い年月のあいだにそれを避ける術を身につけていたのだが、今回は間に合わず、それ――亡霊――がやってくるほうが早かった。犯罪現場の臭いが。

ハリーは目を開けた。眩しかった。明るかった。その明るさは居間の床を一瞬照らしただけで、飛行機の爆音が聞こえた次の瞬間、ふたたび闇に包まれた。だが、ハリーは見た。心臓の鼓動が速くなるのも、逃げ出したいという衝動も、もはや抑えられなかった。

カブトムシ。〝ツィウク〟。それが彼の顔の前で宙に浮いていた。

21

無残な顔だった。

ハリーは居間の明かりをつけ、死者を見下ろした。

右耳が寄木張りの床に釘付けにされ、顔には六つ、血だらけの穴があいていた。凶器を探す必要はなかった。目の前にぶら下がっていた。梁から垂らされているロープの先端の煉瓦で、その煉瓦から血塗れの釘が六本、突き出していた。

ハリーはしゃがんで手を伸ばした。部屋は暖かかったが、男は冷たく、明らかに死後硬直の状態にあった。死斑についても同じことが言えた。重力がかかっていることと血圧がなくなったことが相俟って血液が身体の一番低いところに集まり、その結果、両腕の下側がわずかに赤みを帯びていた。死後十二時間以上は経っているな、とハリーは推測した。アイロンのかかった白いシャツの裾がめくれて腹の一部が見えていた。まだ緑がかっていなかったから、バクテリアが悪さをしはじめてはいないらしかった。彼らの宴は死後四十八時間経ったころに、胃で始まって広がっていくのが普通だった。

死者はシャツのほかに、ネクタイを締め――すでに緩んでいた――、黒いスーツのズボンを穿いて、きちんと磨いた靴を履いていた。まるで葬式か、服装規定のある仕事からまっすぐ帰ってきたかのようだった。

ハリーは携帯電話を取り出し、オペレーション・センターか刑事部へ知らせたものかどうか思案したあと、前者の番号を押して室内を見回した。押し入られた様子はなく、争った形跡もなかった。煉瓦と死体を別にすれば、いかなる種類の証拠もなかった。現場検証班がやってきたとしても、まったく何も見つけられないだろう。指紋も、下足痕も、ＤＮＡも。それは捜査員も同じはずだった。近隣の住人は何も見ておらず、近くのガソリンスタンドの防犯カメラにもそれらしい顔は映っておらず、シュルツの携帯電話の通話記録も何も明らかにしてはくれないだろう。手掛かりなし。ハリーは答えを待ちながらキッチンへ行った。本能的に慎重に足を運び、何一つ触れないようにした。キッチン・テーブルを見ると、食べかけのパンとソーセージの皿があった。椅子の背に、死体のズボンと同じ色の上衣が掛けてあった。ポケットから、四枚の百クローネ紙幣、訪問者入館許可証、鉄道の切符、そして、航空会社のＩＤカードが出てきた。トール・シュルツ。そのカードについている写真の職業的な笑顔が、たったいま居間で見た顔の残骸に似ていた。

「交換台です」

「死体を発見した。住所は――」

ハリーは訪問者入館許可証に気がついた。

「はい？」

どこかで見たことがあるような気がした。

「もしもし？」

ハリーはそれを手に取った。最上段に〝オスロ管区警察〟、その下に〝トール・シュルツ〟、そして、日付が記載されていた。持ち主は二日前に警察本部か所轄署を訪れ、いまは死体になっていた。

「もしもし？」

ハリーは電話を切った。

腰を下ろした。

じっくり考えた。

一時間半かけて家のなかを捜索した。そのあと、指紋をつけてしまったかもしれないところをすべて拭き、髪の毛が落ちないよう頭にかぶってゴムバンドで留めていたビニール袋を脱いだ。犯罪の現場に立ち会うことになる可能性のある刑事や警察関係者全員が、自分の指紋とDNAを登録する決まりになっていた。何であれ手掛かりを残してしまえば、警察はハリー・ホーレがここにいたことを五分で突き止める。骨折りの成果は、コカインの小さな包みが三つと、密輸品と思われる酒瓶が四本。それがなければ、予想どおりの結果——手掛かりなし——になっているはずだった。

ドアを閉め、車に戻って、走り去った。

オスロ管区警察。

くそ、くそ、くそ。

ダウンタウンに着くと、車を駐めてフロントガラスの向こうを見つめた。そして、ベアーテに電話をした。

「あら、ハリー」

「二つある。一つ目は、頼みだ。二つ目は、この件でもう一人死者が出たという匿名情報だ」

「二つ目については、さっき知らせがありました」

「知ってるのか？」ハリーは驚いた。「殺害方法は〝ツィウク〟、ロシア語でカブトムシという意味だ」

「何の話ですか？」

「煉瓦だ」

「どの煉瓦ですか？」

ハリーは息を吸った。「おまえさんこそ何の話をしているんだ？」

「ゴイケ・トシッチの話ですけど」

「そりゃだれだ？」

「オレグを襲った男です」

「それで？」

「独房で死んでいるのが発見されました」

ハリーは、自分のほうへ向かってくる二つのヘッドライトをまっすぐに見た。「どうやって……？」

「いま調べているところですが、自分で首を吊ったようです」

「〝自分で〟は削除しろ。あいつら、あのパイロットも殺したぞ」

「何ですって？」

「トール・シュルツがガルデモン近くの自宅の居間で倒れてる」

二秒後、ベアーテが答えた。「オペレーション・センターに知らせます」

「頼む」

「もう一つは何ですか？」

「もう一つ？」

「頼みがあるんでしょ？」

「ああ、そうだった」ハリーは訪問者入館許可証をポケットから出した。「警察本部受付の訪問者記録を調べてもらえないかな。トール・シュルツが二日前に訪ねてるんだが、だれに会いに行ったか知りたい」

ふたたびの沈黙があった。

「ベアーテ？」

「わたしが巻き込まれたいと思うようなことだという確信があるんですか、ハリー？」

「巻き込まれたくないと思うようなことだという確信はある」
「何ですか、それ」
ハリーは電話を切った。

ハリーはクヴァドラトゥーレンの端の駐車場に車を置き、ホテル・レオンへ向かった。バーの前にさしかかると、開いているドアから流れ出ている音楽が、到着した日の夜を思い出させてくれた。ニルヴァーナの「カム・アズ・ユー・アー」だった。自分がそのバーに入っていることに気づいたのは、腸のように曲がりくねっているカウンターの前に立ったときだった。

三人の客がバー・ストゥールに腰かけ、背中を丸めていた。誰一人欠けることなく、一カ月眠らずに飲みつづけているかのようだった。ビールの空き瓶とがたのきた肉体の臭いがした。バーテンダーがいますぐ注文するか、さもなくば地獄へ堕ちろという目でハリーを見ながら、のろのろとコルクの栓を外そうとしていた。太い首に、大きなゴシック書体で、三文字のタトゥーが彫ってあった――〝EAT〟。

「何にします？」バーテンダーがカート・コバーンの声に危うく呑み込まれそうな、しかし、大きな声で訊いた。

ハリーは突然乾いた唇を湿らせ、バーテンダーの手を見た。回しているのは最も単純な種類の栓抜きで、力と慣れを要求されるけれども、二回転でコルクを貫通し、簡単に引き抜くことができるものだった。いま、コルクが貫かれた。しかし、ここはワイン・バーではなかった。ほかに何があるのか？　ハリーはバーテンダーの背後の鏡を見た。捻《ねじ》れた自分が映っていた。歪んだ顔が。だが、そこにあるのは自分の顔だけではなかった。全員の顔が、すべての亡霊の顔が、そこにあった。最新参はトール・シュルツだった。ハリーは背が鏡になっている棚に並んだボトルを熱追尾ミサイルのような目で見渡し、標的を見つけた。旧敵《オールド・エネミー》を、ジムビームを。

　カート・コバーンは銃を持ってなかった。

　ハリーは咳払いをした。一杯だけ。

　丸腰だ。

　注文をした。

「はい？」バーテンダーが身を乗り出して叫んだ。

「ジムビームだ」

　銃はない。

「ジン、何ですって？」

　ハリーはごくりと唾を呑んだ。コバーンが〝記憶《メモリア》〟という言葉を繰り返していた。ハリーはその歌をこれまでに百回は聴いていたが、そのたびに、こう歌っているのだと思っていた――〝もっと《ザ・モア》〟、そのあとに別の言葉がつづいた。

〝悼んで《イン・メモリアム》〟。どこでその文字を見たのか？　墓石か？

何か動くものが鏡に映った。その瞬間、ポケットのなかで携帯電話が振動しはじめた。

「ジン、何です？」バーテンダーが栓抜きをカウンターに置いて叫んだ。

ハリーは携帯電話を取り出し、ディスプレイを見た。〝R〟。ハリーは電話に出た。

「やあ、ラケル」

「ハリー？」

背後でまた動きがあった。

「騒音しか聞こえないわ、ハリー。どこにいるの？」

ハリーは踵《きびす》を返し、急いで外へ出た。そして、排ガスに汚染されてはいてもまだ新鮮な空気を吸い込んだ。

「いま、何をしているの？」ラケルが訊いた。

「右へ曲がろうか、左へ曲がろうか、考えているところだよ」ハリーは言った。「きみは？」

「寝るところよ。あなた、素面なの？」

「何だって？」

「ちゃんと聞こえているはずよ。わたしに聞こえているんだもの。あなたにストレスがかかっているとき、わたしにはわかるの。それに、バーの騒音みたいだったし」

ハリーはキャメルの箱を取り出し、指で叩いて一本抜いた。手が震えているのがわかった。

「電話してくれて助かったよ、ラケル」

「ハリー？」

ハリーは煙草に火をつけた。「何だい？」

「ハンス・クリスティアンが、オレグが人目につかない場所に勾留されるよう手筈を整えてくれたの。エストランなんだけど、そこのどこなのかはだれも知らないわ」

「悪くないな」

「彼はいい人よ、ハリー」

「それは間違いなさそうだ」

「ハリー？」

「何だい？」

「証拠を捏造《ねつぞう》することができて、わたしが殺人の罪をかぶるとしたら、力を貸してくれる？」

ハリーは煙を吸い込んだ。「断わる」

「どうして？」

背後でドアが開いたが、歩き去る足音は聞こえなかった。

「ホテルから電話する、いいね？」

ハリーは電話を切ると、ちらりとも後ろを見ずに、大股に通りを渡った。


セルゲイは男が小走りに通りを渡るところを見ていた。

男がホテル・レオンに入るところを見ていた。

すぐそこにいた。本当に目の前に。最初はバーで、いまはこの通りで。

手はいまも、持ち手が大鹿の角でできているナイフをポケット越しに押さえていた。刃が出て、裏地を切り裂いていた。二度、一歩前に出て左手で男の髪をつかみ、右手でナイフを突き刺して三日月形に抉《えぐ》ってやりたい衝動に駆られ、寸前で思いとどまっていた。事実、警官は想像以上に背が高かったが、それは問題ではないはずだった。

問題など何一つない。心臓の鼓動がゆっくりになるにつれて、冷静さが戻ってきた。失っていた冷静さ、恐怖が抑え込んでいた冷静さが。そして、ふたたび楽しみだと感じられるようになった。仕事をやり遂げ、これまで語られてきた物語のなかの一人に自分がなることが楽しみだと。

ここがそのための場所、待ち伏せの場所だった。その警官がボトルを見つめているときに、セルゲイはすでにその目を見ていた。父親が刑務所から帰ってきたときの目と同じに見えた。おれは分流《ビラボング》のクロコダイルだ。獲物が水を汲むために同じ道を通るとわかっている、あとは待つだけだとわかっているクロコダイルだ。

ハリーは三〇一号室のベッドに横になり、煙草の煙を天井へと吹き上げながら、電話の向こうの彼女の声に耳を澄ませていた。

「あなた、証拠を捏造するより悪いことをしたでしょう。わたし、知ってるのよ」彼女が言った。「それなのに、どうして断わるの？　あなたが愛している人のためなのに？」

「きみは白ワインを飲んでるな」ハリーは言った。

「赤ワインじゃないって、どうしてわかるの？」

「声でわかる」

「だったら、どうして断わるのか、理由を説明して」

「いいのか？」

「もちろん、ハリー」

ハリーはベッドサイド・テーブルの上の空になったコーヒーカップで煙草を消した。「ぼくは法を犯し、警察を馘になった警察官だが、法は大事だと考えている。奇妙に聞こえるかな？」

「つづけて」

「法はわれわれが崖っぷちに立てた防壁なんだ。だれかが法を破るとき、そいつは必ずその防壁を破ることになる。そうなったら、われわれはそれを修理しなくちゃならない。罪を犯した者は償いをしなくてはならないんだ」

「違うわ、だれかが償わなくちゃならないのよ。殺人は受け容れられないことを社会に示すために、だれかが罰を受けなくちゃならないんだわ。どんなスケープゴートでも防護壁を作り直せるわ」

「きみは自分に都合のいい法律の塊を掘り出そうとしているわけか。きみは弁護士だろう、もう少し分別をわきまえるべきだ」

「わたしは母親なの——弁護士は仕事にすぎない。あなたはどうなの、ハリー？　あなたは警察官なの？　それがあなたのなったものなの？　ロボット、蟻塚の奴隷、ほかの人たちが持っていた幻想なんじゃないの？　それがいまあなたのいるところじゃないの？」

「ふむ」

「答えられるの？」

「いや、なぜぼくがオスロへ戻ってきたと思う？」

間。

「ハリー？」

「何だい？」

「ごめんなさい」

「泣くなよ」

「わかってる。ごめんなさい」

「謝るな」

「おやすみなさい、ハリー。わたし……」

「おやすみ」


ハリーは目を覚ました。何かが聞こえたのだった。廊下を走る自分の足音と雪崩の音を掻き消す何かが。時計を見た。一時三十四分。折れたカーテンレールが窓枠に寄りかかり、チューリップの形のシルエットが見えた。ハリーはベッドを出て窓のところへ行き、裏庭を覗いた。ごみ容器が横倒しになり、いまも音を立てて転がりつづけていた。ハリーは窓ガラスに額を当てた。

22

朝の早い時間、渋滞がグレンランスレイレのほうへのろのろと動いているとき、トルルス・ベルンツェンは警察本部へと歩いていた。奇妙な覗き穴のついているドアの並びに着く直前、菩提樹の木に貼ってある赤いポスターが目に留まった。彼は踵を返し、ゆっくりと引き返すと、オスロ通りを亀の歩みで動いている車の列を追い越して、墓地へ入った。

墓地は例によって閑散としていて、少なくとも生者への尊敬は維持されていた。彼はA・C・ルードの墓石の前で足を止めた。そこにメッセージは書かれていなかったから、きっと支払い日に違いなかった。

しゃがんで墓石の横の地面を掘ると、茶色の封筒が現われた。それを手に取り、いまこの場で開封して金を数えたいという誘惑を抑えて、上衣のポケットにしまった。立ち上がろうとしたとき、不意にだれかに見られているような気がして、何秒かそのままの姿勢でいた。A・C・ルードを、人生のはかなさを、あるいは、そういう戯言を黙想しているかのように。

「動くな、ベルンツェン」

影が上から覆い被さってきて、空気が冷たくなった。太陽が雲に隠れたかのようだった。

トルルス・ベルンツェンは自分が自由落下していて、胃袋が胸へ迫り上がってくるような感覚に襲われた。そういうことか、と彼は覚悟した。ばれたということか。

「今度はこれまでと違う種類の仕事をしてもらう」

足元がふたたびしっかりしたように感じられた。声、かすかな訛り、彼だ。ベルンツェンはちらりと横を見た。墓石を二つ隔てて、あたかも祈りを捧げているかのように頭を垂れて立っている姿があった。

「あいつらがオレグ・ファウケをどこへ隠したか、それを突き止めてもらわなくちゃならない。こっちを見るな、まっすぐ正面を向いているんだ！」

ベルンツェンは自分の前の墓石を見つめた。

「やってはみたんです」彼は言った。「しかし、移送の記録はどこにもありませんでした。とにかく、まるで手掛かりがないんです。何であれあいつについて聞いたことのあるやつは一人もいませんでした。たぶん、名前を変えているんじゃないでしょうか」

「事情を知っている人間を探れ。弁護人のシモンセンに当たってみろ」

「母親はどうです？　彼女ならきっと——」

「女は駄目だ！」その言葉は鞭《むち》のように鋭く、だれか墓地にいたら間違いなく聞こえたはずだった。その声が多少穏やかになった。「まず弁護人に当たれ。それでうまくいかなかったら……」

そのあとに間があり、ベルンツェンは墓地の木々の頂きのざわめきを聞いた。風だ、と彼は思った。いきなりすべてが冷たくなったのは風のせいだったんだ。

「クリス・レディという男がいる」声がつづいた。「通りでは〝アディダス〟と呼ばれていて、扱っているのは――」

「スピードですね。アディダスが意味しているのはアンフェタ――」

「口を閉じろ、ベルンツェン。黙って聴け」

ベルンツェンは口を閉じ、黙って聴いた。だれであれ同じような声の持ち主にそう言われたら、必ず口を閉じて、黙って聴くことにしていた。それは糞溜めを掘れ、すなわち、汚れ仕事をしろと言われるときであり、あるいは……

声が住所を教えた。

「グスト・ハンセンを撃ったのは自分だとアディダスが吹聴しているという噂は聞いているだろう。だから、それを口実に引っ張って尋問するんだ。あいつは何でも無条件に白状するだろうが、それが百パーセント信用できるものになるよう、詳細について折り合いをつけるのはおまえに任せる。だが、まずはシモンセンと話すんだ。わかったか？」

「わかりました。しかし、なぜアディダス――？」

「〝なぜ？〟はおまえの問題じゃない。おまえの唯一の問題は〝いくらか？〟だろ？」

ベルンツェンはごくりと唾を呑んだ。呑みつづけた。糞を掘り返し、糞を呑み込んだ。

「いくらですか？」

「そう、それでいい。六万だ」

びたたふがび太陽。だれもいなかった。決まりだ。


「十万」

答えがなかった。

「聞いてるんですか?」

しかし、聞こえるのは朝の渋滞の車の音だけだった。

ベルンツェンはうずくまったまま、ちらりと横を見た。だれもいなかった。太陽がふたたび自分を温めはじめたような気がした。六万なら上等だ。決まりだ。


朝の十時、地上にはまだ霧が残っていた。ハリーはスケイエンの農場の母屋の前で車を停めた。イサベッレ・スケイエンが階段の上に笑顔で立ち、ぴったりした黒の乗馬ズボンを穿いた腿を小さな乗馬用の鞭で叩いていた。車を降りたハリーのブーツが砂利を嚙む音が聞こえた。

「おはよう、ハリー。馬についてどんなことをご存じ?」

ハリーは車のドアを閉めた。「大金を失いましたよ。これでどうです?」

「ということは、ギャンブラーでもあるの?」

「でも?」

「わたしもちょっと探偵の仕事をしてみたの。あなた、ずいぶん手柄を立てているけど、同じぐらい悪いこともしているのね。少なくとも、あなたの同僚はそう主張しているわ。馬でお金を失ったのは香港で?」

「ハッピーバレー競馬場でね。一度だけですが」

彼女が平屋の赤い建物のほうへ歩き出し、ハリーはそのあとを追った。足を速めなくてはならなかった。「馬に乗ったことは、ハリー？」

「祖父がオンダルスネスで逞しい老馬を飼っていました」

「だったら、経験はあるのね？」

「これも一度だけですがね。馬は玩具《おもちゃ》じゃないというのが祖父の考えで、遊びで馬に乗るのは働く動物への尊敬を欠いている証拠だと言っていました」

彼女が革の細い鞍《くら》が二つ載っている台の前で足を止めた。「わたしの馬は一頭として荷車や鋤《すき》を見たことがないし、これから見ることもないでしょう。わたしが鞍を着けているあいだに、あそこへ行って……」そして、母屋を指さした。「広間のクローゼットに元夫の服が入っているから、適当なのを選んで着替えてきたらどうかしら。その上等なスーツを汚したくないでしょ？」

クローゼットにあったセーターとジーンズは実際に充分な大きさだったが、元夫はハリーより小足だったに違いないと思われた。というのは、どの靴も小さすぎて、奥にあったノルウェー陸軍の青のスニーカーに辛うじて足が入ったからである。

表に出ると、イサベッレはすでに二頭の馬の鞍を着け終えて待っていた。ハリーはレンタカーの助手席側のドアを開けると、足を外へ出したまま腰を下ろした。そして、スニーカーの中敷きを取り外して車に残し、靴を履き替えた。そのあと、グローブボックスからサングラスを取り出した。「準備完了」

「この馬はメドゥーサ」イサベッレが轡《くつわ》を着けた大きな栗毛を指さした。「デンマーク産のオルデンブルク種で、馬場馬術用として完璧な血統を持っているの。十歳で、ここの馬たちのボスよ。そして、この子がバルデル。彼は五歳だから、メドゥーサに従うの」

彼女はハリーにバルデルの手綱を渡し、自分は颯爽《さっそう》とメドゥーサの鞍にまたがった。

ハリーは左足を左の鐙《あぶみ》にかけ、鞍にまたがった。バルデルは指示を待つまでもなく、メドゥーサのあとに従ってきびきびと歩き出した。

馬に乗ったことは一回しかないと言った時点ですでにわかっていたことではあるが、これは祖父の老馬の安定した、戦艦のような足取りとは違っていた。鞍の上でバランスを取らなくてはならず、ほっそりした馬の腹を挟んでいる両脚に力を入れると、肋骨《ろっこつ》や筋肉の動きを感じ取ることができた。メドゥーサが原っぱを横断する小径で足取りを速めると、バルデルも反応した。こんなささやかな加速でも、自分の両脚のあいだにいるのがフォーミュラ・ワン級の生き物であることを実感させてくれた。二頭は原っぱの終わるところで合流した。小径は森のなかへ延びて尾根へつづいていた。その小径は一本の木を挟んで左右に分かれていて、ハリーはバルデルを左へ行かせようとしたが、彼は乗り手を無視し、メドゥーサのあとを追って右へ進んでいった。

「群れのリーダーは牡馬《ぼば》がなるものだと思っていたんですがね」ハリーは言った。

「だいたいはそうだけど」前を行くイサベッレが肩越しに応えた。「持って生まれた性質によるわね。強くて野心的で頭のいい牝馬《ひんば》なら、その気さえあれば、すべての牡馬を打ち負かせるわ」

「そして、あなたはその気がある」

イサベッレ・スケイエンが声を立てて笑った。「もちろんよ。何かを手に入れようと思ったら、競争しなくちゃならないわ。政治は力を手に入れることがすべてなんだから」

「あなたは競争することが好きなんですか？」

ハリーの前でイサベッレが肩をすくめた。「競争するのは当然よ。それはつまり、最も強くて最も優秀な者が物事を決めるということで、群れ全体にとっていいことだもの」

「そして、だれであれ自分の好きな者と番《つが》うことができる？」

イサベッレは答えなかった。ハリーは彼女を見つづけた。腰は細く、硬そうな尻がゆっくり左右に揺れて、馬をマッサージしているように見えた。やがて、空き地に出た。太陽が出ていて、彼らの下では、霧の名残りが途切れ途切れに田園地帯に広がっていた。

「この子たちを休ませてやりましょう」イサベッレが馬を降りた。馬を木につないだあと、イサベッレは草の上に横になり、ハリーを手招きした。

ハリーは彼女の横に腰を下ろし、サングラスをかけ直した。

「それ、男物なの？」彼女がからかった。

「太陽から護ってくれるんですよ」ハリーは応え、煙草を取り出した。

「そういうの、わたしは好きよ」

「そういうのって?」

「男らしさを信じている男性ってこと」

ハリーは彼女を見た。頬杖を突いていて、ブラウスのボタンが外されていた。ハリーはサングラスの黒さが充分であってくれることを願った。彼女が微笑した。

「それで、グストについてですが、何を教えてもらえるんでしょう?」ハリーは言った。

「わたしは純粋な男の人が好きなの」笑みが大きくなった。

茶色のトンボが羽音を立てて飛んでいった。この秋最後のフライト。ハリーは彼女の目にあるものが好きになれなかった。ここに着いてからずっと宿っているもの、期待の色が。そして、将来の出世を脅かすスキャンダルに直面している者ならあるはずの苦悶と当惑がないことが。

「わたしは不誠実が好きじゃないの」彼女が言った。「たとえば、はったりをかけるというようなね」

青いマスカラに縁取られた目に勝利がきらめいた。

「ねえ、わたしは警察に情報源を持っているの。だから、電話してあなたのことを訊いたのよ。彼は伝説の刑事ハリー・ホーレについて少し話してくれただけでなく、グスト・ハンセンの件では血液鑑定は一切行なわれていないことも教えてくれたわ。採取された血液が使い物にならなかったみたいね。わたしの型の血液があいだに挟まっている爪もないの。あなたはわたしにはったりをかけていたのよ、ハリー」

ハリーは煙草をつけた。頰にも耳にも血は昇ってこなかった。赤くなるには年を取りすぎたんだろうか、と彼は訝った。

「ふむ。グストの件についてのその情報がどれもあなたの無実を明らかにするものだったのなら、私が血液を鑑定させることをどうしてあんなに恐れたんです？」

彼女が小さく笑った。「わたしが恐れたなんて、だれが言ったの？　あなたにここへきてほしかっただけかもしれないでしょう。自然とか、色々愉しむためにね」

ハリーは赤くなれないほど年を取りすぎているわけではないことを確認しながら仰向けになると、笑ってしまうぐらい青い空へ煙草の煙を吹き上げた。そして目を閉じ、イサベッレ・スケイエンとやらなくてすむ理由を考えようとした。山ほど頭に浮かんだ。

「どうしたの？」彼女が訊いた。「大人なら当然の欲求を備えている独り身の女だと、わたしはそう言っているだけよ。それはわたしが真面目でないことを意味しないわ。わたしは自分と同等だと思わない人とは関係を持ったりはしないの、たとえばグストとかね」声が近づいてきた。「でも、長身の大人の男性なら……」熱い手が腹に置かれた。

「あなたとグストは、いまわれわれが寝そべっているここで横になっていたんですか？」ハリーは小声で訊いた。

「何ですって？」

ハリーは両肘で支えて上半身を起こし、青いスニーカーへ顎をしゃくった。「あなたのクローゼットには、男物の靴はサイズ42しかありませんでした。サイズ45は、この履き古したスニーカーだけでした」

「それが何か？　あるとき、サイズ45のスニーカーを履いた男性訪問者がなかったとは断言できないでしょう」彼女の手がハリーの腹を行ったりきたりしていた。

「このスニーカーは大分前に軍用に作られたもので、仕様が変わったときに、在庫が慈善団体に寄付され、必要としている人々に提供されたんです。警察は〝ジャンキー・シューズ〟と呼んでいるんですが、それは救世軍の〈灯台〉で無料で支給されているからなんです。もちろん疑問なのは、靴のサイズ45の訪問者が、なぜその靴を置いていったのかということです。新しい靴を手に入れたというのが、おそらく一番有望な説明でしょうがね」

イサベッレ・スケイエンの手が止まった。よし、とハリーはつづけた。

「私は犯行現場の写真を見たんですが、グストは死んだとき、安物のズボンを穿いていました。しかし、靴はとても高級なものだったんです。私が間違えていなければ、〈アルベルト・ファッシャーニ〉でした。ずいぶん気前のいいプレゼントじゃありませんか。値段はいくらだったんです？　五千ですか？」

「何の話だかさっぱりわからないわね」彼女の手が引っ込んだ。

ハリーは自分が勃起していることが不本意だった。それはすでに借り物のズボンの内側を圧迫していた。彼は両脚を伸ばした。

「このスニーカーの中敷きは車のなかにあるんです。足の汗がＤＮＡ鑑定に最適だということは知っておられましたか？　たぶん顕微鏡なら、とても小さな皮膚のかけらも見つけられるんじゃないでしょうか。それに、〈アルベルト・ファッシャーニ〉の靴を売っている店は、オスロにはそんなに多くないはずです。一軒か、二軒でしょうか？　いずれにしても、あなたのクレジットカードと照合するのは簡単な仕事です」

イサベッレ・スケイエンが上半身を起こし、遠くを見はじめた。

「畑が見える？」彼女が訊いた。「美しいと思わない？　わたしは手入れされた景色が大好きなの。森は大嫌い。人の手で植林されたものは別よ。混沌が大嫌いなの」

ハリーは彼女の横顔を観察した。斧のような鼻が極めて危険に見えた。

「グスト・ハンセンのことを教えてください」

イサベッレが肩をすくめた。「なぜ？　明らかに、大半のことはもうわかっているんでしょう」

「だれに質問されたいですか？　私ですか、それとも〈ヴェルデンス・ガング〉ですか？」

彼女が短く笑った。「グストは若くて、美貌の持ち主よ。あの種類の牡馬は見ているぶんには素晴らしいし、自分が乗って愉しむぶんにはいいけど……」そして、深い息をした。「彼はここへきた、そして、わたしとセックスをした。ときどき、わたしは彼にお金を渡した。彼はほかの女とも会っていた——特別なことじゃなかったわ」

「あなたは嫉妬しなかったんですか？」

「嫉妬？」彼女は首を横に振った。「セックスがらみで嫉妬したことは一度もないわね。わたしもほかの男と会ってたんだもの。しばらくしたら、特別な人が現われた。そのとき、わたしはグストを捨てた。あるいは、それ以前に、彼のほうがわたしを捨てていたのかもしれない。いずれにせよ、もうお小遣いは必要ないみたいだった。でも、また連絡があった。そのときの彼は、わたしにとってややこしい存在になっていた。お金に困っていたんじゃないかしらね。それと、ドラッグの問題も抱えていたんじゃないかしら」

「どんなふうにややこしい存在になっていたんです？」

「利己的で、信用できなくて、魅力的だったの。自信過剰のろくでなしね」

「用件は何だったんです？」

「わたしが心理学者に見える、ハリー？」

「いいえ」

「そうでしょ？　わたし、他人にはあまり興味がないの」

「本当に？」

イサベッレ・スケイエンが首を横に振り、また遠くを見た。目に光るものがあった。

「グストは孤独だったの」彼女は言った。

「どうしてわかるんです？」

「いいこと？　わたしは孤独がどういうものかを知っているの。それに、彼は自己嫌悪の塊でもあった」

「自信過剰と自己嫌悪ですか？」

「その二つは矛盾しないわ。人は自分が何を成し遂げられるかわかっているけど、それは自分が他人に愛され得る存在だと見なすことを意味しないの」

「では、グストがそうなった原因は何でしょう？」

「言ったでしょう――わたしは心理学者じゃないって」

「確かに」

ハリーは待った。

彼女が咳払いをした。

「彼は親に捨てられたの。それが子供にどういう影響を与えると思う？　彼は態度や顔にはまったく出さなかったけれど、その奥では、自分なんか大して価値のない人間だと考えていたわ。自分を捨てた人たちと同じぐらいつまらない人間だとね。簡単な理屈だと思わない、ミスター警察官もどきさん？」

ハリーは彼女を見てうなずき、彼女が自分に見つめられて落ち着きを失っていることに気がついた。が、彼女が答えを知っているとわかっている質問を口にするのを我慢した。あなたの物語はどういうものですか？　態度にも顔にも出ていないけれども、その奥のあなたの孤独と自己嫌悪はどのぐらいのものですか？

「オレグについてはどうです？　彼に会ったことはあるんですか？」

「殺人犯として逮捕された若者のこと？　いいえ、一度も。でも、グストが何回か、その名前を口にしたわね、親友だと言っていたわ。思うに、唯一の友人だったんじゃないかしら」

「イレーネについてはどうですか？」

「彼女のことも言ってた、妹みたいな存在だって」

「実際に妹なんですよ」

「でも、血はつながっていない。それは同じじゃないのよ、ハリー」

「そうですか？」

「人々は無私の愛の可能性を無邪気に信じているけど、できる限り自分に近い遺伝子を受け渡していくことがすべてなの。わたしは毎日馬を飼育していてよくわかるわ、ほんとよ。そして、そう、人は馬とよく似ている——わたしたちは動物の群れ。父親は生物学上の息子を護る、兄は生物学上の妹を護る。争いがあれば、それがどんなものであろうとも、わたしたちは本能的に自分に一番近い人の側に立つのよ。あなたがジャングルを歩いていたとしましょうか。角を曲がったら、いきなりあなたと同じような服装の白人がいて、ウォーペイントをした半裸の黒人と格闘していた。二人ともナイフを持っていて、どっちかが死ぬまでやり合うつもりでいるようだった。あなたは銃を持っている。とっさにどう考えるかしら？　白人を撃って、黒人を助ける？　そうじゃないわよね？」

「ふむ。あなたがそう考える根拠は何です？」

「わたしたちの忠誠心は生物学的に決定される、それが根拠よ。中心から広がっていく輪ね。そして、その中心はわたしたち自身と遺伝子なの」

「では、あなたは自分の遺伝子を護るために二人のどっちかを撃つんですか？」

「一秒たりと考えることなくね」

「自分の安全のために二人とも射殺するのはどうです?」

イサベッレがハリーを見た。「どういう意味?」

「グストが殺された夜、あなたは何をしていました?」

「何ですって?」イサベッレが太陽に片目をすぼめ、ハリーに微笑んだ。「わたしがグストを殺したと疑っているの、ハリー?　そして、そのあと、この……オレグを追ったと?」

「質問に答えてください」

「どこにいたかは憶えているわ、なぜなら、あの殺人事件を新聞で読んでいるときに頭に浮かんだからよ。あの日の夜、わたしは警察の麻薬対策班の代表たちと会議をしていました。彼らなら信頼に足る証人になるはずよね。出席者の名前も言いましょうか?」

いや、結構、とハリーは首を振った。

「ほかに何か?」

「ドバイですが、彼についてどんなことをご存じですか?」

「ドバイ、そうね、御多分に漏れずほとんど何も知らないわ。話には聞くけど、警察もまったく前へ進んでいないでしょう。雑魚《ざこ》の奥に隠れているプロは常に逃げおおせるという典型ね」ハリーは瞳孔の大きさに変化はないか、頰の色に変化はないかと探した。イサベッレ・スケイエンが嘘をついているのだとしたら、彼女は嘘の名人だった。

「なぜこんなことを訊いているかというと、あなたが通りをほぼ完璧にきれいに掃除して、残っているドラッグ・ディーラーがドバイと二、三の小物の悪党だけになっているからなんです」

「通りをきれいにしたのはわたしじゃないわ、ハリー。わたしは社会福祉事業委員会と議会の方針に従っているだけの一介の議員秘書にすぎないわ。それに、あなたが言うところの通りの掃除は、厳密には警察の仕事よ」

「ふむ。ノルウェーは小さなおとぎ話の国なんですよ。しかし、ここ数年、私は現実の世界に住んでいたんです、スケイエン。そして、現実の世界を動かしているのは、二つのタイプの人々です。力を欲する人々と、金を欲する人々です。前者は銅像を、後者は楽しみを欲しがるんです。そして、前者と後者がお互いに欲しているものを手に入れるために交渉するときに使われるのが、堕落と呼ばれる通貨なんです」

「わたし、やらなくちゃならないことがあるんだけど、ホーレ。あなたはこれをどこへ向かわせたいの?」

「勇気がないか、想像力がないかのどちらかで、ほかの者たちが明らかに向かわせたくないと考えているところへです。一つの街に長年住んでいれば、その状況を自分がよく知っている細かいことどものモザイク模様として見るのが普通でしょう。しかし、街へ戻ってきて、細かいことどもを知らない者には、一枚の絵に見えるだけなんです。その絵とは、オスロが二つのグループにとって都合のいい状況にあるというものです。グループとは、マーケットを独占しているディーラーと、通りの清掃をしたという信用を手に入れた政治家ですよ」

「わたしが堕落していると言っているの?」

「堕落しているんですか？」

彼女の目に激しい怒りが閃いた。純粋な怒りだ、とハリーは判定した。疑いの余地はない。わからないのは、それが図星を指されたことからくる怒りなのか、引っかけられたことからくる怒りなのか、ということだけだった。そのとき、イサベッレが出し抜けに笑い出した。驚くほど少女っぽい、ころころした笑いだった。

「わたし、あなたが好きよ、ハリー」彼女が立ち上がった。「男性ならたくさん知っているけど、みんな、いざとなると怖じ気づくのよね。でも、あなたは例外かもしれないわ」

「まあ」ハリーは言った。「私と一緒にどこにいるかは、少なくともわかってもらえたようですね」

「現実が呼んでいるわ、愛しい人」

彼女が馬のほうへ歩き出し、ハリーはその豊かな尻が揺れるのを見た。

ハリーもあとにつづき、鐙に足をかけてバルデルの鞍にまたがった。顔を上げると、イサベッレと目が合った。堂々として彫りの深い強面《こわもて》の顔の真ん中に、挑発的な笑みがうっすらと浮かんでいた。口がキスをする形になった。息を淫《みだ》らに吸う音が聞こえたかと思うと、彼女の踵がメドゥーサの腹に食い込んだ。大きな生き物が前へ飛び出し、彼女の腰が揺れた。

バルデルが一切の警告なしで反応したが、ハリーは何とか振り落とされずにすんだ。

メドゥーサは湿った土塊《つちくれ》を盛大に蹴り上げながら加速していき、イサベッレはポニーテールを上下に激しく揺らしながら角を曲がって消えていった。ハリーは祖父に教えられたとおり、バルデルの手綱を握る手に力を入れないようにしながら、その位置を高くした。小径が細くて小枝が身体に当たったが、鞍の上で身体を丸め、馬の腹を挟んでいる両膝に力を込めた。馬を止めるのは無理だとわかったから、鐙から足が外れないよう集中し、頭を低く保ちつづけた。視野の端で、木々が黄色や赤の縞になって過ぎ去っていった。ハリーは無意識に立ち上がり、両膝と鐙に体重をかけた。彼の下で、筋肉が波打ち、うねった。獲物を絞め殺す大蛇、ボアコンストリクターの上に坐っているような感じだった。そしていま、地面を蹴る蹄《ひづめ》の大きな音にともなわれて、ある種のリズムに合わせていた。恐怖が強迫観念と競争していた。小径が直線になり、五十メートル前方にメドゥーサとイサベッレが見えた。一瞬、それがストップモーションの画像のようになり、乗り手と馬が地上に浮いて止まってしまったかに見えた。やがて、メドゥーサはふたたび走り出した。ハリーが気づくまでに一秒かかった。

それは貴重な一秒だった。

警察学校で読んだ科学のリポートのなかにこういうものがあった——突然の大変動が起こると、人間の脳は数秒で膨大な量のデータを消化しようとする。それによって麻痺《まひ》してしまう者もいれば、時間がゆっくりになり、人生が目の前を通っていくように感じる者もいる。後者は驚くほど多くの観察をし、状況評価を行なう。たとえば、時速約六十五キロで一キロを走りきる場合、メドゥーサがたったいま飛び越えていった溝までわずか一・五キロ、時間にすると九十秒しか残されていない、というような。

その溝の幅がどのぐらいかを知るのは不可能だ、というような。

メドゥーサは、馬場馬術の調教を充分に受けた大人の馬で、鞍上には経験豊かな馬場馬術の乗り手を乗せている一方で、バルデルはまだ若くて小さく、九十キロ近い初心者を乗せている、というような。

バルデルは飼育された動物であり、もちろん、イサベッレ・スケイエンはそれを知っている、というような。

止めようにも手後れだ、というような。

ハリーは手綱を握る手を緩め、踵でバルデルの腹を蹴った。とたんに、最後の加速が始まった。そして、すべてが静止した。蹄の音が消え、ハリーとバルデルは浮いていた。はるか目の下に、木々のてっぺんと小川が見えた。やがて、身体が前へ押し出され、顔がバルデルの首にぶつかった。乗り手は馬もろとも墜落した。

23

あんたも盗人だったのか、父さん？　なぜなら、おれは自分が大金持ちになると昔からわかってたからだ。おれのモットーは盗む価値があるときだけ盗むというものだった。だから、辛抱して待ちつづけ、さらに待った。あまりに長く待ったために、ようやく好機が訪れたとき、おれはそれにふさわしいと思った。

計画は簡単で、同じぐらい素晴らしかった。オーディンや彼の手下どもが老人とマクドナルドで話し合いをしているあいだに、アルナブルーに隠してあるオーディンのヘロインの一部をおれとオレグで盗み出すというものだった。第一に、オーディンは手下全員をマクドナルドへ連れていっているから、クラブハウスにはだれもいない。第二に、オーディンは盗まれたことに絶対に気づかない。なぜなら、マクドナルドで逮捕されるからだ。オーディンは証人席で、実はおれとオレグに感謝してもいいぐらいに思われた。警察がそこに踏み込んで押収した大事なものの重さが軽くなっているんだから。唯一の問題は、警官と老人だった。自分たちより先にだれかがやってきて、隠してあったものを盗んでいったと警官たちが気づいて、それが老人の耳に入ったら、おれたちは一巻の終わりだ。その問題は、老人がおれに教えてくれた方法で解決することができた。王の入城《キャスリング》だよ、戦略的同盟ってやつだ。おれはマングレルーのアパートへ直行した。今度は、トルルス・ベルンツェンは自宅にいた。

　彼はきょとんとした顔でおれの説明を聞いていたが、そんなことはどうでもよかった。目にそれが、強欲があるのがわかったからだ。ベルンツェンも見返りが欲しくてたまらない連中の一人、金で絶望と孤独と苦さを癒す薬を買えると信じている者の一人、正義なんてものはなく、まあ消費財のようなものにすぎないと信じている者の一人だった。おれたちが残して警察が見つけた手掛かりを隠滅し、すべてを燃やしてしまうのにあんたの専門性が必要なんだ、とおれは説明した。必要とあれば直接的な疑いをほかの連中にかけることだってあるかもしれないんだ、と。隠してある二十キロのうちの五キロを頂戴するつもりだと言ったら、あいつの目がきらめいた。おれとあんたで二キロずつ、オレグに一キロだと。おれは彼が計算するのを見ていた。取り分は百二十万ドル×二＝二百四十万ドル。

「おれたち以外に知っているのは、そのオレグってやつだけなんだな？」ベルンツェンが訊いた。

「誓って、あいつだけだ」

「武器はあるのか？」

「オデッサが一挺」

「何だそれ？」

「スチェッキンの複製だ」

「いいだろう。押し入った形跡がなければ警察が盗難を疑う可能性は低いだろうが、オーディンに追いかけられて怯えることになるぞ」

「怯えたりするもんか」おれは言った。「オーディンなんか屁でもない。怖いのはおれのボスだ。あいつらがそこに隠しているヘロインの量を、どうやってかはわからないけど、おれのボスは一グラム単位で知っているんだ」

「おれの取り分を半分にしてくれ」彼は言った。「残りの半分をおまえとボリスで分ければいい」

「オレグだ」

「喜べ、おれは記憶力が悪いんだ。おかげで、いいことが二つある。おまえたちを探すのを半日で忘れて、その結果、おまえたちをぶっ潰す《デストロイ》ことも忘れるわけだからな」ベルンツェンが愛情のこもった巻き舌で〝ロ〟を発音した。

盗みを偽装する方法はオレグが考えた。おれ自身がどうして思いつかなかったのかわからないぐらい、簡単で明白な方法だった。

「盗んだものとじゃがいも粉の袋を入れ替えるんだ。警察が気にするのは押収した量で、中身の純度じゃないからな。そうだろ？」

おれが言ったとおり、計画は簡単で、同じぐらい素晴らしかった。

オーディンと老人がマクドナルドで誕生パーティをやり、ドラムメンとリッレストレムのバイオリンの価格を話し合っている夜、ベルンツェン、オレグ、そしておれの三人は、アルナブルーの暴走族のクラブハウスを囲むフェンスの前に立っていた。ベルンツェンが指揮を執り、全員がナイロン・ストッキングを頭にかぶり、黒い上衣を着て手袋をしていた。ナップサックには拳銃が三挺、ドリルとドライバーと金梃子《かなてこ》が一本ずつ、六キロ分のじゃがいも粉を詰めたビニール袋が入っていた。すでにベルンツェンには、ロス・ロボスの監視カメラの位置を教え、フェンスを乗り越えて左の壁へ走れば終始死角にいつづけられることを説明してあった。好きなだけ音を立てていいこともわかっていた。下のE6号線を行き交う車がすべての音を掻き消してくれるからだ。というわけで、オレグが見張りをし、ベルンツェンがドリルで壁に穴をあけ、おれは「ビーン・コート・スティーリング」を口ずさんでいた。ステインのビデオ・ゲーム「グランド・セフト・オート」のサウンドトラックで、ジェーンズ・アディクションというバンドのものだと彼は言っていた。どうしておれが憶えているかというと、名前がかっこよかったからだ。実際、歌よりかっこよかった。オレグとおれは勝手知ったる場所にいて、クラブハウスも広いラウンジだけという簡単なレイアウトだった。だが、すべての窓の木の鎧戸が下ろされていたから、計画ではドリルで覗き穴をあけ、クラブハウスにだれもいないのを確かめることになっていた。それを主張したのはベルンツェンで、オーディンが通りの売値で二千五百万になる二十キロものヘロインを無防備に置いているなんてあり得ないと言い張って譲らなかったんだ。オーディンがどういうやつか、おれとオレグはよく知っていたが、ベルンツェンの言い分を聞いてやることにした。安全第一だ。

「よし」ベルンツェンが唸りとともに停止したドリルをかざした。

おれは穴を覗いた。何も見えなかった。だれかが明かりを消したか、穴をあけた位置が間違っていたかだった。ベルンツェンを見ると、ドリルを拭いているところだった。「こりゃいったいどういう種類の断熱材なんだ？」彼は指を見せた。卵黄と髪が混じったもののように見えた。

二メートルほど移動して、新しい穴をあけた。おれは穴を覗いた。古きよきクラブハウスがあった。古い革の椅子も、バー・カウンターも、改造オートバイの上でポーズを取っている、プレイメイト・オブ・ジ・イヤーのカレン・マクドゥーガルの写真も変わっていなかった。連中がより欲情するのがどっちなのか、おれにはわからなかった。女か、オートバイか。

「問題ない」おれは言った。

裏口はやたらに留め金と錠がくっついていた。

「錠は一つだと言ったよな！」ベルンツェンが言った。

「一つだったんだ」おれは答えた。「きっと心配でたまらなくなったんだろう」

計画では、錠はドリルで外し、逃げるときに元通りにつけ直すことになっていた。そうすれば、押し入った形跡は残らない。それはいまもできなくはなかったが、計算していた時間内では無理だった。

二十分後、オレグが時計を見て、急げと警告した。警察がいつ踏み込んでくるかわからない。わかっているのは、ここへ踏み込んでくるのは逮捕のあとのどこかの時点であり、老人がこないとわかったらオーディンはすぐに引き上げるはずだから、逮捕はかなり迅速に行なわれるだろうということだけだった。

錠を外すのに三十分、計算の三倍の時間がかかった。そのあと、拳銃を出し、ストッキングを顎まで下ろして、ベルンツェンを先頭になかに入った。敷居をまたぐかまたがないかのうちに、ベルンツェンが片膝を突き、両手で握った拳銃を顔の前で構えた。まるでSWATの隊員のようだった。

西の壁の近くの椅子にだれかが坐っていた。トゥトゥだった。オーディンが番犬代わりに残していたんだ。膝の上に、銃身を短く切り落としたショットガンがあった。だが、その番犬は目を閉じ、口を開け、壁に頭を預けて坐っていた。トゥトゥは鼾《いびき》も吃音でかくというもっぱらの噂だったが、いまは赤ん坊のように安らかに眠っていた。

ベルンツェンが立ち上がり、銃を構えたまま、足音を立てないようにしてトゥトゥに近づいていった。オレグとおれも、やはり忍び足であとにつづいた。

「穴は一つだけだ」オレグがささやいた。

「何だって？」おれはささやき返した。

だが、そのとき気がついた。

二つ目のドリルの穴が見え、最初の穴がどこにあいたかもわかった。

「くそ、何てことだ」もう小声でなくてはならない理由はなかったが、それでも、おれは小声で吐き捨てた。

ベルンツェンがトゥトゥにたどり着き、そっと押した。トゥトゥがぐらりと横に傾き、椅子からコンクリートの床へ崩れ落ちた。俯せに倒れた後頭部に、丸い穴があいているのが見えた。

「ドリルはここを穿《うが》ったんだ」ベルンツェンが言い、指を壁の穴に差し込んだ。

「くそ」おれはオレグにささやいた。「こんなことが起こる確率はいったいどのぐらいなんだ、え?」

だが、オレグは答えず、死体を見つめていた。泣くべきか、吐くべきか、わからないかのようだった。

「グスト」オレグがようやく言った。「おれたちは何をしたんだ?」

どうしたものかわからなかったが、おれは笑い出し、その笑いを止めることができなかった。超受け口の警官の超かっこいい銃の抜き方、ストッキングに押し潰されたオレグの絶望的な顔、そして、脳味噌を持っていたことが結局は明らかになった、ぽかんと口を開けたままのトゥトゥ。おれはほとんど吼えるようにして笑いつづけた。そのとき、横っ面を張られ、目の前で火花が飛んだ。

「もう一発もらいたくなかったら、黙れ」ベルンツェンが掌を撫でながら言った。

「ありがとう」おれは言った。本心だった。「物《ブツ》を見つけよう」

「その前に、この穴あき野郎をどうするか考えなくちゃならんだろう」ベルンツェンが言った。

「もう手後れだ」おれは言った。「いずれにせよ、こうなったからには、あいつらだってだれかが押し入ったことに気づくだろうからな」

「トゥトゥを車に乗せて、錠を元通りにつけ直せば、気づかれずにすむんじゃないか」オレグが細い涙声で言った。「ドラッグがなくなっていることに気づいたとしても、トゥトゥが持ち逃げしたと思うんじゃないかな」

ベルンツェンがオレグを見てうなずいた。「おまえ、頭のいい相棒を持ってるな、ウスト。よし、やろう」

「ドラッグが先だ」おれは言った。

「穴あき野郎が先だ」ベルンツェンが言った。

「ドラッグだ」おれは繰り返した。

「穴あき野郎だ」

「おれは今夜、大金持ちになるんだ、このペリカン野郎」

ベルンツェンが手を上げた。「穴あき野郎だ」

「黙れ！」オレグだった。おれたちはあいつを見た。

「簡単な理屈だ。トゥトゥを車に乗せる前に警察がここへきたら、おれたちはドラッグと自由の両方を失うことになる。トゥトゥを車に乗せてしまえば、ドラッグをまだ頂戴していなくても、失うのは金だけですむ」

ベルンツェンがおれを見た。「ボリスはおれと同意見らしいぞ、ウスト。二対一だ」

「いいだろう」おれは応えた。「あんたとオレグが死体を運べ、おれはドラッグを探す」

「駄目だ」ベルンツェンが言った。「おれとボリスが死体を運ぶ。おまえはここをきれいにするんだ」そして、バー・カウンターの横の壁についている流しを指さした。

おれがバケツに水を汲んでいるあいだに、オレグとベルンツェンがトゥトゥの足を持ってドアのほうへ引きずっていった。そこに、血の痕が細い条になって残った。カレン・マクドゥーガルの挑発的な視線の下で、おれは壁についた脳の内容物と血を擦り落とし、そのあと床の血痕を拭いた。その作業を終えてドラッグ探しにかかろうとしたとき、E6号線に向かって開いているドアから音が聞こえた。どこかよそへ行こうとしているんだとおれが自分を納得させようとした音が。しかし、音はどんどん大きくなってきて、その事実からすると、どこかよそへ行こうとしているというのはおれの想像の産物の可能性があった。警察車両のサイレン。

おれはバー・カウンター、オフィス、そして、トイレを調べた。あるのはこの一部屋だけで、二階もなければ地下もなく、二十キロものヘロインを隠せる場所は多くなかった。そのとき、道具箱が目に留まった。そして、その箱についている錠が。そんな箱は以前はなかった。

オレグがドアのところで何かを叫んだ。

「金梃子をくれ」おれは叫び返した。

「いますぐ逃げるんだ！　警察がこっちへ向かってる！」

「金梃子だ！」

「早く、グスト！」

それはそこにあるとわかっていた。すぐ目の前に二千五百万クローネのヘロインがあることが。このくそったれの木の箱のなかに。おれは錠を蹴りはじめた。

「撃つぞ、グスト！」

おれはオレグを見た。ろくでもないオデッサの銃口がおれに向けられていた。だが、この距離では、十メートル近く離れていては、当たるとは思えなかった。しかし、オレグがおれに銃を向けるなんてことが……

「おまえが捕まったら、おれたちも捕まることになるんだ！」オレグが涙に喉を詰まらせながら叫んだ。

「さあ、こっちへこい！」

おれは錠を蹴り壊す作業を再開した。サイレンはますます大きくなっていた。しかし、サイレンというのは実際より近く聞こえると決まっていた。

おれの頭の上の壁に何かがぶつかる硬い音がした。ドアのほうを見て、おれは血が凍った。ベルンツェンだった。あいつがそこに、まだ銃口から煙の出ている拳銃を握って立っていた。

「今度は外さないぞ」冷静な声だった。

おれは箱を最後に一蹴りしてから逃げた。

フェンスをよじ登ってストッキングを脱いだ瞬間、警察車両のヘッドライトが正面に見えた。おれたちは何食わぬ顔でそのほうへ歩いていった。

警察車両は猛スピードでおれたちとすれ違い、クラブハウスの前を曲がっていった。

おれたちはベルンツェンが車を駐めたところへと坂を上り、その車に乗って走り出した。クラブハウスの前を通るとき、おれは後部座席のオレグを見た。青い光がその顔をよぎり、涙に濡れ、ストッキングで締めつけられていた顔を照らし出した。完全に気力が失われ、いまにも死にそうに見えた。

ベルンツェンがシンセンのバス停で車を停めるまで、三人とも口を開かなかった。

「おまえ、へまをしたな、ウスト」ベルンツェンがようやく言葉を発した。

「錠のことは知りようがなかったんだ」おれは言った。

「それを準備と言うんだ」ベルンツェンが言った。「下見だよ。聞いたことぐらいあるだろう。われわれは螺旋《ねじ》が外されている、開け放しのドアを見つけることになるな」

おれは〝われわれ〟が警官を意味していることに気がついた。妙な話だ。

「錠は留め金ごとおれが外しておいた」オレグが洟をすすりながら言った。「だから、トゥトゥがサイレンを聞き、鍵をかける暇もなく、慌てて逃げたように見えるはずだ。ドライバーの痕は去年のどこかで押し入られたときのものだって可能性もある、そうだろ？」

ベルンツェンがルームミラーでオレグを見た。「おまえ、友だちから学べ、ウスト。いや、駄目だ。これ以上オスロに利口な盗人が増えてもらっちゃ困る」

「確かに」おれは言った。「だけど、後ろに死体を乗せて、バス停の黄色い二本線に車を停めてるのも、あんまり利口な考えじゃないんじゃないか？」

「そうだな」ベルンツェンが言った。「降りろ」

「死体が……」

「穴あき野郎はおれが始末する」

「どこへ？」

「おまえの知ったことじゃない。降りろ！」

おれとオレグは外へ出て、ベルンツェンのサーブがタイヤを鳴らして走り去るのを見送った。

「これからは、あの男に近づかないようにしないとな」おれは言った。

「どうして？」

「あいつは人一人殺したんだぞ、オレグ。物的証拠を一つ残らず消さなくちゃならないんだ。まずは死体を隠す場所を見つける必要がある。そして、そのあと……」

「目撃者を消さなくちゃならない」

おれはうなずいた。実際にはひどく落ち込んでいたが、敢えて楽観的に考えようとした。

「トゥトゥを隠すいい場所を知っているみたいな言い方だったじゃないか、そうだろ？」

「おれはあの金で、イレーネとベルゲンへ移るつもりだったんだ」オレグが言った。

おれは彼を見た。

「ベルゲンの大学で法律を勉強するつもりなんだ。イレーネはいま、ステインと一緒にトロンハイムにいる。だから、トロンハイムへ行って、一緒にきてくれと説得しようと思っていたんだ」

おれたちはバスで街へ戻った。オレグの虚ろな視線に、おれはもう耐えられなかった。何かで埋めなくてはならなかった。

「行こう」おれは言った。

リハーサル室でオレグに注射してやろうと準備をしているとき、あいつが焦《じ》れた目でおれを見ていることに気がついた。自分でやりたい、おまえは手際が悪い、と言っているようだった。そして、あいつが袖をまくったとき、その理由がわかった。上腕の至るところに注射の痕があった。

「イレーネが戻ってくるまでだ」オレグは言った。

「おまえ、自前の隠し場所を持ってるのか？」おれは訊いた。

オレグが首を横に振った。「盗まれた」

その日の夜、おれはどこにどうやっていい隠し場所を作るかを教えてやった。


トルルス・ベルンツェンが駐車場で一時間以上待っていると、ようやく一台の車が〈バッハ&シモンセン法律事務所専用〉と標識が出ている空きスペースに入っていった。ここがいいと判断したのだった。ここへきて一時間のあいだに駐車場のこの部分に入ってきた車は二台しかなかったし、防犯カメラもなかった。トルルスはその車のプレートナンバーが警察のデータベースで見つけたのと同じであることを確認した。ハンス・クリスティアン・シモンセンは寝る時間が遅いのかもしれず、あるいは、寝ないのかもしれず、女か何かがいるとかいったようなことがあるのかもしれなかった。車から出てきた男は金髪で、前髪は西オスロで育った少年時代のままのように額にかかっていた。

ベルンツェンはサングラスをかけ、オーストリア製セミオートマティックのステアー拳銃のグリップを握り締めた。不必要な手掛かりを弁護士に残さないよう、警察の制式リボルバーは持ってきていなかった。いまも車のあいだに立っているシモンセンとの距離を素速く縮めた。脅しは迅速で攻撃的であることが一番だ。犠牲者が肉体と生命の危険に怯え、それ以外のことは考えられずに立ち尽くしてくれていれば、こっちの望みはすぐに叶えられる。

まるで発泡剤でも混じったかのように、耳で、股間で、喉で、血がしゅうと低い音とともに血管のなかで弾けた。これから起こることがまぶたに浮かんだ。シモンセンの顔に銃を突きつける。銃口しか記憶に残らないぐらいの近さで。「オレグ・ファウケはどこにいる？答えろ。早く、正確にだ。さもないと、おまえはここで死ぬことになる」答えが返ってくる。そして、「このことをだれかに警告したり話したりしたら、死ぬことになるからな。わかったか？」わかったという答えが返ってくる、あるいは、言葉を発することができずにうなずく。不本意にも失禁するかもしれない。そう思ったとき、ベルンツェンは頬が緩んだ。血管で弾けている血は腹まで広がっていた。

「シモンセン！」

弁護士が顔を上げた。その顔が明るく輝いた。「やあ！　ベルンツェン。トルルス・ベルンツェンでしょう」

コートのポケットのなかで手が凍りついた。シモンセンが心底から笑っているところを見ると、よほどの落胆が顔に表われているに違いなかった。「私は人の顔を憶えるのが得意なんですよ、ベルンツェン。あなたとあなたの上司のミカエル・ベルマンは、ヘイデ美術館の横領事件を捜査されましたよね。私はあの件で被告側弁護人を務めたんです。残念ながら負けてしまいましたがね」

シモンセンがふたたび笑った。西オスロの快活で天真爛漫《らんまん》な笑い、だれもが他人の幸福を願っていて、そうであるためには富が必要なところで育った人間の笑いだった。ベルンツェンは世界じゅうのシモンセンどもが大嫌いだった。

「私に何か用ですか、ベルンツェン？」

「いや……」ベルンツェンは言葉を探して口ごもった。面と向かったときにどうするか判断するのは彼の得意とするところではなかった。しかし、だれと面と向かい合ったときなのか？　自分より早く、当意即妙に対応できる相手とか？　アルナブルーのあのときはよかった——相手は若造二人で、指揮を執っていたのは自分だったから。しかし、シモンセンはホワイトカラーで、学があり、違う話し方をし、おれより上で、しかも……ああ、くそ！

「ちょっと挨拶しようと思っただけです」

「挨拶？」シモンセンの口調と顔には疑問符が現われていた。

「そうです」ベルンツェンは何とか笑顔を作った。「あの件は残念でしたね。でも、次はあなたが勝つんじゃないですか」

ベルンツェンは足取りを速め、背中にシモンセンの視線を感じながら出口へ向かった。糞溜めを掘り返して糞を食っただけか。くそったれ。まず弁護人に当たれ。それでうまくいかなかったら、クリス・レディという男がいる。アディダス。スピードのディーラー。暴力を振るってくれれば逮捕できるんだが、とベルンツェンは願った。

ハリーは明かりのほうへ、水面へと泳いでいた。明かりがどんどん強くなっていった。ついに水の上へ出た。目を開けた。空をまっすぐ見つめた。仰向けになっていた。何かが視界に入ってきた。馬の頭。そして、もう一つ。

手をかざして眩しさをさえぎった。だれかが馬にまたがっていたが、ハリーは明かりに目が眩んでいた。

声が遠くから聞こえた。

「あなた、乗馬の経験があると言ったわよね、ハリー？」

ハリーは呻き、立ち上がろうともがいた。何が起こったのか、はっきり思い出した。バルデルが溝を飛び越えて前脚が着地したとき、ハリーは弾みで前へ飛び出してバルデルの首にぶつかり、鐙から足が外れて、しっかりと手綱を握ったまま横滑りに落馬したのだった。そのあとの記憶はぼんやりしていたが、バルデルが彼を引きずり、蹴飛ばしてくれたおかげで、五百キロの馬体の下敷きにならずにすんだらしかった。

背中がなくなったように感じられたが、そうでなければ、五体無事なように思われた。

「祖父の老馬は谷を飛び越えたりしませんでしたからね」ハリーは言った。

「谷？」イサベッレ・スケイエンが笑いながら、バルデルの手綱をハリーに渡した。「五メートルの幅もない溝じゃないの。わたし自身の脚でだってもっと遠くへ飛べるわ。あなた、自分が神経過敏なタイプだって知らなかったの？　まずは農場へ戻る？」

「バルデル」ハリーは馬の鼻面を優しく叩きながら、イサベッレ・スケイエンとメドゥーサが原っぱのほうへ走っていくのを見ていた。「おまえ、常歩《なみあし》って知ってるか？　ゆっくり歩いてほしいんだが？」


ハリーはE6号線のガソリンスタンドに寄ってコーヒーを買うと、車に戻ってルームミラーを覗いた。イサベッレ・スケイエンが額の切り傷に絆創膏《ばんそうこう》を貼ってくれていた。オペラハウスの「ドン・ジョヴァンニ」のプレミアに一緒に行く約束をし（「ハイヒールを履くと、わたしの顎まで背が届く相手を見つけるのが難しいの……新聞に載ったら見映えが悪いでしょ……」）、しっかりと抱擁《ハグ》をして別れたのだった。ハリーは携帯電話を出し、メッセージが一通届いていることを確認した。

「どこへ行ってたんです？」ベアーテが訊いた。

「ちょっとフィールドワークをしていたんだ」

「ガルデモンの犯行現場には、役に立ちそうなものは多くありませんでした。わたしの部下が隅から隅まで調べたんですが、何も出てきませんでした。わかったのは、釘が標準的な鋼鉄でできていて、十六ミリという特大のアルミニウムの頭部を持っていること、煉瓦はおそらく一八〇〇年代終わりに建てられたオスロの建築物に使われていたものだろうということだけです」

「ほう？」

「モルタルに豚の血と馬の毛が含まれていました。そういうやり方をすることで有名な煉瓦職人がオスロにいたんです――ダウンタウンのアパートには山ほど使われています。モルタルって何を混ぜてもできるんですよ」

「ふむ」

「ですので、モルタルも手掛かりになりません」

「も？」

「ええ、あなたが言っておられた訪問者です。警察本部ではなくて、どこか別の場所だったに違いありません。トール・シュルツという名前は、警察本部の訪問者記録に載っていないんです」

「わかった、ありがとう」

ハリーはポケットを探り、目当てのものを見つけた。トール・シュルツの訪問者入館許可証。そして、オスロへ着いた初日に刑事部へハーゲンを訪ねたときの自分の訪問者入館許可証。二枚をダッシュボードに並べ、観察し、結論を引き出し、ふたたびポケットに戻した。

そして、イグニション・キイを回し、鼻で息をしてまだ馬の臭いがすることを確認して、ヘイエンホールへ昔のライバルを訪ねることにした。

24

五時ごろに雨が降り出し、一時間後、ハリーがヘイエンホールの大きな家のドアベルを鳴らしたときには、クリスマスの夜のように暗くなっていた。建てられたばかりの印が至るところにあり、ガレージの脇には建築材料の残りが積み上げられて、階段の下には塗料の容器と断熱材の包みが置いてあった。

装飾的に斜めに切られた窓の向こうに人の姿が見え、ハリーは自分の首筋の毛が逆立つのがわかった。

そのとき、ドアが開いた。だれをも恐れない男の、攻撃的で淀みない動きだった。それでも、ハリーを見た瞬間に身体が強ばった。

「やあ、ベルマン」ハリーは言った。

「ハリー・ホーレ。いや、言わなくちゃならないな」

「何を？」

ベルマンが小さく笑った。「うちの玄関におまえが立っているのが意外だってことをだ。おれがここに住んでいることをどうやって知った？」

「猿を知らない者はいないが、猿はだれも知らない。ほとんどの外国では、組織犯罪対策部門の責任者にはボディガードがついている——知ってたか？　邪魔だったかな？」

「そんなことはない」ベルマンが顎を掻いた。「招き入れようかどうか迷ってるんだ」

「まあ」ハリーは言った。「ここだと濡れるんだがな。それに、おまえと争うつもりできたわけでもない」

「おまえ、その言葉の意味をわかってないだろう」ベルマンがドアを引いた。「靴を拭けよ」

ミカエル・ベルマンはハリーをともなって玄関ホールを抜けると、積み上げられた段ボール箱の前を通り過ぎて、まだ調理器具も何も揃っていないキッチンから居間へ入った。西オスロの家でこれまで見てきたような贅沢さはなかったが、一家族が暮らすに不足はなく、しっかりとして、広さも充分だった。ハリーはクヴァーネルダーレン、オスロ中央駅、ダウンタウンの眺めが素晴らしいことに気がついた。

「土地の値段と建築費がほぼ同じなんだ」ベルマンが言った。「散らかっているが、それは勘弁してくれ。引っ越したばかりなんでね。今度の土曜にお披露目のパーティをするんだ」

「おれの都合を訊くのを忘れたのか？」ハリーは濡れた上衣を脱ぎながら言った。

ベルマンが微笑した。「飲み物ならあるぞ。何が——？」

「おれは飲まないんだ」ハリーは笑みを返した。

「ああ、そうだった」ベルマンは悪いことを訊いたという素振りもなかった。「人というのはあっという間に忘れるものだからな。どこかに椅子があるはずだから、見つけて坐ってくれ。おれはコーヒーポットとカップを二つ探すから」

十分後、二人はテラスと景色が見える窓際に坐っていた。ハリーはすぐに用件を切り出した。信じられないと目が言っていることにハリーが気づいたときでさえ、ベルマンはさえぎることなく耳を傾けつづけ、最後まで聞き終えてから要約した。

「では、おまえはこう考えているんだな――あのパイロット、トール・シュルツがこの国からバイオリンを密輸出しようとしていた。彼は逮捕されたが、警察の身分証を持ったバーナーが、バイオリンとじゃがいも粉をすり替えたあとで釈放された。そして、シュルツは釈放後に自宅で処刑された。彼が警察を訪ねたことを雇い主が知り、知っていることを話したんじゃないかと恐れたのがたぶんその理由だ、と」

「ふむ」

「そして、おまえは彼が〝オスロ管区警察〟と書かれた訪問者入館許可証を持っていた事実を根拠として、彼がオスロ警察本部を訪ねたと信じているんだな?」

「おれがハーゲンを訪ねたときにもらった訪問者入館許可証と較べてみた。〝H〟の文字の横棒が両方とも掠れていた。明らかに同じプリンターで印刷されたものだ」

「おまえがどうやってシュルツの入館許可証を手に入れたかを訊くつもりはないが、これが通常の訪問でないとそこまで確信する根拠は何なんだ?　じゃがいも粉の説明をして、無罪だと信じさせようとしたかもしれんだろう」

「根拠は、彼の名前が訪問者記録から削除されていたことだ。その面会を秘密にしておくことが重要だったんだ」

ベルマンがため息をついた。「ハリー、これはおれがずっと考えていたことだが、おれたちは敵対するのではなく、協力して仕事をすべきだったんだ。おまえはクリポスを気に入ったに違いないんだがな」

「いったい何の話だ？」

「ほかの話をする前に、おまえに頼みがある。お願いだから、おれがこれから話すことを黙って最後まで聞いてくれ」

「わかった」

「この件では、おれはすでに困った状況に立たされている。シュルツが訪ねた相手はおれだ。そして、おまえが言ったとおり、彼は知っていることを話したがっていた。その話には、おれがずいぶん前から疑っていたことが含まれていた。われわれのなかにバーナーがいるんじゃないかという疑いだ。おれの考えでは、それは警察本部にいるだれか、オルグクリムの扱う事件に近づくことのできるだれかだ。上司に相談するから、その間は自宅で大人しくしているよう、おれはシュルツに言った。バーナーに気づかれないよう、用心深く進める必要があった。だが、用心はしばしば動きが遅くなることを意味するからな。引退間近の本部長に話したが、おまえに任せるから善処しろと言われたよ」

「なぜ？」

「言っただろう、引退間近なんだ。堕落した警官が関わっている一件が餞別《せんべつ》代わりになることを嫌がっているんだ」

「では、シュルツが死んでしまうまで、秘密にしておきたがったのか？」

ベルマンがコーヒーカップを見つめた。「おれは次の本部長になる可能性があるんだ、ハリー、かなりの確率でな」

「おまえが？」

「そういうろくでもない案件はおれが始めるほうがいいと、たぶん彼はそう考えたんだろう。問題は、おれの動きが遅すぎたことだ。熟慮したんだよ。すぐにシュルツを捕まえてバーナーの正体を白状させることもできた。だが、それをやると、ほかにもバーナーがいた場合、そいつら全員が隠れてしまうだろう。それでおれは考えた——シュルツを利用して、まずはおれたちが追っているほかの連中のところへ案内させるのはどうだろう。もしかすると、いまのオスロの大物にたどり着けるかもしれない、とな」

「ドバイだな」

ベルマンがうなずいた。「問題は、警察本部のだれを信用できて、だれを信用できないかだった。何人かの警官を怪しいと睨んで徹底的に調査し終えた矢先に、匿名の垂れ込みがあったという知らせが入ってきた——」

「トール・シュルツが死体で発見されたという垂れ込みだな」ハリーは言った。

ベルマンが鋭い目でハリーを見た。

「そして、いま」ハリーはつづけた。「おまえの問題は、おまえがへまをしたことが表に出たら、警察本部長に任命される妨げになる恐れがあるということだ」

「まあ、確かにそうだが」ベルマンが言った。「おれの最大の懸念はそれじゃない。問題は、シュルツがおれに話してくれたことが役に立たないことなんだ。現状、おれたちは立ち往生を余儀なくされている。シュルツの留置房を訪ねて、ドラッグをじゃがいも粉とすり替えた可能性のある、警察官と言われている男だが――」

「何だ？」

「自ら警察官だと名乗っているんだ。ガルデモンの警部の記憶では、トーマス何とかって名前だったらしい。警察本部には五人のトーマスがいる。因みに、五人ともオルグクリムの所属ではなかった。その警部にうちの五人のトーマスの写真を送ったんだが、見憶えのあるトーマスはいなかった。というわけで、いまわれわれにわかっているのは、バーナーは警察内部にいない可能性さえあるということだけなんだ」

「ふむ。では、偽の警察の身分証を持った人物か、もっとありそうなのは、おれのような元警察官だな」

「なぜ？」

ハリーは肩をすくめた。「警察官は警察官を信用するからさ」

そのとき、玄関のドアが開いた。

「お帰り！」ベルマンが声をかけた。「ここだよ」

居間のドアが開き、三十代の日焼けした可愛い女性の顔が現われた。ブロンドがポニーテールに結われていて、ハリーはタイガー・ウッズの元妻を思い出した。「子供たちはママのところに預けてあるわ。ちょっときてもらえるかしら、可愛い人？」

ベルマンが咳払いをした。

「お客さんだよ」

彼女が首をかしげた。「それはわかってるわよ、ハニー」

ベルマンがなす術なしといった諦めの表情でハリーを見た。

「こんにちは」彼女がからかうような顔でハリーを見た。「パパとわたしでトレイラーにもう一つ荷物を運んだんだけど、どうかしら……？」

「腰が痛くて、急にうちへ帰りたくなりましてね」ハリーはもごもご言いながら、コーヒーを飲み干し、勢いよく立ち上がった。

「もう一つ」ハリーは見送りについてきたベルマンに言った。「さっき話した、〈ラディウムホスピタル〉を訪ねた件だが」

「何だ？」

「あそこに、マルティン・プランという科学者がいる。これはただの勘だが、おれのために彼を調べてもらうことはできないか？」

「おまえのために？」

「すまん──昔の癖が出た。警察のため、国のため、人類のためだ」

「勘？」

「この件に関する限り、おれが頼まなくちゃならないのはほぼこれだけだ。わかったことを教えてもらえれば……」

「考えてみよう」

「ありがとう、ミカエル」この男のクリスチャン・ネームを舌に載せるのは妙な感じがするが、これまでに口にしたことがあっただろうか、とハリーは考えた。雨交じりの冷たい空気が吹きつけた。

「あの若者のことは残念だったな」ベルマンが言った。

「どっちの若者だ？」

「両方だよ」

「ふむ」

「知ってるか？　おれはグスト・ハンセンに一度会ってるんだ。ここへきたんだよ」

「ここへ？」

「そうだ。びっくりするほど魅力的な少年だった。どんなふうに魅力的かというと……」ベルマンが言葉を探し、諦めた。「おまえ、若いころにエルヴィスに恋をしたことはないか？アメリカ人が言うところの〝男が憧れる〟《マン・クラッシュ》ってやつだ」

「いや」ハリーは煙草を取り出しながら答えた。「ないな」

ハリーは誓ってもよかったが、ミカエル・ベルマンの顔の白い染みが赤く瞬くのが見えた。

「あの若者はそういう顔を持っていて、カリスマ性もあった」

「何の用できたんだ？」

「ある警察官と話をするためだ。あの日、おれは部下に手伝いにきてもらっていたんだ。警察の給料しか収入がなかったら、ほとんどのことは自分でやらなくちゃならないからな、わかるだろ？」

「その警察官はだれだ？」

「だれだったかな？」ベルマンがハリーを見た。だが、目はどこか別のところ、彼が見た何かに固定されていた。「思い出せないな。あの手のジャンキーは一回で千クローネになるんなら、いつでも、だれでも密告するのを厭わないからな。おやすみ、ハリー」


ハリーはクヴァドラトゥーレンを歩いていた。通りにいる黒人の売春婦の近くでキャンピングカーが停まった。ドアが開いて、せいぜい二十歳といったところの若者が三人飛び降りた。一人がカメラを持ち、二人目が売春婦を見た。彼女が首を横に振った。いずれは〈ユーポルノ〉にアップされる乱交はご免なのだろうと思われた。彼女の出身地だってインターネットは使える。家族や親戚がいる。彼らは彼女が仕送りしてくる金はウェイトレスをして稼いだものだと思っているかもしれない。あるいは、そうは思っていなくても、敢えて訊かないようにしているのかもしれない。ハリーが近づいていくと、若者の一人が彼女の足元の舗道に唾を吐き、甲高い、酔った声で言った。「黒人の安売り女が」

黒人女性が疲れた目でハリーを見た。二人はお互いにわかっているものを見たかのようにうなずき合った。ほかの二人の若者がハリーに気づいて身構えた。大柄で、栄養の行き渡った若者。林檎の頬、ジムで鍛えた太い腕、一年ぐらいキックボクシングか空手でもやっているのかもしれなかった。

「やあ、優しい諸君」ハリーは足取りを緩めることなく微笑した。

通り過ぎるや、キャンピングカーのドアが閉まる音と、エンジンを吹かす音が聞こえた。常に鳴り響いているのと同じ曲だった。「そのままできて《カム・アズ・ユー・アー》」。招待されていた。

ハリーは足取りを緩めた。ほんの一瞬。

ふたたび足取りを速くし、ちらりとも後ろを見ずに歩きつづけた。

翌朝、ハリーは携帯電話の音で目を覚ました。起き上がり、カーテンのない窓から射し込む光に目を細めて、椅子の背に掛かっている上衣に手を伸ばすと、ポケットを探って電話を見つけた。

「もしもし」

「ラケルよ」興奮で息が詰まっていた。「オレグが釈放されたわ。あの子は自由の身よ、ハリー！」

25

ハリーはホテルの部屋の真ん中に立ち、朝の光を浴びていた。右の耳を覆っている電話を別にすれば、裸だった。中庭を隔てた向かいの部屋では、眠そうな目で彼を見ている女性が、のろのろとパンをかじりながら首をかしげていた。

「十五分前に出勤するまで、ハンス・クリスティアンも知らされていなかったの」ラケルが言った。「オレグは昨日の午後遅くに釈放されたんですって。だれかがグスト・ハンセン殺しを自供したらしいの。すごいと思わない、ハリー？」

ああ、確かにすごい、とハリーは思った。すごい、信じられないぐらいすごい。

「自供したのはだれだ？」

「クリス・レディっていう男よ。〝アディダス〟って綽名なんですって。ジャンキーで、アンフェタミンを買うお金を借りていたから撃ったんだそうよ」

「オレグはいま、どこにいるんだ？」

「それがわからないの。たったいま教えられたばかりなのよ」

「考えるんだ、ラケル！　可能性のあるところはどこだ？」声が意図したよりも厳しくなった。

「何……何が問題なの？」

「自供だよ。自供が問題なんだ、ラケル」

「どういうこと？」

「わからないのか？　その自供は嘘なんだ」

「そんなはずはないわ。詳しく述べられていて、絶対に信用できるって、ハンス・クリスティアンは言っているのよ。だから、オレグは釈放されたんじゃないの」

「借金があったからグストを撃ち殺したと、そのアディダスは言っているわけだ。だとしたら、そいつは冷酷で利己的な殺人者だ。良心の痛みに耐えきれずに、進んで自供するようなやつであるはずがないんだ」

「でも、濡れ衣を着せられて有罪を宣告されようとしている人を見たら――」

「そんな考えは捨てるんだ！　必死の薬物依存者の頭にあるのはたった一つ、ハイになることだけだ。信じてくれ、良心なんかの入り込む余地はないんだ。そのアディダスは必死だから、相応の見返りさえあれば殺人どころかそれ以上の罪だって喜んで自供するさ。そして、第一容疑者が釈放されたあと、自供を撤回するんだ。この筋書きがわからないのか？　籠のなかの鳥に近づけないとわかったら、猫は……」

「やめて！」ラケルが絶叫した。涙声になっていた。

だが、ハリーはやめなかった。「……鳥を籠の外へ出さなくちゃならないんだ」

彼女の泣き声が聞こえた。薄々そうではないかと彼女が自分でも疑っていたところへ、たぶん塩を擦り込んだのだった。

「もっとわたしを安心させることを言えないの、ハリー？」

ハリーは答えなかった。

「もうこれ以上怯えたくないのよ」ラケルがささやいた。

ハリーは深呼吸をした。「以前は何とかなったじゃないか。今度も何とかするんだ、ラケル」

ハリーは電話を切った。あの思いがふたたび頭をもたげた――おまえは素晴らしい嘘つきになったたな。

向かいの部屋の女性が窓際に立ち、指を三本立てて、ハリーに向かってだるそうに手を振った
ハリーは顔を拭った。

いまや問題は一つだけ、どっちが先にオレグを見つけるかだった。おれか、やつらか。

考えろ。

オレグが釈放されたのは昨日の午後、エストランのどこかだ。あいつはバイオリンが欲しくてたまらない薬物依存者でもある。だとすれば、どこかにそれを隠していない限り、オスロへ、プラータへ、一直線に向かうはずだ。ハウスマンス通りには入れない、あそこはいまも規制線で封鎖されている。金もない、友だちもいないとしたら、どこで寝るか？　ウッテ

通りか？　いや、あそこへ行ったら人に見られることをオレグはわかっている。見られたら、噂になることも。

オレグがいる可能性のあるところは一つしかない。

ハリーは時計を見た。何としても鳥が飛び立つ前にそこに着かなくてはならない。


この前ヴァッレ・ホーヴィンにきたときと同じく、スタディアムに人気はなかった。ロッカールームへと角を回ってハリーが最初に見たのは、一階の窓ガラスの一枚が割れているところだった。なかを覗くと、床に破片が散らばっていた。ハリーは急いでドアの前に立ち、いまも持っている鍵で解錠してなかに入った。

そして、貨物列車に衝突した。

ハリーは仰向けに倒れ、空気を求めて喘ぎながらもがいた。何かが上からのしかかっていた。濡れて、臭くて、必死の何かが。ハリーは身体をよじって逃れようとした。拳を振るおうとする反射的な衝動を抑え、相手の腕を、そして、手をつかんで、後ろへ曲げた。そして、何とか膝立ちになり、相手の腕をねじり上げながら、その勢いで相手の顔を床に押しつけた。

「くそ。痛い！　放せ」

「おれだ、ハリーだ、オレグ」

ハリーは力を緩めてオレグを助け起こし、ロッカールームのベンチに坐らせた。

オレグはひどい有様だった。青ざめて、痩せて、目が腫れていた。歯医者と排泄物の混じったような、正体不明の悪臭を放っていた。が、ハイにはなっていなかった。

「思ったんだ……」オレグが口を開いた。

「おれをやつらだと、か」

オレグが両手で顔を覆った。

「さあ」ハリーは言った。「ここを出よう」

二人は観客席に腰を下ろした。ひび割れたコンクリートの床を淡い陽光が照らしていた。そこに坐り、オレグがスケートをしているところを見ていたときのことを、鋼鉄のエッジが氷を切り裂く音を聞いていたときのことを、照明が反射して海の緑になり、最後にはミルク色になるときのことを、ハリーは思い出していた。

まるで観客席が満員で立錐《りっすい》の余地がないとでもいうように、二人はくっついて坐っていた。

ハリーはしばらくオレグの息遣いを聞き、そのあとで口を開いた。

「あいつらは何者なんだ、オレグ？　おれを信用して話してくれないか。おれがおまえを見つけられるんだから、あいつらだって見つけられる」

「どうやってぼくを見つけたの？」

「演繹《えんえき》法ってやつだ」

「演繹法が何かは知ってるよ。あり得ないものを排除して、残ったものを見ていくんだろ」

「いつ、ここへきたんだ？」

オレグが肩をすくめた。「昨夜の九時ごろかな」

「なぜ釈放されたときにお母さんに電話をしなかったんだ？　いま、ここにいたら、とんでもなく危険だってことはわかってるだろう」

「お母さんはぼくをどこかへ連れていって隠すだけだよ、ニルス・クリスティアンと二人でね」

「ハンス・クリスティアンだ。なあ、敵はおまえを見つけるぞ」

オレグが両手を見た。

「おれはおまえがドラッグをやりにオスロへ戻ると考えた」ハリーは言った。「だが、おまえはやってなかった」

「もう一週間以上、やってないよ」

「なぜ？」

答えがなかった。

「彼女のためか？　イレーネの？」

オレグがコンクリートの床を見た。まるで自分がそこにいるかのように、スケートのエッジが氷を切り裂く、高い歌声が聞こえるかのように。そして、ゆっくりとうなずいた。「彼女を見つけようとしているのはぼくだけなんだ。彼女にはぼく以外、だれもいないんだ」

ハリーは何も言わなかった。

「ぼくが盗んだお母さんの宝石箱だけど……」

「何だ？」

「ドラッグを買うために売ってしまった。あんたがお母さんに買ってやった指輪だけは除いてね」

「どうして売らなかったんだ?」

オレグが微笑した。「大した価値がなかったからさ」

「何だと?」ハリーはショックを露わにして坐り直した。「騙されたってことか? おれが?」

オレグが笑った。「黒い刻み目が入った金の指輪だろ? あれは硝酸銅と呼ばれる素材で、重さを出すために少量の鉛も加えられているんだ」

「だったら、どうして家に置いてこなかったんだ?」

「もうお母さんが着けていなかったからね。イレーネにやろうと思ったんだ」

「銅と鉛に金を被せたものだったのか」

オレグが肩をすくめた。「いい感じだったよ。あれを指に着けてもらったときのお母さんがとても幸せそうだったのを憶えてるな」

「ほかには何を憶えてる?」

「日曜。ヴェストカントトルゲ広場。陽が傾き、秋の木の葉が擦れて音を立てるなかを歩いた。あんたとお母さんは笑顔で、何かがおかしくて声を立てて笑っていた。ぼくはあんたと手をつなぎたかった。でも、まあ、もう小さな子供じゃなかったからね。あんたはあの指輪を中古品を売ってる露店で買ったんだ」

「全部思い出せるのか?」

「もちろん。イレーネがお母さんの半分でも幸せになってくれたらと思って……」

「なってくれたのか?」

オレグがハリーを見て瞬きをした。「憶えてない。指輪を渡したとき、きっとハイになっていたんだ」

ハリーはごくりと唾を呑んだ。

「イレーネはあの男に押さえられているんだ」オレグが言った。

「あの男? それはだれだ?」

「ドバイだよ。イレーネを押さえて、ぼくにしゃべらせないよう人質にしているんだ」

ハリーはうなだれているオレグを見つめた。

「だから、何もしゃべらなかったんだ」

「おまえはこの件について知ってるのか? それで、しゃべったらイレーネがどうなるかわからないぞと脅されているのか?」

「脅す必要なんかないよ。あいつらはぼくが馬鹿じゃないとわかってる。それに、彼女も黙らせておく必要がある。だから、彼女を押さえているんだよ、ハリー」

ハリーはふたたび坐り直した。大事なレースの前、よく二人でこんなふうに坐っていたことを思い出した。俯き、沈黙して、集中を共有するかのように。オレグは何の助言も欲しがらなかった。そして、ハリーは何の助言も持ち合わせていなかった。だが、オレグはただこうやって坐っているのが好きだった。

ハリーは咳払いをした。これはオレグのレースじゃない。

「イレーネを助け出すチャンスがあるとしたら、おまえはおれがドバイを見つける手助けをする必要がある」ハリーは言った。

オレグがハリーを見た。腿の下に両手を差し込んで貧乏揺すりをしていた。昔もその癖があった。やがて、うなずいた。

「まずはグスト・ハンセン殺しからだ」ハリーは言った。「必要な時間はいくらかけてもいいから、全部話してくれ」

オレグが目を閉じ、数秒後にその目を開けた。

「ぼくはハイになっていた——ハウスマンス通りのあの部屋の裏の川岸でバイオリンを打ったんだ。あれはほかのドラッグより安全なんだ。あれをぼくが持っていると知ったら、やりたくてたまらないやつらなら飛びかかってでも盗もうとしただろうね。わかるかな？」

ハリーはうなずいた。

「階段を上がりながらまず目に入ったのは、隣りのオフィスのドアだった。破られて押し入られていた。初めてのことじゃなかった。そのことについては、それ以上考えなかった。居間へ入ると、グストがいた。目出し帽をかぶった男もいた。その男はグストに銃を向けていた。ドラッグがらみなのか、別の事情があるのかはわからなかったが、強盗でないことはわかった。グストは殺されそうになっていた。それで、ぼくは本能的に反応した。銃をつかもうと手を伸ばしたんだ。でも、間に合わなかった。男が撃つほうが早かった。ぼくはグストの隣りに倒れ込んだ。ふたたび顔を上げると、頭に銃口を突きつけられていた。男は一言も発さず、ぼくは死を確信した」オレグが話を中断し、深呼吸をした。「でも、男は決めかねているみたいだった。やがて、指で自分の首を掻き切る仕草をし、ぼくがしゃべったらどうなるかを示した」

ハリーはうなずいた。

「男はその仕草をもう一度繰り返し、ぼくはわかったとうなずいた。そのあと、男は去っていった。グストは刺された豚みたいに出血していて、早く助けてやらなくてはならなかった。だけど、ぼくは動けなかった——銃を持った男がいまも部屋の外にいるという確信があった。階段を下りていく足音が聞こえなかったからね。ぼくが助けを求めに出ていくのを見たら、気が変わって、結局のところ、ぼくを撃つだろうとしか思えなかったんだ」

オレグの貧乏揺すりがひどくなった。

「グストの脈を診ようとし、話しかけようとして、助けを呼ぶからと言ってやった。だけど、返事がなかった。そのあと、脈が感じられなくなった。ぼくはもうそこにとどまっていることができなかった。それで、逃げ出した」オレグは腰が痛むかのように背筋を伸ばし、頭の後ろで両手を組むと、聞き取りにくくなった声でつづけた。「ぼくはハイになっていたから、きちんと考えられなかった。川のほうへ向かった。泳ごうと思った。運がよければ溺れるかもしれなかった。そのとき、サイレンが聞こえた。そして、警察がそこにいた……指で喉を搔き切る仕草しか頭に浮かばなかった。口を閉ざさなくちゃならないってことしか考えられなかった。なぜならああいう連中がどんなものかを知っていたからだ。あいつらが——どうするか話しているのを聞いていたからだ」

「どうするって言ってたんだ？」

「人の最大の弱点を突くんだ。ぼくが真っ先に怯えたのは、お母さんの身が危ないんじゃないかってことだった」

「だが、イレーネを拉致するほうが簡単だった」ハリーは言った。「女の子がしばらく通りから姿を消したとしても、だれも騒いだりはしないからな」

オレグがハリーを見て、ごくりと唾を吞んだ。「それはぼくを信じてくれるってこと？」

ハリーは肩をすくめた。「おまえに関する限り、おれを騙すのは簡単だよ、オレグ。たぶん、いつでもそうなんじゃないかな、おまえが……おまえが……わかるだろう」

オレグの目に涙が浮かんだ。「でも……でも、まったくと言っていいぐらい説得力も信憑《しんぴょう》性《せい》もないよね。すべての証拠が……」

「色々わかりはじめてきたぞ」ハリーは言った。「おまえの腕から検出された硝煙反応は、銃をつかもうと手を伸ばしたときについたんだ。グストの血がついたのは、おまえが脈を診たときだ。指紋がついたのもそのときだ。発砲したあと、そこから出ていく男を目撃した者がいないのは、そいつがオフィスへ逃げ込み、窓から外へ出て、川に面した非常階段を下りたからだ。だから、おまえは階段を下りる足音を聞かなかったんだ」

オレグが思案する目でハリーの胸のどこかを見つめた。「でも、グストはなぜ殺されたのかな？　犯人はだれなんだろう？」

「それはまだわからない。だが、彼を殺したのはおまえが知っているだれかだと思う」

「ぼくが知っているだれか？」

「そうだ。だから、そいつは言葉を発するんじゃなくて、身振りで伝えたんだ。声で正体がばれないようにだ。それに、目出し帽をかぶっていたのは、ドラッグの世界にいるだれかに正体がばれるのを恐れたからでもあるんじゃないのかな。あそこを塒にしていたおまえたちが、以前に見たことがあるだれかだって可能性もある」

「だけど、ぼくを殺さなかった理由は何だろう？」

「わからない」

「それが理解できないんだ。だって、あのあと、留置房でぼくを殺そうとしたんだよ。一言もしゃべっていなかったのに」

「だれかに目撃された場合にどうするかを、グストを殺した犯人は細かく指示されていなかったのかもしれない。犯人はためらった。おまえが以前に何度もそいつを見ていたら、体形、仕草、歩き方から、正体に気づくかもしれない。しかし、おまえは恐ろしくハイになっていたから、ほとんど何も憶えていないんじゃないか、とな」

「ドラッグに命を救われたってこと？」オレグがためらいがちな笑みを浮かべた。

「そういうことだ。もっとも、あとで報告を聞いたとき、犯人のボスはそいつの判断に賛同しなかったかもしれないがな。だが、そのときには手後れだった。だから、おまえに絶対にしゃべらせないようにするために、イレーネを拉致した」

「イレーネを押さえている限り、ぼくが何もしゃべらないことを知っていたとしたら、どうしてぼくを殺すの？」

「おれが現われたからさ」ハリーは言った。

「あんたが？」

「そうだ。おれが到着した瞬間に、あいつらはおれがオスロにいることを知った。そして、おれならおまえをしゃべらせることができると知った。イレーネを人質にしているだけでは不充分になったんだ。それで、おまえを留置房で黙らせるよう、ドバイが命令した」

　オレグがゆっくりとうなずいた。

「ドバイのことを教えてくれ」ハリーは言った。

「会ったことはないけど、家には一度行ったことがあると思う」

「それはどこだ？」

「わからない。グストと二人、ドバイの手下に車で連れていかれたんだ。でも、目隠しをされていた」

「ドバイの家だったのは確かなんだな？」

「グストがそう教えてくれた。それに、人が暮らしている匂いがした。家具や絨毯《じゅうたん》、カーテンのある家のような音もした。わかるかな——」

「わかる。つづけてくれ」

「ぼくたちは地下室へ連れていかれて、そこで目隠しを外された。床に死体が一つ転がっていた。自分たちを騙そうとするとこうなるんだと警告され、よく見ておけと言われた。そのあと、アルナブルーであったことを話さなくちゃならなかった。警察が到着したとき、なぜ鍵がかかっていなかったかを。なぜトゥトゥが消えたかを」

「アルナブルー?」

「いまから説明するよ」

「わかった。床に転がっていた死体だが、どういう殺され方だった?」

「どういう意味?」

「顔に刺し傷があったか?　それとも射殺だったか?」

「そうだな、最初はわからなかったけど、ピョートルが死体の腹を踏みつけたら、口の端から水が流れ出てきたんだ」

ハリーは唇を舐めた。「その死体は知っているだれかだったのか?」

「ああ。ぼくたちがいたあたりをうろついていた囮捜査官だった。いつもベレー帽をかぶっていたから、ぼくたちは〝ベレー帽をかぶった警官〟と呼んでいたよ」

「ふむ」

「ハリー?」

「何だ?」

オレグの貧乏揺すりがさらに激しくなり、コンクリートを叩いて音を立てはじめていた。

「ドバイのことはあまり知らないんだ。それはグストも同じだっただろう。でも、これだけはわかる――彼を捕まえようとしたら、あんたは死ぬことになる」

（下巻に続く）

集英社文庫

ファントム 亡霊《ぼうれい》の罠《わな》 上《じょう》

2020年11月25日 第1刷　　定価はカバーに表示してあります。

著　者　ジョー・ネスボ
訳　者　戸田《とだ》裕之《ひろゆき》
編　集　株式会社 集英社クリエイティブ
東京都千代田区神田神保町2-23-1　〒101-0051
電話　03-3239-3811
発行者　徳永　真
発行所　株式会社 集英社
東京都千代田区一ツ橋2-5-10　〒101-8050
電話　【編集部】03-3230-6095
【読者係】03-3230-6080
【販売部】03-3230-6393(書店専用)
印　刷　中央精版印刷株式会社　株式会社美松堂
製　本　中央精版印刷株式会社

フォーマットデザイン　アリヤマデザインストア　　マークデザイン　居山浩二

ISBN978-4-08-760768-0 C0197